リサ・マリー・ライス/著
上中 京/訳

真夜中の情熱
Midnight Fever

扶桑社ロマンス
1495

真夜中の情熱

登場人物

ケイ・ハドソン ―― ウィルス学者、疾病対策センター(CDC)職員
ニック・マンシーノ ―― SEAL出身、元FBI捜査官、現在は警備・軍事会社アルファ・セキュリティ・インタナショナル(ASI)社員
フェリシティ ―― ASI社のIT担当者、ケイの親友
ショーン・"メタル"・オブライエン ―― ASI社員、フェリシティの婚約者
ジャッコ、ジョー ―― 元SEAL、ASI社員、ニックの友人
ジョン・"ミッドナイト"・ハンティントン ―― ASI社創設者、共同経営者
オリバー・ベイカー ―― 政界フィクサー
フランク・ウィンストン ―― CDC所長
プリヤンカ・アナンド(故人)、ウィリー・モレル(故人) ―― 元CDC職員
バド・モリソン ―― ポートランド市警警視、ミッドナイトの友人

1

オレゴン州ポートランド市

「さて、ハドソン博士。ようやくあなたのご尊顔を拝することができましたね」ニック・マンシーノが強烈な皮肉を投げかけながら笑顔を向けてくる。いや、笑みと言うよりは、歯をむき出しにしているだけ、と表現したほうが正しいか。暗い色の瞳で射抜くように彼女の頭の中を探ったあと、もう少し本音に近い言葉を漏らした。「君と話をしようと思ったら、本当にひと苦労だよ。DCでも五分違いで逃げられてしまったんだもんな」

ため息をどうにかこらえ、ケイ・ハドソンはニックを見た。彼の本来整った顔立ちがしかめっ面になっている。認めたくはないが、彼の言うとおりではあった。ケイはここしばらく、彼を避け続けてきた。彼に会いたくなかったからではない。まったく違う。夢では何度も彼に会った。かなり官能的な内容だった。互いの存在を意識し始めてもう何ヶ月にもなるが、直接顔を合わせるのは本当に久しぶりだ。すべては彼女のせいだった。

　そしてこの静かで洗練された高級レストランで、二人は数ヶ月ぶりに夕食をともにすることになった。西海岸北部でいちばんおいしい食事を提供すると評判のその店内は、ろうそくの明かりが揺れる落ち着いた空間だった。ここには以前、友人のフェリシティと来たこともあった。二人で笑い合い、おいしい食事を堪能した。

　でも、今日は胃をぎゅっと締めつけられるような気分だ。空腹のせいではなく、不安だから。普段なら、何を食べようかとわくわくしながらメニューを開くのに、今は吐き気さえして、食べもののことを考えられない。

　DCでは五分違いで、ニックを避けることに成功した。ニックがそちらに向かったと連絡があり、彼がアパートメントの玄関を入って来るちょうどそのとき、裏口から脱け出したのだ。つい最近、彼女がポートランドに来る用があった際にも、ニックがいないとわかっている日を選んだ。そうやって、ずっと彼を避けてきた。

　彼に会いたくないからではない。そんなことはあり得ない。ニック・マンシーノと会いたくない人がいるなんて、考えられない。だって、ほら、こんなにすてきな男性だもの。今夜の彼は、ケイと会うために特別にめかし込んだらしく、普段、ジーンズにスエットシャツというカジュアルな服装を好むのに、アルマーニの白いドレスシャツ、ヴェルサーチのタイ、ヒューゴ・ボスの濃紺のスーツを身に着けている。その上品なスーツ姿からでも、見事に鍛え上げられた彼の肉体を見て取ることはできる。この体は会議室で書類と向き合うためのものではない。真夜中の作戦行動の遂行を得意としているはず。

そしてセックスも。

ニックの全身に、タフさと自信がみなぎる。どんな逆境にもへこたれない男そのもの。自分の身は自分で守る人。彼を守ってあげなければ、と心配する必要はない。通常の脅威であれば、切り抜けられる男性なのだ。

ただ、彼を面倒な状況に陥らせては申しわけないという気持ちが、ケイにはあった。頭がよくて勇敢でまじめに努力する彼の未来には輝かしいキャリアが開けている。実際、彼は海軍でＳＥＡＬに選ばれ、除隊後ＦＢＩで人質救出チームの一員となった。どちらも精鋭ばかりが集まり、チームの一員となることすら非常に難しい。そのいずれにおいても、何度も困難な作戦に参加した彼は、すばらしい成果を残してきた。彼の努力の結晶を壊したくないとケイは思った。

ケイの行動が、ＦＢＩでの彼のキャリアに傷をつける可能性があった。計画が失敗すれば、彼女は逃亡生活を余儀なくされる。そして彼女が姿を消す前に接触した人間全員の人生を大きく変えてしまう。彼の経歴に影を落とすことになり、今後ずっとその影は彼のキャリアにつきまとう。ＦＢＩでの彼の出世は望めない。

　しかしニックはＦＢＩを辞めた。ごく最近、彼はＡＳＩ《アルファ・セキュリティ・インタナショナル》社に転職したのだ。ＡＳＩ社は、オレゴン州ポートランドに本拠地を置き、警備ビジネスを事業の柱とする、優秀な人材の集まるいい会社だ。実は友人のフェリシティもこの会社で働いている。二人の男性が共同で経営にあたっているのだが、ずいぶん話のわかる人たちだとフェリシティが言っていた。そうであれば、ケイと親しくしていたからという理由で、ニックのキャリアに傷がつくことはないだろう。そう考えた末に、ケイは彼と会ってもいいはずだと自分に言い聞かせたのだった。少しの時間であれば。

　ニックはまだ、これまで彼女と行き違いになったことを残念がっている。「先月のニューヨークでは、三十分の差で会えなかった」

「う……ああ」あれも危ういところだった。仕事でニューヨークに来ていたニックに、ケイの祖父が、孫娘も今ニューヨークにいると伝えてしまったのだ。彼女は急いでホテルをチェックアウトした。あと三十分遅ければ、彼につかまっていた。

「君に避けられているんじゃないかと思うところだよ、ハドソン博士」

　彼の口調にまた恨めしさが混じった。これまでの関係を考えれば、彼女をわざと「ハドソン博士」と呼ぶこと自体、皮肉だ。二人の気持ちが燃え上がる寸前になったのは、彼女の最愛の祖父、アル・グッドカインドがロシア連邦保安庁《ＦＳＢ》の元工作員によって誘拐されたときのことだった。彼は彼女の耳にぴったりと唇をくっつけて、そっとささやいた。「ケイ」――そう囁かれて彼の吐息を耳に感じた瞬間、全身の毛がざわっと逆立った。そして濃密なキス――あのキスだけで絶頂に達してしまいそうだったし、そのままセックスへと発展しても不思議はなかった。しかし彼女はそこで彼を止めた。今はそんなときじゃないと思ったから。祖父のことが心配でたまらず、セックスする気にはなれなかったのだ。

しかし、セックスへの期待が二人の胸に残った。

今後の交際をじゅうぶんに予感できた。彼が自分に好意を持っているのはわかったし、ケイのほうも彼が気に入った。

実際のところ、これまで出会った誰よりニックに惹かれた。またこれほど強く体の関係を持ちたいと願った男性もいなかった。彼は男性として完璧にケイを魅了し、さらに、人としても尊敬できる相手だと示してくれた。ケイは、ニックは立派な人だなと感心した。だから彼と一緒の将来というものを考えてみようとさえ思った。

ところが、彼女を取り巻く状況が一変した。恐ろしいことが立て続けに起き、ケイは彼を避けるようになった。自分の周囲で、何かよからぬことが起きていることだけは理解できた。

「避けているわけじゃないのよ、ニック」まっすぐに彼の顔を見ながら、ケイは嘘をついた。

彼の瞳に吸い寄せられる。浅黒い肌の男っぽい顔立ちで、力強い光を放つ濃い色の瞳。まるで自分は容疑者で、彼に取り調べられている気がする。彼は尋問から情報を引き出すのが得意だ。取り調べの達人として知られる。一介の科学者である自分が、彼の尋問をうまくかわせるはずがない。

だめ、耐えきれない。そう思ったケイはうなだれると、分厚い高級リネンのテーブルクロスを見つめた。引き寄せたフォークで波のようなしわができていた。苦痛がひしひしと彼女の全身をさいなむ。心臓の痛みを実際に感じる。重たいもので押しつぶされていくような。

ニックがテーブルの向こうから手を伸ばし、彼女の手を取りそのまま動かさずにいた。彼の手に見入ってしまう。浅黒くて、皮膚が硬くて、腱《けん》が浮き出て、力がありそう。あちこちに傷痕がある。彼のこれまでのキャリアは二つとも、戦士として現場で闘うものだった。今、戦士として三つ目のキャリアをスタートさせようとしている。彼の肉体のすべてが、戦士であることを物語る。あふれ出るフェロモンに圧倒されそうだ。手ひとつとっても男らしい。

この数週間、ケイはひどいストレスを抱えていた。これから取る自分の行動は、取り返しのつかない事態を招くかもしれない。人生が破滅するかもしれないと知りながら、それでも彼女は、平静を失わないように努力してきた。計画をきちんと立て、着実に、慎重に、作業を実施してきた。

　職業上、彼女は自然界が生み出したもっとも危険な生物をその手で取り扱ってきた。バイオセーフティ基準でレベル4の病原体は、うまく指を動かせなくなるほど分厚いゴム製の手袋をはめ、しっかりと手元を固めてピペットに取る必要がある。たとえばエボラ出血熱、マールブルグ病、ラッサ熱を起こすウィルスなどがレベル4にあたる。今後、天然痘の研究をするようにと言われることもあるかもしれないが、それでも平気だ。しかし、これは――ニック・マンシーノのごつごつして傷だらけの手が重ねられると、彼女の手はぶるぶると震え出す。

　しばらくしてケイは顔を上げ、彼と目を合わせた。

「君は俺を避けてきた。事実だろ、ケイ」そう言うニックの顔で、頰の筋肉がうねった。「今さら否定するなよ」

　これ以上しらを切ることはできないと彼女は観念した。本当のことだから。嘘を重ねても仕方ない。ニックは海の中で血の臭いを嗅ぎ取るサメのように、遠くからでも嘘をついている人を見わけられる。

　ケイは口を開いたが、また閉じた。ふっと息を吐いて、笑顔を作ってみる。そして彼の目を見て言った。「今は、あなたの目の前にいるわ」

ニックは一瞬虚を突かれた様子だったが、ゆっくりとその顔に笑みが広がった。重ねた手を持ち上げ、彼女の手の甲に口づけする。「ああ、そうだな」

自分の手の震えが彼に伝わっているのは、ケイにもわかっていた。どんなごまかしも通じない人なのだ。何せ、元SEALであり、FBIの精鋭部隊である人質救出チームにも在籍していたのだから。握った手が震えていることぐらい、すぐに気づくはず。

「ワインをお注ぎしてもよろしいですか？」横から声が聞こえて、ケイはびくっとした。見上げるとウェイターが立っていた。席に着く際このウェイターが、こちらのテーブルの係ですと名乗ったことまでは覚えているのだが、名前は忘れてしまった。自分自身の名前さえ思い出せない状態なのに、人の名前までは無理だ。

「ああ、頼む」ニックは、ウェイターがテーブルのグラスに注ぎやすくするため少し体をずらした。ワインは極上のメルローだったが、ケイはほとんど口をつけていなかった。ニックの視線を感じてケイはひと口飲んでみた。もうひと口。一杯引っかければ、勇気が出るもんさ、と祖父は言っていた。そう、気持ちを落ち着かせてくれるものなら、今は何にでもすがりたい。

「アンティパストは、間もなくご用意できます」ウェイターの言葉に混じるイタリア訛《なま》りが、実におしゃれだ。本当にイタリア人なのかもしれない。イタリア系ならではの顔立ちだから。ふさふさとした黒髪のサイドを短く刈り上げ、てっぺんは長く伸ばしている。頬骨が高く、唇のすぐ下に小さく四角くひげを生やしている。こげ茶色の瞳に、必要以上に長いまつ毛。そのまつ毛をばしゃばしゃと動かしてウィンクすると、瞳がきらきらきらと輝く。

いわゆるイタリアの伊達男だ。

彼女は視線をニックに移した。星のように瞳をきらめかせることも、今どきの流行を気にする様子もいっさいない。きれいにひげを剃り、髪も短くそろえているし、当然ながらまつ毛をぱちぱちさせて媚びを売るわけでもない。それどころか、不機嫌そうな眼差しでこちらを見据えている。

この二人を比較するのがばかげていたわね、とケイは思った。ウェイターはきっと、自分ではかなりイケてる男だと思っているのだろうが、ニックと並ぶと愛玩犬《あいがんけん》みたいなものだ。ペットサロンでいつも手入れされているタイプの犬。

「ありがとう」ケイはそう言ってほほえもうとした。この数週間、笑うことなんてなかったから、笑顔をどうやって作ればいいのかを思い出すところから始めなければならない。両方の口角を持ち上げるのだ。

ウェイターは厨房へと消えたが、すぐに白い皿を手に戻って来た。ひし形の陶器の皿には、小さなブルスケッタ、詰め物をしたオリーブのフライ、セージのフリッター、小さなモッツァレラチーズのバジルソースがけ、などのアンティパストが並んでいる。テーブルの中央に皿が置かれるあいだ、ニックはずっとケイと視線を合わせたまま、無言をつらぬいていた。

　二人は互いを見つめた状態で、ただ座っていた。ウェイターが軽く咳ばらいをしたので、ケイはふと視線を上げた。ニックから目を離すのは、思いのほか辛かった。しがみついたものから引きはがされるような感覚だ。ニックは磁石のように人を引きつける。

　テーブルには前菜の皿が二つ置かれていた。「では、食事をお楽しみください」どことなく皮肉めかした言い方をして、ウェイターは去って行った。

　楽しむ。

　そうだ、楽しもう。

　彼女はここしばらくニックを避けてきた。彼のことを考えないでおこうと、懸命に努力してきた。実は、今ここでこうして一緒にいるのもまずいのだ。明朝、非常に危ないことをする予定で、その後は姿を隠さなければならなくなるだろう。だからニックからの誘いに応じてはいけなかった。なのにどうして、このレストランに来てしまったのか？

　それは……彼と一緒にいる時間を楽しみたかったから。ケイは元ＦＢＩ捜査官の祖父と、判事だった父を見て育った。だからタフな男性には慣れていた。ところがニックと出会い、それまで彼女が知っていたものとは、まったく異質のタフさがあるのだと教えられた。とにかく何があってもへこたれず、どんなことでも必ずやってのける。そんな男性がいると知って、彼女は胸をときめかせた。そばにいるだけで、彼の全身からみなぎるセックスのオーラに包まれ、自分はしっかり守られているのだと実感する。彼の周囲では重力の向きさえ変わってしまう気がする。だから一緒にいるのは楽しく、一緒にいないときはいつもその存在を想った。避けているときでさえも。

彼はフォークを手にして、モッツァレラチーズを平たくつぶした。眉をひそめて彼女を見る。「食べろよ」

はい、はい。彼女はあきらめたように自分のフォークに手を伸ばしたが、喉を通るものがあるとは思えない。全身が強ばって、筋肉が動かないのだ。無理に食べものを体に入れようとしたら、すぐに嘔吐《おうと》してしまいそう。

彼に促されて、ケイは仕方なくオリーブを口に入れた。噛《か》んで、のみ込む。ふむ、おいしい。温かくて丸いオリーブが、ゆっくりと食道を下り、食べものを拒否していたはずの胃に収まった。わずかではあるが、食べものを受けつけようとしている。「飲むんだ」ぶっきらぼうな彼の命令に従い、彼女はワインをひと口飲んだ。太陽のような味わいが温かく体にしみ渡っていく。

ニックは険しい表情のまま、暗くて鋭い眼差しをケイに向けている。「そう大変なことでもないだろ？」

いえ、大変なことよ、と彼女は心で思った。何もかもが、こんなに大変。

ニックは信じられないぐらいセクシーに見えた。やさしい間接照明のおかげで、顔つきの鋭さが少しやわらいでいる。光を反射して黒い髪が青く輝く。彼の視線が自分に集中しているせいで、彼女はスポットライトを当てられたように感じていた。男性からこんなふうに長時間見つめられることはない。そもそも通常彼女の周囲にいる男性たち——同僚の研究者、風変わりな製薬会社の重役、疾病《C》管理予防《D》センター《C》の部長や局長——はこんな張りつめた眼差しでものを見ないし、ケイが彼らの注意を引くこともない。彼らの興味の対象は、お金や権力や科学的発見だ。

一方ニックは、ひたすらケイ自身に集中している。

ニックほど魅力的な男性はいない。彼に恋してしまったのかも。なのに自分は奈落へ飛び込もうとしている。もう二度と彼に会えないだろう。

「おい、どうした？」

ニックの声にはっとして、ケイは顔を上げた。彼はフォークを置き、彼女の顎をそっとつかんだ。何かを確かめようとしてか、彼女の顔を左右に動かす。険しさが消えた彼の顔に、不安そうな色が広がる。まさか、ニック・マンシーノが不安になるなんて、あり得ない、と彼女は思った。彼の周囲では、何もかもが彼の思ったとおりになるはずなのに。

彼がケイの瞳を覗き込む。「何があった?」やさしさに満ちた彼の豊かな声を聞き、こらえていた涙が彼女の頬をこぼれ落ちた。

彼女はまた笑顔を作ってみた。何度かやっているうちに、自然な笑顔が作れるようになってきた。「何も」彼女はぐっと顔を引き、彼の指から逃れようとしたのだが、彼が即座に反応して、もっと強くつかまれた。痛いわけではないが、顔をそむけることはできない。

「嘘つけ」彼の声はまだやさしい。

まずいことになった。そのうち、わっと泣き崩れてニックに何もかも打ち明けてしまいそう。そんなことをすれば、事態はいっそうまずくなる。その前にここを立ち去らなければ。彼女がこれからしようとしていることを、ニック・マンシーノが認めてくれるはずはないから。彼が許さない、と決めたら、どうなるかは明白だ。

だから一刻も早くここから出るのよ、ケイの理性が訴える。何とかもっともらしい口実を考えなければ。頭痛、腹痛、女性特有の体調の変化。よし、女性ならではの不調にしよう。女性の体の問題を詳しく知りたがる男性はいないから。

「私、あの――」喉が詰まる。咳ばらいをして彼女は言葉を続けた。「私、体調が悪いの。帰ったほうがよさそうだわ」

ニックは言葉の内容自体には深く注意を払わず、彼女の顔をしげしげと見つめた。スナイパーが戦場で敵に狙いをつけるときはこういう顔になるのだろう。しばらくしてから彼が口を開いた。「確かに体調が悪そうだ。目の下に大きなくまがあり、メークで隠してはいるが顔色も悪い。それでもじゅうぶんすぎるぐらいきれいで――いや、ゴミ袋で全身を覆いでもしないかぎりきれいなんだろうが、体の調子が悪いのはわかる」彼はそっと手を動かし、彼女の顎を撫《な》でた。「いったいどうしたんだ、ハニー?」

ケイははっとした。恋人に話しかけるように、彼がハニーと言ったことで、動揺してしまった。ああ、だめ。もう収拾がつかない。今すぐ立ち上がって、店から出て行かないと。追って来ないで、ときっぱり告げれば、たとえニックでも追いかけては来ないだろう。しかし、そこが問題だ。今の自分には、立ち上がってその場を立ち去る、ということができそうもないのだ。当然、彼のことを嫌っているふりだってできるはずがない。神経が張りつめてピリピリしている。ずっと睡眠不足で不安でどうしようもないからだ。こんな状態では、演技をする気力はない。

しかし、何とかしなければ。タフなニックに抵抗するのは無理だとわかっていたが、こうやって心配そうに気遣ってくれるニックに対してなら、ノーと言えるかも。暗い色の瞳に思いやりと、何か別の感情まで見えて……ああ、だめだ。やさしいニックにもあらがえない。それでも、何に悩んでいるかを打ち明けるのは問題外だから、せめて真実に近いところだけを伝えよう。

「仕事のせいよ」声がかすれてしまった。「職場で問題があって」

彼が驚いたように眉を上げた。「君の職場がどこかを考えると、非常に危険な気がするね」

あなたの想像以上に危険な事態なの、と思ったがそれを伝えるわけにはいかない。

「ええ、でもまあ、事務的なことだから。私の上司が……難しい人で、いろいろ辛い目に遭わされるのよ。そのせいで、気持ちが落ち込んでるの」

落ち込んでいる、という言葉で表現できるぐらいならいいのだが。彼女は世界を破滅させる恐れのある計画を知ってしまったのだ。

「俺は銃の扱いに慣れてる」かなり控えめな表現だ。ニックはSEALでもFBI人質救出チームでも、優秀なスナイパーだった。「君を困らせるその上司ってやつを撃ち殺してほしいのなら、そう言ってくれ。すぐに始末するから」完全にまじめな顔をしたまま、まじめな口調で彼が言った。

彼女は一瞬ためらったが、ふっと笑みを漏らした。震えるような笑みだが、実際に面白いと思ったのだ。「それ、冗談よね？　そうでしょ？」

「いーや」彼はモッツァレラチーズをつぶして口に運ぶ。「本気さ。だがまあ、冗談だったってことにしておこう。君のボスが誰であれ、俺の持ってる銃より、はるかに危ないものを扱ってるやつなのは間違いないよな」彼がぶるっと体を震わせた。「天然痘とエボラウィルスを好きなときにいつでも手に入れられる人間ってのは、怖いよ。俺の脅しなんて意味がない」彼はケイに、口を開けるように促した。「さ、これを食べろ」

ケイが口を開けると、彼は彼女の舌の上にそっとチーズを置いた。おいしかった。すんなりと喉を通っていく。何週間も彼女の胃は何も受けつけようとしなかったのだが、こうやっていると、食べものがどんどん収まっていく。

メインディッシュが運ばれてきた。ニックの前に置かれたのは、パッパルデッレのビーフラグー、ケイの前にはゴルゴンゾーラチーズのリゾットだ。ニックはパスタをうまくフォークに巻きつけるとラグーを絡ませ、彼女の口元に差し出した。見た目も匂いも、本当においしそうだ。彼女はパスタを食べた。ああ。罰が当たりそうなおいしさだ。

食べられるのはおいしいからだが、ニックのおかげでもある。悪いやつを消してやると言ってくれたから。本当にそうしてもらいたいとさえ思うが、問題は悪者が誰なのか正確にはわからないことだ。

だがそれ以上に、こんなに頼もしい人がそばにいてくれる、という感覚のおかげで食べられている部分も大きい。正直、今回の問題については彼を頼ることはできず、これは彼女ひとりが背負うべき重荷ではある。それでもたいていの悩みごとは、彼に頼れば引き受けてくれそうだ。それも力ずくで解決するのではないだろう。彼には独特の雰囲気があり、これほどタフな人ならきっと自分を守ってくれるはず、という安心感を与えてくれるのだ。

「よーし、いいぞ」食べ始めた彼女をニックが励ます。「俺が君のボスをやっつけるところを考えるんだ。そうすりゃ食欲が戻る」

ケイはほほえんだ。

「その調子だ」彼の激励が続く。「ほほえみ方を忘れたのかと思ったぞ」

彼女自身、忘れたかと思っていた。「忘れてないわ。最近、笑顔になるようなことがなかっただけ」

「俺を避けたのが間違いだな」熱のこもった暗い瞳で、彼がケイを見つめる。「俺なら君を笑顔にできる。保証するよ」

その瞬間、彼女の全身を突然熱いものが駆け抜けた。頭からつま先まで、炎のうねりが内側から彼女を焦がしていく。自分が今、赤信号みたいに真っ赤になっているのが彼女にはわかった。非常に白い肌のせいだ。この肌のせいで、子どもの頃はまったく隠しごとができなかった。成長するにつれて感情をコントロールすることを覚えたつもりだったのだが、いちばん心を読み取られたくないこの瞬間に、肌の白さが邪魔をする。

「俺に笑顔にしてもらうのがうれしいんだな」ニックは前に乗り出していた身を起こして椅子の背にもたれたが、目はぴたりと彼女を見据えたままだ。

ケイは目を閉じ、ゆっくりと深く息を吸い、ほうっと吐いた。「ええ。そうみたい」

ここで目を開けたくはない。彼はきっと、男性の自尊心を満足させたしたり顔をしているのだろう。しばらく二人は無言でいたのだが、やっと目を開いた彼女が見たのは、真剣な面持ちだった。ニックはほくそえんでいるわけでも、したり顔でもなかった。彼の表情はただ……セックスを連想させるだけ。強烈に。

彼は力強くて太い指を、テーブルクロスに、とん、と打ちつけた。黒い瞳が真剣そのものだった。「いったい、どうしたんだよ、ケイ？」感情を抑えた低い声がやさしかった。「何の話かわからないわ、なんてとぼけたって無駄だからな」

確かに。彼は何でもすぐに見抜いてしまう。今さら嘘をついても意味がない。「だめなの――話せないのよ」しばらくじっと考えたあとで、とうとうそれだけ言った。

彼はまた、とん、と指を打ちつけ、ケイの言葉を考えていた。元ＳＥＡＬでありＦＢＩ人質救出チームにもいた男性なら、当然〝機密事項〟というものの重要性は身にしみて理解しているはず。内容を誰にも口外できない事情があることにも慣れているだろう。彼女が現在抱えている秘密はいわゆる〝機密事項〟と呼ぶことすらできない。正式には存在していないはずのものであり、彼女もただ仮説として信じているだけで、その存在を証明することもできない。ただ、たとえ仮説であっても、国家的な重大事だ。軽々に他の人に伝えるわけにはいかない。

「いいだろう」ニックはいっさい感情を見せないまま、ケイを見つめ続けた。「無理にとは言わない。君が話したくないんだから――」

「話したくないんじゃないわ」彼の言葉をさえぎる。「話せないのよ」

「わかった」了解、というように、彼は少しうなずいた。「話すことができないわけだ。その事実は尊重する。俺だって、誰にも話せない機密事項を山ほど抱えてるからな」

ええ、そうでしょうね。SEALがかかわった軍事作戦のほぼすべてが、この世の終わりまで機密として扱われるのだ。

「ただ、ひとつだけ確認しておきたい」彼の頬が強ばり、こめかみのあたりが引きつっている。「君を困らせているやつがいるのか？　セクハラとかパワハラとか？」

今後死ぬまで逃亡生活を続けなければならないかもしれない。これからは社会の闇に紛れて生きていかねばならないのかもしれない。これまで築き上げてきたすべてを失ってしまう可能性は高い。

そう思うと、彼女はうなだれた。「あなたの想像しているようなハラスメントではないけれど……ええ」

ニックは無言だった。

彼からの反応がないことに驚いて、彼女は顔を上げた。

さらにひと息置いてから、彼が言った。「もう悩まなくていい。今後はいっさい」

実のところ、もう悩まなくてもいいのは、わかっている。ニックが何かをしてくれるからではなく、このあとの彼女自身の行動によって、すべては片が付くからだ。彼女は危険な場所へ足を踏み入れようとしているのだ。それでもいい。思い悩み、やっとこれ以外に考えられない、という結論に達するまでの苦悩を思えば、すっきりする。その結論が、自分が勤務するCDCの尊敬する人が裏切り行為におよび、親友を殺したのだという信じ難い事実だったとしても。

これからどうなるにしても、もう思い悩むことはない。何がどうであれ、問題に正面から向き合える。

だから、そう、もう悩むことはないのだ。

「ありがとう」ケイはさびしくほほえんだ。

ニックは首をかしげて、彼女の様子をうかがっている。「俺から質問はできないし、君も何も言えない。そういうことだな？」

彼女はうなずいた。喉がからからだった。

ああ、この重荷を下ろしてしまえればどんなに楽だろう。彼にすべてを打ち明けたくてたまらない。どうしてこんなに悩んでいるのか、独りぼっちでどうすることもできずにいるのか、状況を何もかも話してしまいたい。

ニックは頭がいいし、とりわけ戦略を練り、それに基づいた戦術を立てるのが得意だ。ケイはこれまで科学者として暮らしてきたから、科学のことしか知らない。なのにその世界でどうすればいいのかわからなくなった。科学とは本来、真実だけの世界、すべてが証明できるという前提で成り立っている。2＋2は4であり、その事実は人類が地球上に存在する以前から不変だ。科学がすばらしいのは、白黒がはっきりしているから。科学者に理解できない事実があったとしても、それは自然界が悪いのではなく、科学者のほうに問題があるのだ。宇宙の摂理は明確で紛らわしいところなどない。量子物理学の世界であれ、存在するのは厳然とした事実のみ。曖昧で矛盾して、理屈に合わないことをするのは、人間のほうだ。

「私だって、自分の後始末を、自分でつけなければならないときはあるの」彼女は口を開いた。「私を助けることは、あなたには無理なの」実際、ケイを助けられる人はどこにもいない。

「科学に関して、俺にできることはない」ニックは事実を認めた。「しかし、君のために誰かをやっつけることはできる。簡単に。君を苦しめるやつなら、喜んでやっつけてやるよ」

突然ケイの体の奥から、発作的な笑い声が飛び出した。わけのわからない感情に突き上げられ、涙目になるまで笑い続ける。そして咳き込んで、どうにか笑いを止め、ニックから顔をそらした。ニックの言うように、ものごとが単純だったら、と強く願う。

問題を洗いざらいぶちまけたいと、無性に思った。彼の大きくて何でもこなす手に、はい、お願いね、と問題をどさりと預けたい衝動に駆られる。ニックなら、どうすればいいか心得たものだろう。しかも今はＦＢＩの職員ではないのだから、キャリアに傷がつくこともない。

しかし、それではあんまりだ。彼に申しわけない。ケイの肩には大きな重荷がのしかかっているが、それは彼女ひとりが背負っていかなければならないもの。ニックはこれまでにもいちど、ケイの唯一の肉親である祖父を助けてくれた。

彼は自分に好意を抱いてくれている――それは態度ではっきりわかる。おとなの男女として付き合いたい、という意思を伝えてきている。ただ体の関係を持ちたいということは、彼女の重荷をすべて肩代わりするという意味ではない。ほんのつかの間のセックスのために、何千トンもの重さの鉄アレイを背負う必要はない。

ただニックの場合は、ほんのつかの間では終わらないかも……。また彼女の体を熱いものが駆け抜ける。強い熱の力で、彼女はどん、と背中を押されたような気がした。

ニックとのセックス。

なるほど。

考えたら、それもいいのかも。心のどこかでは、彼と体を重ねることをずっと考えていた。おそらく、意識の中にあったからこそ、今夜ディナーの誘いに応じたのだろう。無意識に抱いた願望で行動を決めるタイプではないとこれまで思っていたが、どうやら違ったようだ。

体の欲求が、理性にまさり、行動を決めたのだ。

ふむ、悪くない。

誰を傷つけるわけでもないし。一夜かぎりのことになるだろうが、それで傷つくとすれば女性のほうだ。ケイはこれまで行きずりの相手とセックスするようなことはなかった。けれど、それもいい。情熱的な夜を過ごし、その後、彼女は永遠に姿を消す。

ニックは一夜だけの関係で終わらせたくないのかもしれない。最低、二度は関係を持ちたがるかも。おそらく一週間ぐらいになるか。ニックは特定の女性と長く付き合うことはないという噂だが、女性をとっかえひっかえするタイプでもない。いちどセックスしただけで、はい、さようなら、というよりは、もう少し落ち着いた形の付き合い方を望むのだろう。ただ彼女が考えているのは、まさにいちどきりの関係。そうするしかないのだ。

でも、いちどだけだなんて……。ひとりさびしく、思い悩んできたこの数週間の褒美がたった一回で終わる。眠れぬ夜、天井を見て過ごし、とうとうCDC内部に邪悪な人間がいると結論づけた。そんなひどい人間がいると、ケイには想像もつかなかったのだ。

世の中にはそういった邪悪な者がいることぐらい、ニックなら知っているだろう。おじいちゃんのアルも。人間がどれほどひどいことができるか、彼らは理解している。たとえばテロリスト、レイプ犯、子どもを虐待する親、汚職公務員。他人の痛みや恐怖を食いものにする者たち。

ケイがこれまで闘ってきたのは、まったく異なる相手だった。彼女の敵は自然そのものだった。自分が壁となり、癌や心臓病、筋ジストロフィーといった恐ろしい病気から人々を守ろうと、彼女は誠心誠意努力してきた。

健康障害、疾患、感染症——有史以来、何百万人もの人々がさまざまな種類の病魔により命を落としてきた。天然痘は、その中でも特に多くの人を殺した。ただ、そういった病気より危険なのが人間だ。それを思うとがく然とする。人は、天然痘より多くの人を殺してきたのだ。

ニックにとっては言わずもがなの事実だが。

ケイはこれまで、自分は勇敢な人間だと思ってきた。バイオセーフティ基準でレベル4と定められた病原体を扱っているのだから。宇宙飛行士みたいなバイオスーツで体を守ってはいるが、ちょっとどこかに引っかけてかぎ裂きでもできれば、無残な死を迎えることになる。勇気がないとできない仕事だ。

ニックの勇敢さはそんなものではない。

この数週間、彼女はずっと怯えていた。怖くてふと気づくと、心臓が大きな音を立てていた。一日が終わるとぐったりして、不安のためにじっとり汗をかいた体が不快だった。夜中に目が覚めると、いつもそうだ。どきどきしながら、怖くて体がべたつく。

ニックには怖いものなどない。それははっきりわかっている。英雄的な働きを数えきれないぐらい果たしてきた。彼から直接聞いたわけではない。絶対に自慢をしない人だから。祖父や友人のフェリシティから教えてもらったのだ。フェリシティは婚約者のショーン・〝メタル〟・オブライエンやその仲間から聞いたらしい。仲間というのはニックが新しく働くことになったＡＳＩ社の同僚で、彼らも元ＳＥＡＬだ。みな異口同音に、ニックはものすごくいいやつ、というのだった。意志が固くて、信念を曲げない、そして勇猛果敢、あんなにいい男はいない。

〝勇猛果敢なニック〟と呼ばれるようになったのは、最前線での銃撃戦の際に彼が見せた行動によるものだった。彼を狙う銃弾が足元でぴしぴしと弾ける中、体を隠せるものなど何ひとつない原っぱを、負傷した仲間をひとりで担ぎながら走り抜けた。やっと掩体壕《えんたいごう》にたどり着くと、すぐさま土嚢《どのう》の後ろでライフルを構え、完全に落ち着いた状態で敵に狙いを定めた。銃弾が腿の筋肉を貫いていたのに、まるで気にするそぶりもみせずに。

彼は何ごとにも動揺しない。

いったい、どんな気分なのだろう。恐れを知らない、というのは。肉体的にひどく痛めつけられていても、動じずにいるのは。ケイにわかるはずもない。でももしかして……彼と密着すれば、少しは勇気をわけてもらえるのでは？　力強くて頼もしい彼の全身に触れたら、自分の体の中に彼を感じたら……。

また体の奥に熱が広がった。

ケイは全身真っ赤になり、彼はぎゅっと眉根を寄せ、そんな彼女を見ている。目の前にいる女性が精神的なバランスを崩したのか、あるいは更年期障害なのか、とでも考えているだろう。

確かに病気だ。ニックとセックスしたい病。

「つまり」彼が軽い口調で言って、背もたれに体を預けた。「イエス、という意味だな？　誰を殴ってほしいんだ？　君のためなら誰でも倒してやるよ」冗談めかしてはいるが、表情は真剣そのものだ。タフで謎めいている。

彼女はため息を漏らした。「そうしてもらいたいのは山々だけど」誰かを撃ち殺して解決できる問題だったら、と思う。残念ながら、銃弾ではウィルスは死なない。

二人はそのままディナーを続けた。ケイの前に置かれた皿の大部分は残ったまま下げられ、彼のほうはきれいに平らげられた。デザートになり、彼はケイの手からスプーンを取り上げ、クリーミーなパンナコッタをすくって、彼女の口元に運んだ。甘さに酔いしれ、彼女はうっとり目を閉じた。

「もうひと口」彼は、もっとたくさんのパンナコッタをスプーンに取る。彼女が口を開き、ゆっくりとスプーンを舐める様子を見届けてから、彼はスプーンを引いた。彼の瞳が暗く陰り、頬が引きつっていた。「まいったな」痛みでも感じているような顔だった。

ケイはそれを見て、思わずほほえんだ。「ただのデザートじゃないの」

ニックの顔に笑みはない。「今のは、デザートを楽しんでる感じじゃなかったぞ。完全にセックスを思わせるものだった」

彼女はふっと息を吐いた。ひどい。セックスを思わせる気なんてまったくなかったのに。ただ……まあ、ニック・マンシーノがテーブルの向こうから暗い瞳でじっとこちらを見つめていたら、頭の中がセックスのことだけになっても仕方ない。「セックス」自分でも気づかないうちに、彼女はそう声に出していた。セックスという言葉が頭にあったから。フェロモンが渦巻くテーブルの周囲にも、甘いパンナコッタの中にも、大気中の分子の中にも。

ニックはものごとに動じる人ではないが、さすがにびくっと動きを止めた。「何て言った？」

何って？　彼の質問はどういう意味？

心の中を悟られないようにと思ってか、彼の顔はいっそう無表情になる。「今、何と言ったんだ？」

私は何を言ったんだろう、とケイは考えた。頭の中でこの一分間を巻き戻し再生してみる。ああ、確かに何か言った。これだ。

い、い、セックス。

どうしてそんなことを言ってしまったんだろう？

「セックスって言ったよな？」ニックの瞳がぎらつく。「確かに俺はそう聞いた。はっきりと」

ケイはごくっと唾を飲み込み、うなずいた。

「確認するが」彼が座席部分をテーブルに近づけて身を乗り出す。「君は頭の中で、セックスについて考えていたわけだ。セックスしてもいいな、と。いや、完全に仮定の話で、なおかつ抽象的な概念として、だが」

「仮定の話じゃないわ」かすれた声になった。「抽象的な概念でもないの」

ニックは顔を強ばらせ、じっと彼女を見た。実体が把握できない遠くにある何かを網戸越しに見つめているような目つきだった。

「仮定の話ではない」ニックが彼女の言葉をなぞる。膝に置いていた大きくて真っ白な麻のナプキンをテーブルにほうる。「つまり、現実のこととして考えたわけだ。実際の話として、具体的にセックスすることを考えた。俺と」

ケイはうなずいた。

彼の眼光がレーザー光線のように彼女を射抜く。彼の首の腱が浮き出て、顎が波打った。想像を絶する事態だった。闇夜にロケット弾を打ち上げるぐらいはっきりと、自分の意思を打ち明けてしまった。その結果がどうなるかも考えずに。用心深くて言葉を慎重に選ぶはずの自分が、何も考えずに口を開き、どんな言葉が飛び出すのか制御できずにいる。

口が勝手に動くのだ。どうしようもない。

その口が言った。「イエス」

2

イエス、イエス、イエス！

やっと念願の言葉が聞けた。

この瞬間をどれだけ待ち焦がれてきたことか。ケイ・ハドソン博士を自分のものにできるまで待った時間は、何年にも感じられる。永遠にこのときが来ないのかと思うぐらいだった。急いで立ち上がったので椅子が後ろに倒れかけ、彼は慌てて背をつかんだ。ほとんど幽体離脱状態であるわりには、すばやく反応できた。頭はすでにこの店から外に出ているのに、全身の血液は怒濤のように脚のあいだに集まっている感じだ。

深呼吸してみる。野性の捕食動物になった気がする。堂々として、狙いをつけた獲物をこれから手に入れるところ。自分のテリトリーに入った最高の獲物を。

ケイだ。

ＤＣで初めて会ったとき、ケイは祖父の身を心配してひどく動揺していたが、その美しさにニックはがつんと殴られたような衝撃を受けた。出会ったきっかけは、FBIの人質救出チームにいたニックが、誘拐されたケイの祖父、アル・グッドカインドの捜索をASI社から頼まれたからだった。アルは伝説の元FBI捜査官で、ニックは尊敬するFBIの先輩の救出に、できるだけ力を貸したいと思った。だが、ケイに会ってからは、彼女のたったひとりの身内を助けてあげなければという思いのほうが強くなっていった。

ニューヨークの空港で飛行機から降りてきたときの不安と心労を抱えた彼女の姿は、今でも鮮明に記憶に焼きついている。ああ、何てきれいな人なんだと目が釘づけになった。FBI職員としての使命感が消えていき、この女性のためならどんなことだってする、と強く感じた。

そして彼女を知るうちに、外見の美しさだけでなく、人間的にも惹かれていった。非常に頭がいいこともわかった。少なくとも自分よりはかなり賢い。それに家族や友だちを大切にするやさしい女性だった。

ケイの祖父は、FSBのやつらに誘拐されていた。フェリシティ・ワードの居場所を聞き出そうと、FBI時代にフェリシティの家族を匿う担当だったアルを拷問した。フェリシティにとってアルは恩人であり、親代わりの存在だったからだ。しかし年老いたとは言え、タフで冷静な捜査官であったアルは頑として口を割らなかった。やがて誘拐犯の隠れ家を突き止めたＡＳＩ社の仲間たちからの知らせで、ニックはアルを救出でき、ヒーローの役回りを演じることになった。

そのときケイがキスしてきた。

本ものの濃厚なキスだった。ぴったりと唇を押しつけ、口を性器の代わりにしてセックスしているような感じだった。実に、すごい体験だった。ニックはありとあらゆる経験を積んできているので、いちどのキスぐらいどうってことはないはずだったのだが、脳よりも体のもっと下のほうに、そのときの記憶が強く残った。

その強烈なキスのあとしばらくすると、ケイと連絡が取れなくなった。当然ながら、ニックは彼女と会おうと懸命に努力した。彼女がポートランドに来る、来る予定がある、来ようと計画中のようだ、とにかくそういう噂を耳にするたび、彼は大急ぎでポートランドにやって来た。ＡＳＩ社の友人たちからはからかわれたが、結局いつも会えなかった。ＤＣでもニューヨークでもすれ違いになった。

その後、ニックはＦＢＩを辞め、ＡＳＩ社に入った。彼女に会うためではなく……いやまあ、その機会が増えるかもという期待はあったが、気の合う仲間がこの会社にいるからだ。ＦＢＩよりももっとタフな連中がそろっていて、いい会社だから。二人の経営者もすばらしいし、何より給料がずっといい。

だからＡＳＩの社員になれば、ケイを射止める機会は増えるはずだった。

あのときみたいなキスをもういちど体験したくてたまらない。ところが、悲しい現実として、どんなに努力しても、彼女と同じ部屋にいられたことさえなかった。もっと悲しい話は、あのキス以来、どんな女性ともいっさいベッドをともにできなくなったことだった。情けないが、それが現実だった。

ところが、まさに青天の霹靂とでも言おうか、昨夜彼女から連絡が来た。大きな学会とやらがポートランドで開かれ、それに参加するから一緒に夕食でもどうか、と誘われたのだ。

ケイ・ハドソン博士と一緒に夕食をどうか？　頭がよくてきれいで魅力的な彼女と？

いいに決まってる。彼の希望は、夕食を一緒にして、その後彼の家にケイを案内し、二週間こもりっきりでセックスすること。

ただまあ現実的なところを言えば、セックスに至るまでには四日かかるだろうと彼は思っていた。学会は四日間あるということだったので、毎日彼女とディナーをともにし、ランチに連れ出し、できるかぎりの時間を一緒に過ごす計画だった。

ＡＳＩ社は非常に寛容だった。フェリシティの婚約者であるメタル・オブライエンから、ボスたちの許可ももらったから、ケイを説得するために好きなだけ時間を使え、と言われていた。

社内では、ニックがケイを落とすのに何日かかるか、と賭けている者までいるらしい。

メタルの話では、全員が彼を応援してくれているようだ。ケイはみんなに人気があるのだ。

ニックも彼女が好きだ。かなり控えめに言っても、すごく好きだ。

ケイは金赤の髪に、象牙色の肌、空色の瞳を持つ美人だが、ニックが彼女に惹かれるのは、それだけが理由ではない。特別の絆を感じるのだ。

祖父に対する彼女の情愛のこもった接し方が好きだ。ニックは、騒々しくてみんなが仲よしの大家族で育った。だから家族を大切に思う気持ちは身にしみついている。彼女の家族への愛も理解できる。

自分の仕事に対する彼女の姿勢が好きだ。仕事の内容については理解できない――ウィルス学と遺伝学だなんて、ちんぷんかんぷんだ。自分が遺伝子レベルで彼女に魅了されているということぐらいはわかるけれど。

美人でありながら、それを意識するわけでもなく、自然体でいるところが好きだ。ニックは彼女と出会う直前に、モデルの卵と別れたばかりだった。外見的には完璧だが、中身がなく、人形と変わらないような女性だった。ケイは生身の人間で温かい。一緒にいて楽しく、何げないしぐさがものすごくセクシーだ。

自分を避け続ける彼女には腹が立っていたはずだが、彼女からの電話で、ほいほいと会いに来てしまった。もうやすやすと逃がしはしないぞ、と彼は心に決めていた。出し抜かれてたまるか、男の沽券《こけん》にかけても、絶対に彼女を自分のものにしてみせる。

ケイも腰を上げ、彼と並んで立った。彼からの指示を待っている感じだ。彼女は頭がよくて何でも自分でできるはずなのだが、こういうことに慣れていなくてとまどっているようだ。セックスするのかという質問に対して、彼女はいちおうイエスと答えたが、彼がどう反応するのか不安だったらしい。

まあいい。どうすればいいかは、俺がわかっているから、とニックは思った。ただ、脚のあいだのものが大きくなりすぎて、歩きにくい。自宅か彼女のホテルか、とにかく近いほうまで行きつけばいいのだが。

ケイが何か言っている。口が動き、遠くで彼女の声が聞こえる。脳にも血液を送ろうと、彼は頭を振ってみた。

「何だ?」

彼女はこのあと何が起きるのかわからなくて、途方に暮れているように見えた。

俺にまかせろ、このあと何が起きるかは、俺が知っているから。とはいえ、大気中に放たれた彼の分身からのメッセージは彼女も感じ取れるはずなのだが。こんなに大きくなっているものが何をしようとしているかは、すぐにわかるはず。

の？」

「ニック」彼の腕に手を置いて、ケイが立ち止まる。「ここの――支払いは済んだ

「おう」ほとんど自動的に答えたが、頭には霧がかかった状態になっているので、少しばかり不安もある。いや、大丈夫――テーブルに百ドル札が数枚置かれている。これだけあれば食事代に加えてかなり寛大なチップになる。このレストランにはまた来ることもあるだろうし、慌てて出て行って食い逃げになるのはまずい。

だが、大急ぎでここを出る必要があった。

彼は、ケイの腕をぐいっと引いた。彼女に痛みを与えるほどではないが、肘をしっかりとつかんで、俺と一緒に来るんだ、と無言で命令する。ただ、どこに行けばいいのか。ドアへと向かいながら、駐車場に停めた自分の車までちゃんと歩けますようにと彼は願った。レストランは大きなホテルの一階にあり、車を停めておくには便利だった。

ドラモント通りに面した、豪華な飾り彫りのついたガラスのドアの前まで来ると、ケイが彼の袖を引いた。「違う」

違う？　彼女の意思を俺が勘違いしたってことか？

ニックはほとんど片足を宙に浮かべた状態のまま動きを止めて彼女を見た。彼女の気が変わったのだ。ああ、どうしよう。いや、こうなったら恥も外聞も捨てて、頼み

込むしかない。

ところが、心配する必要はなかった。実際、いい話だった。

「私が宿泊してるホテルはここなの」小さな声で真っ赤になりながらケイが言った。

手のひらが汗で滑るのを感じる。彼女はこのホテルに滞在していた。この上に。つまり、エレベーターにいちど乗るだけで、セックスできるわけだ。

「よかった」彼はそう言うと、ホテルに通じる奥のドアへと向かった。その先は暗いタイル張りの通路になっている。上品な雰囲気のロビーは非常にモダンな内装で、まっすぐ歩くと、くすんだ仕上げの金属のドアが並ぶエレベーター・ホールに出られた。これがごちゃごちゃと椅子やテーブルなどが置かれていたロビーだったら、どうなっていたことか。

今の彼の脳では、直線に進むという指示しか出せないのだ。

エレベーターの前に立つと、ケイがボタンを押し、二人は黙って待った。軽やかにチンと音がして、ドアが開いた。ニックがケイの背中を押すようにして、誰もいない四角い空間へと入る。ケイが九階のボタンを押し、ドアが静かに閉まり、エレベーターが上昇し始めた。

二人は無言で上を見ていた。ニックの手はまだケイの背中に置かれたままだったが、今、彼女の顔を見るのはとても無理だ。

「ここは本来、男からキスするものなんだろうが」ドアに向かってニックは言葉を発した。声が低くかすれる。「キスできないんだ。今キスし始めたら、終わらなくなる」彼は空いているほうの手で自分の上着の前を押さえた。あまりに大きくなったものを隠しておかなければ。

金属製のドアに映るその部分が、大きく目立ったのだ。彼女の視線を感じる。彼女の呼吸が乱れる。そして震えながら、彼女がうなずいた。

ようやく部屋までたどり着いたが、ケイの手が震え、磁気式のカードキーがうまく作動しなかった。「ごめんなさい」

ニックは彼女の手からカードキーを取り、ドアを開けると勢いよく中に入った。ドア脇の差し込み口にカードを置くと入口のライトがつき、ぼんやりと内部が見えた。ドアが閉まりきらないうちに、二人は唇を重ねていた。

ニックは彼女のやわらかな髪に指を絡め、頭の向きを固定させた。たっぷりと量のある髪が、彼の指の周囲で豊かにうねる。息が苦しくなって顔を上げると、ぼんやりとした光の中に彼女の顔が浮き上がった。

透明感のある白い肌が、ピンク色に染まっている。キスした唇だけが、赤く輝く。ああ、まいった。今の彼女の美しさはこの世のものではないみたいだ。彼女への欲望が強すぎて、次に何をすればいいのかもわからない。もういちどキスする、よし、それがいい。ただ彼女の体のいたるところに触れ、全身をぴったりと押しつけると、今すぐにでも彼女の中へ自分のものを埋めたくて、痛みさえ覚える。

指先にまで力をこめて、しっかりと彼女の頭を支え、彼はまたキスした。DCのときのキスを思い出すが、あのときよりもうれしい。このあとセックスできるのがわかっているから。そこに至るまでに心臓麻痺を起こしでもしないかぎりは。

ケイの唇はやわらかく、ぬめりを帯びて彼を温かく迎えてくれた。彼女の味を確かめたくて、舌を差し入れると、彼女がほうっと息を吐き、彼の首に腕を回してきた。彼は顔を少し斜めにして、さらにキスを濃密にした。体を前に出すと、彼女が自然に脚を広げる。彼の体の中心でいきり立つものが、彼女の体に強く押しつけられた。ああ、気持ちいい。服が邪魔しなければ、このまま彼女の中に滑り込めそうだ。

ぐっと腰を突き出すと、彼女のほうもしっかりと受け止めてくれる。その感触にニックは爆発寸前の状態になってしまった。

少しだけ口を離し、キスではなく話をする。「もう、あんまりもちそうにないんだ。申しわけない」頭の中ではそう言ったつもりだったのだが、聞こえた声は〝まんまりもぢそになみしわけない〟になっていた。

彼女はくすっと笑い、彼の首に巻きつけていた腕に力を入れた。つまり、〝いいわよ〟という意味か？　彼女ももう待てない、早くして、ということか？　しかし確認しようにも、唇を離すことができない。互いの口が性器のように動き、舌を出し入れするのをやめられないのだ。

かろうじて声が出るぐらいの隙間を空けた。「ごんましたい」〝このまま、したい〟

「む」彼女の口からも音が漏れた。

つまり、このままセックスしていい、そういう意味か？

今日のケイのドレスは、見事なまでに彼女のスタイルのよさを強調していた。体にぴったりしたラズベリー色のドレスに、同系色のジャケットだ。まずはジャケットを脱がす。彼が襟に手を置くと、彼女が肩をうまく抜いたので簡単に床に落ちた。

ジャケット、よし。

次はドレスだ。

急いで背中のジッパーを探るが、彼女の体を強く押しつけていたので、手がなかなか背中と壁のあいだに入っていかない。そこで少しだけ彼女を引き寄せ、ファスナーの引手らしい小さな出っ張りをつかんで、ゆっくりと下ろしていった。ドレスの背中が開いていく！　突然、ファスナーというものが歴史上最高の技術的発明のように思えた。人工衛星や携帯電話なんてどうだっていい。小さな金属の突起をつまんで引き下ろすだけで、世界一きれいな女性を裸にできるのだから。

いや、まだ裸ではない。

ニックがノースリーブの肩に置いた手を感じて、彼女がぶるっと体を震わせた。彼が手を滑らせると、ドレスがはらりと床に落ち、彼女はたまった布地の外に出た。二人はダンスをするように、一緒に横に移動する。

今はキスをしていないので、しっかりと彼女の姿を見ることができた。ああ。服を着ていてもケイは美しい女性だ。だがハイヒールにブラとレースのパンティだけのケイは、その姿を目にした男の心臓を止めてしまいそうだ。

彼の心臓は、止まる代わりに三倍の速さで脈打っていた。

彼は言葉にならない声を発しながら、ブラのホックに指をかけた。幸運なことに、比較的簡単に外れるホックだった。今は指の感触もなく、不格好な突起物にしか思えないので、複雑な構造のホックなら困ったことになるところだった。

ブラ、よし。

ケイは乳房も本当に美しい。たっぷりとしているのに、高い位置にある。ニックは左側の乳房を手のひらで持ち上げ、顔をくっつけてみた。彼女の心臓が高鳴るのを、唇が感じ取る。よかった。彼女も興奮しているのだ。彼ほどではないだろうが、じゅうぶん熱くなっている。

乳房の頂を口に含むと彼女の全身がぶるっと反応し、軽く歯を立てると彼女があえいだ。

ううう、だめだ。もちこたえられそうにない。

ニックは胸の谷間に顔を埋め、首筋へと舌を這《は》わせていった。頸《けい》動脈の上で唇を休めると、大きな鼓動が伝わってくる。彼女の肌が熱く、得も言われぬようなうっとりさせる匂いがする。ボディローションだろうか。いや、きっとフェロモンの香りだ。

「ベッドまでたどり着けそうにない」彼女の首に唇をくっつけたまま、彼はささやいた。

「じゃあ、行かなければいい」彼女がささやき返す。

ニックはレースのパンティのゴムの部分に指を入れ、そろそろと下ろし始めた。ほっそりと長い脚から滑り落ちたパンティを、彼女の足先が上品に脇へどける。これで彼女は全裸だ。身に着けているのはハイヒールだけ。

彼は脚のあいだで分身がどくどくと脈打つのを意識した。もうだめだ。しかし何とかこらえなければ、格好がつかない。彼女のお腹にまき散らすなんて、恥ずかしいまねはできない。いや、彼女のお腹どころか、自分のズボンを汚してしまう心配をしなければ。彼のほうはまだ上着すら取っていなかったのだ。

猛スピードで靴を蹴《け》り脱ぎ、ベルトを緩め、ボタンを外し、ファスナーを下げる。ズボンが床に落ち、続いてブリーフ。戦場での癖で、裸のままズボンをはくことも多いのだが、今日はケイとのデートなので、きちんと下着まで身に着けていた。

裸になると、ケイと同じように、彼も布地の山から踏み出して横にずれた。二人で奇妙な裸のダンスをしている感じだった。

また唇を重ねる。さっきよりも気持ちいい。体の中心から突き出たものが、彼女の裸の脚のあいだに、うまく納まるからだ。

「君のほうは、いいか?」押し殺したような声が出た。

「む」彼女の答は、イエスともノーとも受け取れる。彼女の準備ができているかどうか、別の方法で確かめよう。彼は手を下ろし、彼女の脚のあいだに指を探り入れてみた。イエス! 彼女の準備はじゅうぶんだ。体の入口への筋肉がやわらかく、温かく、何より濡れている。

彼はまず、その指を彼女の中に入れ、ずっと奥へと進んだ。

彼女はうっと声を上げ、伸び上がるようにして背中を反らせ、彼の手に体を押しつけた。「ニック」彼女が訴えると、彼の全身の毛が逆立った。

すっかり熱くてやわらかくなった彼女の中にいる自分の指が、羨ましくさえ感じられる。ゆっくりと左右に動かしたあと、少しだけ抜き、またぐっと奥へ突く。

すると奇蹟としか思えないことが起きた。彼女が絶頂を迎えたのだ。信じられない。彼の指をくわえこむ彼女の体が鋭く収縮する。はっと息をのんだ彼女は、目を閉じて頭を壁に預け、そのまま息を止めた。快楽に身をまかせる姿を、彼はただ見つめた。

彼の体が彼女の歓びを感じる。

見下ろすと、彼のものは棍棒みたいに巨大になり、先端部からは透明の液がにじんでいた。このあと長くもつはずがない。とにかく彼女の中に入らなければ、死んでしまいそうだ。そう感じた彼は、指を広げて通り道を確保し、収縮が鎮まりつつあった彼女の体に強く自分のものを突き立てた。すると彼女が再びクライマックスを迎えた。

彼女の脚はすでに床から離れ、彼の首に回した腕でぶら下がるようにして体重を支えていた。強く密着した彼の体のおかげで、床に落ちずに済んでいる。

「脚をもっと大きく広げて」ニックは喉の奥から振り絞ったような声で命じた。奇跡的に彼女はその言葉の意味を理解し、脚を開く。これでもっと奥へと入っていける。

ケイの口が夢中で彼の唇を求めた。下腹部と口がまったく同じことをする。突き入れ、突き出し。その両方の動きが作り出す音が、静かな夜に大きく響く。ニックは円を描くようにして腰を強く押しつけていたが、彼女がまた絶頂を迎えるのを感じ取った瞬間、すべての抑制を忘れてしまった。しっかりと抱き寄せながら、激しく欲望を彼女の中に解き放った。目の前がくらくらするぐらい、強烈な感覚だった。

かなり時間が経って落ち着いてきたとき、ニックはやっと自分たちの状況を把握することができた。互いの体液と汗で全身がぴったりくっついている。息が荒い。呼吸が普段どおりに戻るまで、さらに時間がかかったが、やがて脳も機能するようになってきた。

独特の臭いが部屋に満ちている。コロンのような彼女の肌の香りに、セックスと彼の汗の臭いが混じる。ぶるっと体を震わせたあと、彼は額を彼女の肩に預け、これからどうしようかと考えた。

ロマンティックにしようと考えていたのに、計画どおりにはいかなかった。いや、ロマンティックなところなど、微塵《みじん》もなかった。バービー人形みたいなモデルの卵と付き合っていたときだって、もう少しはロマンティックなことをした。ケイはあんな女より、もっと大切な人なのに、どうしてこういう事態になったのだろう。ケイのことが好きでたまらないのに、奪うようにしてセックスした。襲いかかったも同然だ。壁に体を押しつけて、自分のものを突き立てただなんて……。

彼は少し腰を引いてみた。腹部が少し離れる感覚が辛い。両手はまだ、がっちりと彼女のヒップをつかんでいる。これじゃあ、痛いのではないだろうか？　大失敗だ。そう思って、彼は上体を起こし、指を一本ずつ離していった。ただ、自分の分身を彼女の体から抜き取るのは、あまりに辛すぎた。

紳士なら、ここで体を離すはず。うむ、たぶん。自分は紳士じゃないからいいんだ。だが、どうすればいいのだろう。今この瞬間、彼の分身は独自の意思を持ち、温かくぴったりと包んでくれる場所から出るつもりはないと主張しているのに。

やれやれ。ニックは彼女の肩にキスすると目を開けた。

彼女は怒っているだろうか？　どうしよう、自分のミスだ。彼女とこうなることをずっと願い続けてきた。あれこれ計画も立てた。ゆっくり時間をかけるべきだった。シャンパンだかスプマンテだか、部屋の冷蔵庫にある泡の出るワインのボトルの栓を抜くか、あるいはルームサービスで注文し、ケイにキスし、ゆっくりと服を脱がせ、ムードを高める会話をするべきだった。

「どんな――」声がかすれる。彼は頭を上げ、彼女の瞳を覗き込んだ。薄明かりのなかで、まぶしいぐらいの青さが美しかった。彼女の気持ちはまったく読み取れない。本来なら、ここで体を離すべきだが、分身がきっぱりと拒絶する。「どんな具合だ？」

夏の空のようなまぶしい輝きの瞳が、彼の顔を探る。彼の顔全体を見ようと、瞳が上下左右に動いた。

そして彼女はふっと笑顔になった。

ニックの心が晴れる。ケイは怒っていないし、悲しんでもいない。ほほえんでいるのだから。

「どんな具合かって？　私が？」彼女が質問に答える。「ワオ、よ」

ワオ、としか表現できなかった。今のニックほどセクシーな男性はいない。暗い色の瞳、浅黒い肌、口の周りや頬のあたりがいくぶん赤らんでいる。もしかしたら、男性ホルモンがすごい勢いで分泌されたせいで、数分のあいだにひげが伸びたのだろうか？　レストランでは、きれいに剃ってあるな、と思っていたのに、今は暗い影のようなものが頬に見える。

彼の一部はまだ、ケイの体の中にあった。あれほど強烈なオーガズムのあとなのに、まだかなり硬いままだ。彼もケイ自身も、絶頂に昇りつめた。彼女のほうは、続けざまに何度も。何度絶頂を迎えたかなんて覚えていない。頭に霧がかかったようにぼんやりしている。二人で、彼女が宿泊しているホテルの部屋に入ったのは覚えている。そのあと気づいたら、彼女の体は壁に押しつけられていた。いつの間に服を脱いだのかも記憶にない。彼も下半身は裸で、セックスするにはそれでじゅうぶんだった。あとは汗にまみれていたことしかわからない。

彼の下腹部は濡れていた。べっとりしているのは、彼女の体液のせいもある。前に付き合っていた男性は科学者としては有能だったが、ベッドでは最低だった。その男性のものが入ってくるときには、痛みを覚えた。とおりいっぺんの前戯はあったのだが、体が全然濡れていなかったからだ。その男性はハウツー本でも読んで、前戯としていつ何をするのか、手順を完全に組み立ててある感じだった。相手の体のどの部分に触れたか、頭の中でチェックシートを広げ、済んだら印を入れていったのだろう。

ニックはと言うと、前戯らしいものさえまるでなかった。強いて言うなら、ディナーが前戯だったような。彼のものが入ってくるときには、きわめてスムーズだった。彼が自分の中に入るときのことを思い出す。すごく太くて、熱かった。すると彼女の体の奥が、またひくひくと動いた。呼応するように彼のものがすぐに硬くなる。

ニックがうなった。「ああ、だめだ」

「ごめんなさい」小さな声でケイは謝った。

ニックが眉を上げる。「謝ることはないさ。悪かったのは俺のほうだ。もっとロマンティックにするつもりだったのに」彼は視線を下げ、二人の体がつながっている部分を見る。確かにエロティックではあるが、ロマンティックではない。「計画どおりにはいかないもんだな」

彼がケイの首筋にキスし、乳房の先を親指でこすった。また体の奥が反応し、彼のものを締め上げる。

ロマンティックではなくても、こんなに激しく求められたのは初めてだった。激しく燃え上がるように欲情をぶつけられるのは、最高の気分だった。

ニックが彼女の目を見る。「ベッドまで移動できるかな?」

突然の質問に驚いて、ケイは部屋の中を見回した。ほんの数歩移動すればベッドだ。

「きっと大丈夫よ、移動する?」

ニックはうなずき、二人の体を見下ろした。ケイがその視線を追うあいだに、彼は下腹部をゆっくり引いた。その際に彼のものが通り道をこすっていくように感じて、また快感を覚える。

彼の分身は暗い色で、まだかなり太いままだった。外に出ると、てかてかと光って見える。彼女の腿を液体が伝い落ちる。こんなに体が歓んだセックスは、初めて。肉体の強い反応を恥じらってもいいところだが、誇らしくさえ思える。

ニックがため息を吐《つ》いた。「俺、コンドームを持ってたんだ。色とりどりで、いい匂いまでついているやつを、新しく買って用意しておいたのに。ズボンのポケットに入れたままだ」二人はそろって床に脱ぎ捨てられた彼のズボンを見た。「ここからだと、とても取りに行く気になれないんだ。月にあるのと変わらない。仕方ない、あきらめるか。ちなみに俺は、まったくの健康体だ。ＦＢＩじゃしょっちゅう検査を受けさせられるし、どんなときだって俺はコンドームを使う。ただし、今回は忘れたんだ」彼の口元が歪み、目には後悔の色が浮かぶ。

まあ、どうってことはない。

「あの……私も、健康よ。ＣＤＣでも定期的に検査をされるから。結核菌や肝炎ウィルスを持っていないかも含めてね。それに……私、あの、ピルをのんでるの」

ニックはかっと目を見開いた。ごくっと唾《つば》を飲み込む。「つまり、ナマでやりまくれるわけか？」

「う、あの」ケイは一瞬返答に困った。「まあ、そういう言い方もできるわね」

「俺としたことが、何てことを……」ニックは天を仰いだ。「俺は大ばか野郎だ。俺の言うことなんて、いっさい無視してくれ。俺が何を口走ろうが、意味はないからな。ただ、君の体をあがめさせてほしい。その気持ちが強すぎて、思考回路がショートしてるんだ。すまない」ケイが返事をする前に、彼は唇を重ねてきた。理性をかき消すほどの圧倒的なキスだった。頭がくらくらして足元がふらつくのを感じたが、そのあと自分は彼に抱え上げられているのだと彼女は悟った。彼に抱かれてベッドへ運ばれているのだ。

いつの間にか、彼女はベッドに仰向けで横たわっていた。全身から力が抜け、両腕をだらんと両脇に置いて、少しだけ脚は開いている。きっとみだらな姿に見えるだろう。けれど構わない。たった今、人生最高のセックスを楽しんだのだ。みだらになっても当然だ。

ニックはベッドのすぐ横で、片手を彼女の右くるぶしに置いて、彼女の裸体を見下ろしていた。彼の眼差しの先の皮膚が、熱を帯びていく。彼がゆっくりと動かす視線が、愛撫のように感じられ、やがて二人の目が合った。その瞬間、互いの体がしっかりと触れ合ったように思えて、彼女の全身を歓びが駆け抜けた。

彼はケイの目を見たまま、まだ着たままだった上半身の衣服を取り去り始めた。すばやく手際よく、まずはタイを外し、次にドレスシャツ、そして下着のシャツ。彼がかがみ込んだので、何だろうと思ったケイは、彼がまだ靴下を履いていたことを知った。さっきのセックスのあいだ、彼は靴下を脱いでいなかったのだ。こういうのは、おしゃれにこだわる人なら、ダサいということになるのだろうか。

一般的な男性なら、ランニングシャツの上にドレスシャツを着て靴下をはいたまま、ことにおよぶのは、すごく間が抜けて見えるだろう。しかしニックなら間抜けには見えない。欲望に突き動かされた力強い男が、必要最低限の衣服を取り去っただけのことだ。

彼の手が、彼女のくるぶしからすね、さらには腿へと上がってきて、脚のあいだの熱く濡れた場所を覆った。

「セイ・ベリッシマ」彼がふとつぶやいた。

「イタリア語は学校で習ったわ。あなたは美しい、っていう意味ね？」

彼は視線を下げ、彼女の大切な部分を覆っている自分の手を見つめた。「君はあまりに美しくて、まぶしい。目を開けていられなくなる」

まぶしいかどうかは別にして、彼はしっかりと目を開き、彼女の姿を見ていた。手でも彼女の存在を確認する。おそらく匂いでも。

膝をつくと、やさしく彼女の片脚を持ち、足先をベッドから下ろさせた。彼女の膝の内側にキスし、唇を上へと滑らせ……あっ、ああ。

そこで立ち上がった彼は、ギリシャ彫刻のように見えた。彼こそが〝ベリッシモ〟だ。広い肩、筋肉が盛り上がっていて、脂肪がない。勃起していないのに、すごく大きな性器。あの大きなものが自分をいっぱいに満たしてくれた。

彼女が見ているせいか、彼のものがさらに大きくなり始めた。そしてむくむくと……。

ニックはまた彼女の腿に手を置いた。「じっとしてろ」張りのある低い声で命じる。ええ……もちろん。ケイはばかではない。博士号の他に修士号も二つ得ている。つまり、まがりなりにも頭はまともなので、これからもっといいことがあるとわかっている以上、どこにも行くつもりはない。

ニックはバスルームから、ハンドタオルを持ってきて、彼女の脚のあいだを拭いた。腿に彼の精液があふれ出て流れていたので、それを丁寧に拭い取る。ゆっくり時間をかけて。

彼女は目を閉じ、なすがままにされていた。全身、腿から脚のあいだへとキスされ、ゆっくりと動く彼の舌を感じていると、ぞくっと身震いがした。

「俺を見ろ」彼の命令に従って目を開けたが、現実に戻るのがもったいない気がして、そろそろとまぶたを上げた。そっと触れられ、音さえも遠くに聞こえるような夢の世界に漂っていたかったのだが、彼の姿を目にして、はっとした。浅黒い彼の顔が鋭く険しい。緊張した面持ちで、まぶたが重そうだ。頭を彼女の腿のあいだに置き、そこから彼女の顔を見上げていた。

ケイは、何だか無性に彼にキスしたくなった。彼の体のずっしりした重みを全身で受け止めたくてたまらなくなった。両手で彼の顔をはさんで、軽く引き寄せる。〝私のところに来て〟言葉は要らなかった。彼は即座に理解してくれた。

ニックが肘を立てて、徐々に体の位置をずらしてくる。顔の位置が同じになったところで彼が唇を重ね、同時に彼のものがケイの中へと入った。完全に俺の女だ、と主張する。彼のすべてが硬かった。ケイは彼の肩につかまったが、鋼鉄のような筋肉に指が滑りそうになる。彼は濃密なキスを続けながらも、腰を動かそうとしない。彼のものは巨大で、すっかりその気になっている彼女の体でも、さっきタオルですっかりきれいにしてもらったばかりなので、なじむのには時間がかかる。動かずにいてくれたのはうれしかった。

自分の体が彼のものに合わせていく感覚が、ケイにはわかった。彼の舌が口に入るたびに、体の奥がやわらかくなっていくのだ。脚にはまるで力が入らないままなので、彼女は大きく腿を開いていた。

彼の口が彼女の唇を離れ、耳へと移る。全身の毛が逆立つ。体の奥が、ぎゅっと彼のものを締め上げる。

「用意ができたら言ってくれ」低い声でニックがつぶやいた。耳にかかる彼の息を感じて、また総毛立った。

「用意?」彼の口がまた首に戻ってきた。もっとキスしてほしくて、彼女は首を長く伸ばした。

「俺を受け入れる用意」

体の奥が彼の熱と硬さを感じている。痛みすら覚えるほどの快感だ。彼がそこにいる感覚は本当にすばらしいが、彼が動き出せばさらなるめくるめく快感に舞い上がれるのはわかっている。

彼の硬いヒップに爪を立て、ケイは言った。「今すぐに始めて」

3

目覚めると口の中がからからで、ここはどこだろうとケイは思った。何があったのだろう?

何かが起きたのは確実だ。体を繰り返し打ちつけられたようで、ぐったりしている……にもかかわらず、安心しきってリラックスした状態。体を激しく酷使させられたあと、全身マッサージを受けたような。そしてその間、キスされ続けた。

ふうむ。

ニックだ。

頭が理解するより、体が覚えていた。首の向きを変えると、ニックの顔が目の前にあった。きっと眠りに入る瞬間も濃密に唇を重ねていたのだろう。彼の寝息が顔にかかる。この状況で彼が目覚めれば、そのままキスしてくるに違いない。昨夜はほぼずっと、彼の体が自分の中に入ったまま過ごした。唇もほとんど重ねたままだった。

昨夜のことを思い出すと、火薬が爆発したみたいに体の中に炎が広がっていく。エロティックな火を血流が体の隅々まで運んでいき、全身がかあっと熱くなる。

体のあちこちが痛い。唇がはれ、乳房もぽってりと重たく感じる。脚のあいだの繊細な部分がひりひりする。この身にはニックの印がついたのだ、と実感する。手首で目を覆うと、自分の腕があの広い肩にしがみつく光景がよみがえる。あのときのニックの匂いも覚えている。彼の皮膚が自分にこすりつけられているのかとさえ思える。

彼の太い腕は、ケイのお腹の上に置かれていた。彼を起こさずにこの腕の下から抜け出すには、細心の注意を払わなければならない。彼が目覚めると……危険だ。昨夜は、ちょっとした小休止――時間を止めたようなものだった。普通の生活に別れを告げる自分への贈りものにしようと考えたのだが、想像よりはるかに強烈ですばらしい体験だった。

けれどそれももう終わり。現実に戻るときだ。そう思うと、自分が直面している状況のひどさに押しつぶされそうになる。これからしようとしているのは危険な行為であり、彼女ひとりでやり遂げなければならない。

ニックはいちどこうと決めたら、絶対に引き下がらない人だ。何の説明もなくケイがいなくなることなんて、許してくれるはずがない。けれど、言えることは何もない。話せないのだ。

真実を知られることだけは、避けなければならない。

このあと三時間ばかりのあいだに、大変な事態になるの。具体的にどうなるとは、私にもまだわからないけど、まずいことになるのは確かよ。

ニックにそんなことは言えない。ああ、そうか、と引き下がってくれるはずがないのだから。彼は危険を前にして躊躇する人ではない。だから、昨夜のことは、いちどきりの思い出作りだった。

ああ、でも辛い。もう支度しなければならないのはわかっているが、あと一分、もう一分と自分を甘やかして、ニックを見つめてしまう。違う形で彼と出会えていれば。別のすばらしい世界で、二人が感じた相性のよさを、とことん追求したい。

彼の寝顔を見ながら、指で彼の顔の輪郭を確かめる。実際に触れ合わないように、数センチ離したところで。もう見るだけで、触れるのと同じぐらい彼の顔立ちがわかるようになっていた。ひげが頬のどのあたりまで生えるのかを知っている。ひげの生えないところの皮膚はすべすべで、ひげの生えるところはざらつく。目の横のしわの感触も知っている。戸外で過ごすことの多かった彼は、年齢のわりには目尻に細かなしわがある。意志の強そうなしっかりした顎、その下の首の腱、鼻梁《びりょう》――昨夜はいつまでも彼の顔を指でなぞっていた。

彼の体から発せられる熱を感じて、指が止まる。直接触れたいという思いが強くて、手が震える。けれど触れれば彼が目を覚ましてしまう。ぱっとまぶたを押し上げ、暗い色の謎めいた瞳でじっとこちらを見るだろう。そして手を伸ばして彼女に触れる。そうなれば、もうどうしようもない。

だから、そう、彼に触れることはできない。問題は、どうやって彼に知られずにベッドから、さらには部屋から出るか、だ。人の目を欺くマジシャンのように、するりと脱け出るのだ。実際、ニックを騙すことになるのだから。一夜かぎりでこっそり立ち去るプレイボーイみたいなまねをするわけだ。汚いやり方だ。

ニックは一定のリズムで深く呼吸している。このリズムに合わせて動けばいい、と彼女は自分に言い聞かせた。波に乗る要領だ。

慎重に彼の様子をうかがい、息を吐くタイミングでほんの少しずつ動く。彼が吐くたびに、ケイは体をずらし、やがて彼の重い腕の外に出られた。

彼の腕の感触がなくなった瞬間、彼女はさびしくなった。もっと彼に抱かれていたかった。ベッドの横に立ち、彼を見下ろす。彼は横向けに寝たまま、たくましい腕の片方をベッドに投げ出している。この腕が彼女を抱き寄せていたのだ。目はしっかり閉じたままで、夢もみていないようだ。しばらくは熟睡状態が続くだろう。

ぐっすり眠っているせいで、彼の顔もリラックスし、若く見えた。普段は年齢よりも年上に見える。現在三十四歳のはずだが、四十を超えているように見えるのは、いろんな経験をしてきた――その多くで邪悪なものとの対決を余儀なくされたからだ。

そして、不平不満を口にせず、重い責任を果たしてきたから。どんなに辛い仕事でも、立派に遂行してきたから。

　責任の重い職に就く男性たちは、ケイの職場にもたくさんいる。ＣＤＣで働く男性たちは少なくとも職場ではまじめだ。ただし仕事外ではそうでもない。ニックはどんなときでも責任感にあふれ、彼を知る人すべてが、彼の人柄を称賛する。

　その彼が、自分のものになった。ほんのつかの間であったけれど。彼の言動から、ケイ一筋であることもはっきりわかった。こんなすばらしい男性が、自分に好意を寄せ、その事実を宣言してくれた。それなのに、その未来を捨て去ろうとしている。いったい、何のために？

　責任感、義務。彼女はため息を吐いて、彼の寝顔を見た。

　彼を見るのも、これが最後になるのだろうか？

　そうかもしれないし、また会えるかもしれない。はっきりしたことは何もわからないのだ。ただ、あんな夜を過ごしたあと、ケイがこっそり姿を消せば、ニックは本当に怒るだろう。それは断言できる。彼はこの体のすべてを愛してくれた。別れの言葉もなくその女性が消えてしまおうとは、思いもしないだろう。当然だ。

　書き置きを残すことさえできない。〝黙って出て行く私を許してね。ちょっとごたごたがあるもので。いつかまた、こちらから連絡する〟

まさか、あり得ない。

考え得るあらゆるオプションの中から、こっそり出て行くしかないと結論づけたのだ。燃え上がる情熱をぶつけ合う、とことんみだらな夜をニックと過ごし、それが終わってしまった。けれど、その記憶は永遠に消えないだろう。

こみ上げてくる涙を懸命にこらえる。だめ、泣いている場合じゃない。これから非常に危険なことをするのだ。涙の出る幕じゃない。いっさいの感情を捨て去るべきだ。ひどく邪悪なことが行なわれ、すでに人が殺された。このままでは何百万人という人が死ぬかもしれない。心に抱くのは、何とかそれを阻止してみせるという強固な決意だけ。へたをすれば、自分の命だって危ないのだ。

ニックはまだ爆睡している。睡眠というより昏睡《こんすい》に近い。これなら大丈夫そう。彼に気づかれることなく、こっそり脱け出せる。

昨夜カーテンを閉じておいたが、窓枠とカーテンのごく細い隙間から太陽光線が射し込んでどんどん強くなっている。そのため、明かりをつけなくても何かにつまずくことなく室内を歩き回れた。

ケイはバスルームに入ると、ドアの下にタオルをはさんで光が洩れないようにしてから、電灯のスイッチを入れた。白いタイルに照明が反射して、目が痛いぐらいだ。少し目を閉じて明かりに慣れてから、また目を開ける。ふと鏡に映る人影を見て、びくっとした。バスルームに自分以外の誰かがいるのかと思ったのだ。

目をしばたいてみて、理解できた。他の誰かではない。鏡に自身の姿が映っていただけだった。

ただし、一夜にして変身した、完全な別人に見えた。

最近は肌の色がスキムミルクのような青白さで、死後一週間経った人みたいに見えていたのに、今の彼女はバラ色に輝き、頬も紅潮している。ニックはじゅうぶん気をつけてくれていたものの、ひげがこすれたせいもある。けれど主としては、ひと晩じゅうずっと体内に大量の女性ホルモンが分泌され続けたおかげだ。睡眠時間としては短かったはずなのに、目も充血していない。白目の部分は赤ちゃんの目みたいにきれいで、全体的にきらきらしている。唇は口紅を塗ったばかりのように、ぽってりして赤い。彼がくしゃくしゃにした髪は、雲のように頭の周囲に漂っているが、それが逆にセクシーで、高級ファッション雑誌でポーズを取るモデルが風に吹かれているときの髪型みたいだ。

ひと言でまとめるなら……きれいだった。

自分の外見がいいのはケイ自身知っていた。両親ともに遺伝子的に恵まれていたらしく、彼女はそのまま父母のＤＮＡを引き継いだ。肌はきめ細かで骨格は整い、新陳代謝がいいせいか、たくさん食べても太らない。

子どもの頃からかわいいと言われ、十代で美少女と評判になり、成長して魅力的な女性と呼ばれるようになった。

ただそれは単なる事実であり、彼女の人生に大きな意味を持つことではなかった。いくら断ってもしつこくデートに誘ってくる男性の多さに悩まされただけだ。十代の頃に彼女の両親は事故で亡くなり、打ちひしがれた彼女は唯一の親族である祖父に引き取られた。祖父との生活に慣れるのに懸命だったため、男の子の相手をしている暇はなかったのだ。十代の女の子を引き取ることになった祖父も大変だったと思う。

大学に進み職を得て、その後はキャリアを積み重ねる日々だった。猛勉強してウィルス学で博士号を獲得し、遺伝学でも修士号を得た。そのためには長時間研究に没頭しなければならなかった。ＣＤＣに就職してからはさらに長い時間を研究室で過ごすようになり、彼女は心血を注いで働いた。

つまり、外見に構っている時間などなかったのだ。

しかし今この瞬間、彼女は自分が美しいと実感できた。昨夜ずっと、ニックがそう思わせてくれたからだ。彼女のからだのすべてをニックは楽しみ、頭のてっぺんからつま先まで、彼女は自分の肉体というものを意識した。彼がいたるところにキスしてくれたから。

ああ、だめ。

鏡の中の自分が胸まで真っ赤になるのが見えた。彼のキスを思い出したからだ。最初に彼は、つま先にキスしてくれた。それから唇をずっと上へと移動させ、彼女の体の中心にキスした。そのときの記憶で彼女の体は熱くなり、しゃんとしよう、と思った彼女は冷水のシャワーを浴びることにした。

冷水シャワーなんて久しぶりだ。学生時代にウィルス学Ⅱのテスト勉強で徹夜する必要があり、眠気覚ましに体にショックを与えようとしたとき以来だ。

今は、ニックをあとにして去るというショックを体に理解させる必要がある。

冷水を浴びたのは、いい薬になったようだ。すばらしいものを捨てて、未知の世界に飛び込んで行くんだ、という決意を新たにできたから。心が痛むが、頭はすっきりした。

服は部屋じゅうに散らばっていて、ひとつひとつを拾い上げて肘掛け椅子に置いた。この部屋に帰って来るかどうかもわからず、戻らない可能性のほうが高いが、昨夜の上品なラズベリー色のドレスを着るのはまずい。内部告発しようという者には、そして逃亡生活を送らなければならないとすればなおさら、こんなに目立つ服装はそぐわない。彼女はストレッチ素材のターコイズカラーのパンツスーツを着ることにした。着心地がいいし、なにより友人のプリヤンカがこの服を気に入っていた。軽くて動きやすい上、亡き友の恨みを晴らすためにも、ぴったりの服だ。そしてもちろん、フラットシューズ。ハイヒールでは走れないから。

つばの広い麦わら帽をホテルの売店で買っておいたので、それで顔を隠す。

これでいい。さっぱりした体にふさわしい身なりを整え、キャリーケースの持ち手をつかむ。荷物は、機内持ち込みのできるキャスター付きの小ぶりのものにするようにと言われていたのだ。念のために。よし、準備完了。

それでも彼女は躊躇《ちゅうちょ》した。ベッドのそばに立ってニックの寝顔を見る。

彼とずっと一緒にいられたら、どんなにすてきだろう。彼とのセックスはすばらしい体験だったが、肉体的な快感そのものだけではない何かを感じた。二人で一緒にいると、特別な絆や情愛が築かれていくのがわかった。彼とのすばらしい未来が想像できた。自分は今、そんな未来を捨てようとしている。冷たいシャワーを浴び、身なりを整え、キャリーケースの持ち手を握った今でも、彼との絆を感じる。二人のあいだが見えない糸でつながっているのがわかる。

ニックにだって欠点はあるだろう。ただ、女性をもてあそぶようなまねはしない人だ。付き合った女性を、もう都合が悪いからとあっさり振ったという話はいちども聞いたことがない。これまでに恋人がいたことは耳にしたが、特別な存在の人はいなかったようだ。彼の相手は常に、それが一夜かぎりの関係であれ、あるいは一週間、または一ヶ月続く仲であっても、常に敬意をもって大切に扱われるらしい。

こういうことを知っているのは、フェリシティをはじめとするＡＳＩ社の人たちが、何度も繰り返してケイに伝えてくるからだ。

あらゆる意味合いにおいて、ニックは善良な男性だ。誰もがニックのことを褒め、ときには、おい、まだ気づかないのかい、と肘で脇腹を小突かれもする。

気づかないはずがない。ニックがすてきな人なのは、ケイもちゃんと知っている。ベッドでの彼がすごいことまでは知らなかったが……ある程度想像はできた。

彼がものすごいのは、超人的なスタミナがあるからではない。まあ確かにスーパーマン的なところはあるものの、本質はそこにあるわけではない。ケイとの相性が信じられないぐらいにいいからだ。これほどの反応を互いに引き出せる相手は、他にはまずいないだろう。二人は互いに悦楽と熱情を与え合い、受け取るのだ。

彼女の胸の奥から嗚咽がわき起こった。炎のようにこみ上げてきて喉を焦がす。すすり泣く声が漏れてしまう、と思った瞬間、どうにか炎の塊をのみ込んだ。だがその結果、体の中で手りゅう弾が爆発したかのように、彼女の心の中はずたずたに引き裂かれた。

〝さよなら、ニック〟ケイは心でつぶやいた。これからすることで、自分はどうなってしまうのだろう。何もかもが不透明だ。一生逃亡生活を送らねばならなくなるかもしれないし、ほんの一ヶ月ほどで元の暮らしに戻れるのかもしれない。どう転ぶか、まるで先が読めない。ただはっきりと言えるのは、昨夜みたいなことがあったあと、黙って姿を消せば、ニックが許してくれるはずがない、ということ。

だから、彼とはこれでもう本当に終わり。

視界がぼやけていたが、ドアの位置はちゃんとわかった。あのドアを一歩でも越えるとそこは、ニックのいない世界だ。

それでももういちどだけ、彼女はニックのほうに手を伸ばした。手を宙に浮かせたまま、もう彼に触れることは許されないのだと思う。彼と一緒にいること、二人一緒の将来を考えること。そういう自由はもうない。

彼女はニックに背を向け、涙がこぼれる前に部屋を出た。面会を約束した相手にテキストメッセージを送る。面会相手は、ホテル内のセキュリティカメラを一時的に切っておくと言っていた。どうするのかはわからないが、廊下でもエレベーターでもロビーでも、カメラはケイの姿をとらえないようになっているとのことだった。

廊下に出て涙を拭うと、彼女はキャリーケースをひきながらエレベーターへと急いだ。

さあ、集中するのよ、そう自分に言い聞かせる。

彼女の面会相手は、インターネットでニュースを発信するジャーナリストでペンネームをマイク・ハマーと名乗る男性だ。これまで上院議員を三名、大企業のＣＥＯを二名、監獄へ送った。彼が主宰するニュースサイトは、いわゆる〝不都合な真実〟というやつを告発し、どんな圧力や脅迫にもひるまない。ハマー氏の本名や、彼がどこを拠点にして活動しているのかは、誰も知らない。

マイク・ハマーと最初に連絡を取ったのはプリヤンカだった。危険な内容のファイルを渡したいとして彼に接触を試みた。プリヤンカの死後は、情報を渡す役目をケイが引き継ぎ、プリヤンカから教えてもらった方法で連絡した。彼はIT技術に精通しており、ウィルス学についても非常に詳しかった。これまで匿名通信システムのトーアを使ってメールでやり取りしてきたが、彼からこの方法なら内容が他に漏れることはないと言われたからだった。彼はプリヤンカの死も、その死因についてのケイの推測も知っている。

二人は今朝、ポートランドで会う約束をした。国際ウィルス学会がここで開かれ、ケイは自分の研究成果を発表することになっていたので、職場を離れる口実としては都合がよかった。共同研究者として、プリヤンカの名前も記しておいた。

実際にこの発表を行なう可能性は、ほぼゼロだ。マイク・ハマーとの面会のあと、ケイがウィルス学者として認められる可能性も、ほぼゼロになる。

可能性として高いのは、午後には偽造パスポートで出国し、夜にはリオデジャネイロでブラジル名産のカクテル、カイピリーニャをすすっていることだ。マイクは、いろいろ準備を整えてくると言っていた。彼のほうから、ケイに知らせることもあるらしい。二人の情報を突き合わせてみて、そのあとどうするかを決める。

ただ、今の時点でも確かなことがある。マイクと会ったあと、彼女の人生は完全に方向を変えてしまう。

彼からは、セキュリティカメラの位置と、カメラがどこを写すのかを示した地図が送られてきていた。その地図を携帯電話の画面に呼び出し、ホテルのロビーを進む。一瞬だが、彼女は周囲を見た。黒い石畳のフロア、エナメルの鉢に活けられた見事な花、モダンなグレーのソファに淡い色のクッション――とても魅力的な場所だった。このホテルは無料で宿泊客に軽い朝食をサービスする。コーヒーや紅茶、フルーツ、クロワッサン、ヨーグルトなどが提供されている。おしゃべりをしながら、笑顔で飲んだり食べたりする人たち。こういう風景を見ると、いつも心がなごむ。

だが今朝は、自分がこういう日常を楽しむことは、二度とないのだろうか、と考えてしまった。今後一生、逃亡生活を続けるのなら、友人とお茶を飲みながらのおしゃべりなどあり得ない。

だめ、そんなことに頭を悩ませている場合じゃない。

今、将来のことを考えても仕方ない。現在の状況への対処で精一杯なのだ。これから向かう先にあるのは、果たさなければならない自分の使命だ。ニックたちのような特殊部隊の人たちなら、そう肝に銘じて取り組むはず。最初はプリヤンカの使命だったが、今はケイ自身が立ち向かう使命だ。ニックたちは降り注ぐ銃弾をものともせず、他の人たちを守るために闘う。自分も頑張らなければ。

つい頭に浮かんでしまうニックの記憶を、彼女は無理に消し去ろうとした。昨夜のことは自分へのご褒美みたいなものだった。これまで会った中でいちばん胸をときめかせた男性との情熱の一夜という贈りものだった。しかしもう過ぎたこと。目前には危険が待ち構えている。警戒を怠らず、集中するのよ。ちょっとでもミスをすると、取り返しのつかない事態になる。

ホテルから外に出ると、もう過去とは訣別したと実感し、身が引き締まる思いがした。これまでとは異なる自分がいる、不確かな未来へ踏み出す、という実感がわく。遊歩道には人がそぞろ歩き、こぎれいな店や花の植えられた鉢が並んでいた。行き交う人たちは楽しそうに、店のウィンドウを見ている。おしゃれなカフェのどこで朝食をとろうかと思案しているのだろう。ケイに注意を向ける人は誰もいない。

スキーの滑降競技みたいにして、大きく左右に弧を描きながら監視カメラを避けて歩く。マイクが送ってきた地図は画期的なもので、ケイが移動すると地図の画面も変わる。グーグルのストリートビュー機能を使ったもので、自分の姿がカメラにとらえられなかったことも確認できる。逆に言えば、万一マイクがつかまったとしても、その痕跡《こんせき》からケイをたどることはできない。少なくともマイクからはそう説明された。

地図に映し出されるのは、レストラン、学会の開かれる会議施設、ホテル、そしてコンラッドという大きなデパート。それらがこの一角にある。デパートの中二階からはスカイウォークで通りを隔てた別のビルへ移動できる。

待ち合わせ場所への行き方は、かなり細かく指示されていた。デパートから二つ目の角を左に折れてすぐに路地がある。大型のゴミ箱が並べられていて、そこにはカメラがない。その路地を右に進むと、業務用の荷物の積み下ろし場所に通じる引き込み路がある。その真ん中で待つこと。

よく晴れた日だったが、裏の路地には陽が射し込まない。右側に進むとデパートの横手で、左は大きなオフィスビルになっていた。ビルもこの引き込み路に面した側には三階まで窓がなかった。うまい場所を見つけたものだ。

ケイは歩みを緩めた。マイクはここで待つと言っていた。携帯電話を見て、場所を確認する。地図にはご丁寧にも、マイクがバツ印を付けておいてくれたので間違いない。ここもストリートビューで見られるので、大型ごみ箱が並んでいるところが映し出された。バツ印はゴミ箱の真ん中あたりにある。ところが実際のゴミ箱の前には人影がない。

マイクがいないのだ。

約束の時間は午前九時三十分で、画面の上にデジタル表示されている9：29という数字が9：30に変わった。

マイクが来ない。

まさか、どうしよう？　プリヤンカから託されたポケットのＵＳＢメモリがものすごく重く感じられ、同時に自分がスポットライトで照らし出されたような気がしてきた。マイクが来ない場合は、どうすればいいのだろう？

マイクが来ない――つまり悪いことが起きたに違いない。〝マイク・ハマー〟はミッキー・スピレイン原作のハードボイルド探偵小説シリーズの主役の名前で、一九三〇年代のパルプノワール好きの面会相手が、ジャーナリストとしてペンネームに使っているだけだ。犯罪捜査ジャーナリストである彼自身も小説の『裁くのは俺だ』にちなんで、〝裁くのはハマーだ〟と呼ばれ人気が高い。彼がネットで使うアバターも、黒地に白の横顔を浮き上がらせたスタイリッシュなもので、実際に彼がどういう人物なのかは、まるでわからない。ＦＢＩの元高官だとか、いや元はＣＩＡの大物スパイだったとかいう噂《うわさ》があるだけ。ネットでいくら調べても、その素性はわからない。それでもプリヤンカはマイク・ハマーに信頼を寄せていたし、それなら私も信じてみようとケイは思った。彼との面会にすべてを賭けたのだ。

しかし彼が心変わりしたのであれば、あるいは彼が身柄を拘束されたとか、誘拐——まさか殺された？　そんなことになったら、次に何をすべきだろう？　まるで見当もつかない。

ケイが理解しているのは、自分が手にしている情報を得るために、二人の人間が殺されたことだけで、彼女自身はその情報をどうすればいいのか何も知らないのだ。プランBまでは考えていなかった。

鼓動が早まるのを感じながら、いちど立ち止まり、またゆっくりと歩き出した。ここは市の中心部になるのだが、高層ビルの谷間になって人通りもない。あまりに静かで自分の足音まで聞こえる。

地図で示されたバツ印を通過したちょうどその瞬間、背が高くて痩せた男性がどこからともなく姿を現わし、彼女に声をかけた。

「ハドソン博士？」低音の声が感じよかった。

あとずさりしたい気持ちをこらえる。この男性に会うためにここまで来たのだから。

「マイクね？　マイク……ハマーさん？」

彼が脇に移動すると、細面の感じのいい顔がよく見えた。頭のよさそうな人だが、目が充血している上、口の両側に深いしわができて、疲れきった様子だ。ほんの数日で歳をとってしまった人の顔だが——まあ、そうなるだろう。二人の命を奪うことになった、そして今後全世界を恐怖に陥れる伝染病の大流行、つまりパンデミックが起きるというこの話を追うジャーナリストであれば、ひどいストレスにさらされても当然だ。

「そうだ。君はケイ・ハドソン博士だよね？」

彼女はうなずいて、差し出された彼の手を握ろうとした。握手するつもりだったのだが、彼が手のひらを上に向けているのに気づいた。ああ、そうだった。こちらから渡すものがあった。握手じゃない。そう悟った彼女はＵＳＢメモリを彼の手に置いた。この内容をめぐって死者が出ている。重要性は彼もじゅうぶん理解している。

「コピーしたかい？」

彼の質問に、ケイは首を振った。「コピーしようとしたんだけど、かなり強力に暗号化してあって、できなかった。データを開くことさえ私には無理だったの。自分の身に何かがあれば、あなたに渡すようにとプリヤンカから言われていたから。あなたなら暗号解読できるって」

厳粛な面持ちでマイクがうなずく。「ああ。できると思う。万一僕に無理でも、うちのスタッフには国家安全保障局《NSA》出身の者もいるから、そいつなら大丈夫だ」

そのときになってやっと、プリヤンカが内容を暗号化したのは、親友を守ろうとしてのことだったのだとケイは悟った。できるだけリスクを減らそうと、ケイには中身を知らせず、ただメッセンジャーの役割だけを頼んだのだ。

プリヤンカの依頼を知ったのは、彼女の死から二日経ってからだった。墓の中から呼びかけられているかのように、プリヤンカからのメールが届いた。トーア上に二人だけが確認できる掲示板みたいなものを設置してあり、そこを見られるアカウントは追跡不能で、二人は別のパスワードを持ち、個々に掲示板をチェックすることになっていた。一方的に掲示できるだけで、チャット機能はない。

その日ケイは、プリヤンカをしのんで、以前の書き込みを読もうと掲示板を開いた。死ぬ直前のプリヤンカは常に監視されているようだと訴え、本来の陽気なところはすっかり消えていた。

プリヤンカがいなくなって本当にさびしかった。陽気な昔の書き込みを読み、親友がそばにいるような気分を味わいたかった。ところが掲示板には新しい書き込みがあった。葬式の翌日に書き込まれたもので、動画が添付されていた。

動画ファイルを開くと深刻な面持ちのプリヤンカが、コンピュータの画面に映し出された。『ケイ、あなたがこの動画を観ているということは、私の身に何かがあったわけね。いいの、覚悟はできている。でもお願いがある。申しわけないんだけど、私がこれから言うとおりのことをしてもらえないかしら』そこで急にプリヤンカの顔が歪み、目には涙がいっぱいになった。親友の涙を見てケイも泣き崩れたが、絶対にプリヤンカの最後の願いを叶えようと心に誓った。

USBメモリをマイク・ハマーに渡すことこそ、プリヤンカの最後の頼みだった。

「はい、これよ。ただ科学的なデータがたくさん入っているので」少しためらいながら言う。「あなたがデータの内容を理解できない場合には、いつでも私に連絡を――」。

「僕はスタンフォード大学から博士号を二つ授与されてるんだ。生化学とコンピュータ・サイエンスだ」

「まあ！」ケイは目を丸くした。「ごめんなさい、そうとは知らずに、私――」

何でもない、とマイクが顔の前で手を払う。「謝る必要はないさ。僕の専門分野が何か、君が知るはずがないんだから。僕はたまたま生化学に関する知識があるが、そうでなければ君に助けを求めるところだ。まあ、中身についてはだいたいの想像はついている。自分の予想が間違っていることを願っているが、おそらく間違ってはいないだろうな」

つまり、アメリカにおける医療や科学分野の最高峰でもある機関の上層部の誰かが、邪悪な道へ落ちたという意味だ。それを思うとケイの心が痛んだ。

「このデータに、君の関与を示すような内容は含まれているか？」マイクがたずねる。

ケイは首を振った。「ないはずよ。でも正直なところ、私にはわからない。私を必要以上に危険にさらすようなまねをプリヤンカがするとは思えない。けれど……」言葉を濁した。マイク・ハマーとはまだ会ったばかりなのだ。これまでに彼が書いた記事からその考え方を推測できるぐらいだ。ただ、プリヤンカは彼を信頼していた。それを思えば、ケイも彼を信じてみるべきだろう。「治験データのいくつかは、私の研究室のものを使っていると思う。多くはないけど、いくつかはあるはず」

マイクがうなずく。「できるかぎり、君の名前は出さないように努力する。ただ、君の関与が疑われる可能性が絶対にない、とは言いきれない」

ケイは深く息を吸った。「それは承知してるわ」

「君はしばらく、姿を隠しているほうがいいと思う。国内にいないほうがいいだろう」

「しばらく?」

それは覚悟の上だ。隠れなくてもいいようにと願っていたが、内部通報者は通常、気楽で魅力に満ちた生活を送れないものだ。たいていは解雇処分を受け、業界での評判もガタ落ち、同僚からは白い目で見られ、場合によってはプリヤンカみたいに殺害されることもある。

前もって、二ヶ月間の休職届は出してきた。まだ認められてはいないので、届けが受理される前に姿を消せば、解雇されても仕方ない。仕事を辞めると考えただけでも、最初は身を切られるような辛さを覚えたが、今は怒りのほうが強くて、心の痛みはあまり感じない。

マイクが口元を引き締める。「ああ、具体的にどれぐらいの期間になるかはわからない。プリヤンカとウィリー・モレルを殺したやつは、間違いなく僕も狙ってくる。今まで僕が無事でいられたのは、自分の身の安全を守るためには何をすればいいかをわかっていて、身元を公表してこなかったからだ。だが君は違う。君はウィルス学者として名前が知られ、プリヤンカの親友だった。ただ、僕の記事が世の中に出てから十日以内に君の名前が取りざたされなければ、ひとまずは安心していいんじゃないかな」

ケイはうなずいた。「プリヤンカからのメッセージが届いてすぐ、二ヶ月の休職届を出したわ」彼女はうなだれ、しばし視線をそらした。マイクは何も言わなかった。そのメッセージがプリヤンカの死後に届き、そのためケイが悲痛な思いでいることも、彼は知っている。「休職届はまだ受理されていないんだけど、認めてもらえると思う。ただ……」言葉にするのがためらわれた。

「ただ、どうしたんだ？」

「実は、CDCを辞めるつもりなの」ついに口にした。実際に退職する気持ちを口に出したのは初めてだったが、言ったことで気持ちが固まった。

CDCを辞めるのは、辛い決断だった。CDCの研究者であることのステータスは、極めて高い。科学者として最高ランクであり、すぐれた能力の証明となる。CDCを辞職するのは、給料を十倍ぐらい払うからと製薬会社などからの引き抜きがあったときだけだ。「体調不良のため、しばらくは仕事ができない、とでも説明しておくわ。病欠扱いにしてもらう。十日間ぐらいなら、ひっそりと目立たないように過ごせるところにも心当たりはあるの。場所は――」マイクがほっそりとした手を上げたので、彼女ははっと言葉を切った。

「場所は言わないで。知らないことなら、僕だって誰にも話せないだろ?」

なるほど、そのとおりだ。ケイは口をつぐんだ。

隠れ家は用意してある。けれど、用意できていなかったものもあった。自分の気持ちだ。こんなにさびしくなるとは思っていなかった。職を捨て、ニックのもとを去り、なりをひそめてじっと……待つだけだなんて。マイクの記事が公になったあと、世論がどう動くか次第で、国外逃亡も考えねばならない。

パスポートなど必要な書類を偽造しなければならないが、フェリシティに頼めば、何とかしてくれるだろう。彼女は以前にもそういうことをやっていたから。

急に喉が苦しくなって、ケイは咳ばらいした。「さっきも言ったけど、私、CDCを去ることになるかもしれない。上層部を信用できないから、働き続ける気にはなれなくて」

「いまどき、上司を信じられる組織でやりがいのある職に恵まれることなんて、まずないさ」マイクの言葉は真剣そのものだった。

確かにそうだな、と思って、ケイはうなずいた。

二人は黙り込んだ。いろんな場所でひどいことが起きている。悪者がさまざまな組織の上層部にいるように思える。良心に恥じない暮らしを送ることが、どんどん難しくなっていく。大学のときの友だちは勤めていたバイオテクノロジーの会社を辞め、パン職人になった。朝四時に起きるのは辛いけど、病に苦しむ人々の体調をさらに悪くするような薬を作るより気分がいいから、という理由で。

まあ、いい。自分はこれで責任を果たした、とケイは思った。プリヤンカの最期の願いを、ちゃんと聞き届けたのだ。プリヤンカはこの情報を世に出すために命を落とした。これで親友との唯一の接点もなくなってしまうと思うと悲しい。

けれどケイとしては、すべきことはした。問題の情報をその道のプロに手渡すことができた。マイク・ハマーならUSBメモリに収められた情報をどうすればいいかわかっているはず。裏づけを取り、自分の情報と照会し、世間に公表する。もう秘密が闇に葬り去られることはない。

ただ自分が仕事を失い、おそらくウィルス学者として働くこともできなくなり、独りぼっちで生きていくだけ。こんな状況に他の人を巻き込むわけにはいかない。

彼女は本来、きちんとした将来設計を立て、さまざまな準備を整えた上で行動する人間だった。ところが今は、目の前を灰色のカーテンでさえぎられている気がする。未来がどうなるか、何も見えない。あたりを見渡しても、壁と闇があるだけ。

心の中ではすでに辞職という結論を出していたのだろう。気持ちとしては決まっていたのに、去ることが辛すぎて、その気持ちを認めようとしてこなかっただけだ。けれど、もうおしまいだ。ＣＤＣという組織は、病気を撲滅するためにあるのか、それとも新たな病気を作り出すためにあるのか——そんな疑問を抱えたままでは、これからどうなるにしても、もう戻ることはできない。

「君は姿を隠すんだ」マイクの顔にまた新しいしわができていた。「ともかくしばらくは。身をひそめておけるところがあると言ったよね？」

ケイはうなずいた。母方の親戚がずっと住まいにしていた農場があり、二十年前にそこに住む人がいなくなってケイが相続したあとも、所有者名義はそのままにしていた。ケイが成人したとき、名義変更をしようと思ったが、育ての親である祖父のアルが、調べても自分とのかかわりが見つからない隠れ家を持っておくべきだ、と反対したので結局変更せずにいた。当時の彼女は学生で、祖父の強迫神経症みたいな用心深さを面白いと思った。この世には理屈に合わないことなどなく、善人たちで満ちているのだと信じていた。おじいちゃんたら、変わった人ね、誰にも知られずに隠れなくてはならないなんてことあるはずないでしょ、と思った。

しかし今は、デンバー郊外の森の中にある小屋が自分の命を救うカギになるかもしれないと思う。レンタカーを現金で借り、自分で運転していくつもりだった。

「しつこいようだけど、場所は言わないでほしい」マイクが言うと二人の視線が合った。互いの気持ちが完全に通じ合っているのがわかった。「ただ連絡を取る手段が必要だね。以前からの方法でいいかな？」

「ええ」秘密の掲示板のプリヤンカのアカウントを、現在はマイクが使っていた。

「僕が何者かにとらえられ、君にメッセージを送るように強要された場合は、文中に『通路』という言葉を使う。僕からのメッセージに『通路』という語が現われたら、君はただちに逃げるんだ。いいね？」

彼女はまたうなずいた。「ええ、わかった」

こういうのはサスペンス映画などに出てくる話だ。まさか自分が実際にこういう体験をするとは、夢にも思わなかった。危険を知らせる暗号、隠れ家、身をひそめてじっと待つ、そんなことのすべてが自分の身に起きているとは思えない。

「これを」彼は新品のパスポートを差し出した。紺地に金色の文字とデザインが施されたパスポートの中身を見ると、フローラ・ヌネスという女性のために発行されたものだった。ケイの写真が貼りつけてある。文章は理解できなかった。ポルトガル語らしい。

「これ、何なの？」

マイクがふっと息を吐く。「ブラジルのパスポートさ。心配ない、本ものだから。プリヤンカのも用意してあったんだが、結局――」彼が言葉を失い、息をのんだ。

「結局、彼女が死んで使わずじまいになったのね」

「そうだ。万一、僕の記事がいい形で公表されなかったり、君が自分の身の危険を感じたりした場合は、リオまでの往復航空券をこれで――」彼がフローラ・ヌネス名義のクレジットカードを取り出した。「――買うんだ。ファーストクラスでいい。君が逃げなきゃならないときは、僕もわかるから、リオに到着したら掲示板をチェックしてみてくれ。隠れ家を用意し、その情報を書き込んでおく」

ケイはパスポートとクレジットカードを、ぎゅっと握りしめた。カードの端が手のひらに食い込んで痛かったが、気にならなかった。痛みがあれば、まだ生きていることを実感できるのだ。偽造パスポートを使ってリオデジャネイロに逃げるということは、国際的な犯罪者になることを意味する。逃げる理由は正当なものではあるが、もし真実が白日のもとにさらされない場合、正義の味方が全員死んだ場合、彼女は一生を逃亡犯として過ごすことになる。

「いろいろとしなきゃならないことが多すぎて」彼の目を見ると悲しそうだった。

「そうだね。君に多くを求めすぎたのはわかってるんだ。ただ――君がやってくれていなければ、どうなっていたかと考えると……」

それは彼女も理解している。彼女がこのUSBメモリをマイクに渡さなければ、世界の行く末が変わっていただろう。致死率の高い伝染病が蔓延すれば、人類が元の世界を取り戻すことはできないかもしれない。できたとしても、何世代も先のことになるだろう。

「とにかく」彼がメモリスティックを掲げた。「僕はここに収められた中身を、じゅうぶん吟味《ぎんみ》してみるよ。ちょっと時間がかかるだろうが」

ケイは少し意地悪な笑顔を見せた。「ええ。情報量は軽くテラバイトを超えるから」

「プリヤンカから聞いてるよ。中身がどういうものでそれを処理するにはどうすればいいかを、最初に連絡をくれたときにざっと教えてくれたんだ」疲れがにじんで深刻な彼の顔がさらに青ざめる。「彼女の疑念の半分でも事実なら、世界は壊滅的な状況になる。ここにある情報の一語一句漏らさず、すべての表やグラフも徹底的に理解するように努力する。僕のところにはそれができるスタッフがそろっているし、暗号解読用のソフトウェアもある。それでも、暗号を解いて中身を調べるには数日かかるだろう。わかったことをもとに記事を書くにはさらに一週間かかる。記事は連続してウェブマガジンに掲載するかもしれない。だから君は、最低でも十日、できればもっと長く人目につかないようにしていてほしい。休職届を出したのは正解だよ。重い病気にかかって、治療のために遠くへ行く、と言うのもいいかもしれない。僕のウェブサイトを必ずチェックしてくれ。最初の記事が公になったところで、そのあとどうするかをまた考えるといい。すべてが明らかになれば、君も安全だ。情報がどこから漏れたのかを探る緊急性が薄れるから」彼の顔が深刻さを増す。「君だけは、プリヤンカのようなことになってほしくない」

「ええ」マイクの言葉にケイは優しい気持ちになった。「私も死にたくないわ」

「情報源は絶対に秘匿する。君の名前が出ることはない。誰にも――」彼が不意に言葉を切り、眉をひそめてあたりを見回す。「あれは何だ?」

「あれって?」そうたずねた瞬間、ケイにも聞こえた。ぶーんと虫の羽音のような音が、どんどん大きくなってくる。はっきりと音を認識すると、それが頭の上から聞こえるのがわかった。モーター音みたい……。

何だろう、と思って彼女は空を見上げた。そのときマイクが大声で叫んだ。「ドローンだ!」彼がケイの頭を押し下げる。事情がわからなかったケイは、体を硬くして抵抗した。「頭を下げるんだ」マイクが怒鳴る。「写真を撮られないよう、顔を伏せて!」

ああ、そうか! 大変!

連中は狡猾《こうかつ》にも、うまくマイクの痕跡をたどった。どうしよう。国立機関の職員として、ケイの写真はＣＤＣの職員データベースに掲載されている。たった今マイクに手渡した情報をめぐって、すでに二人死んでいる。だからドローンに写真を撮られたら、ケイの命もない。彼女は帽子を深くかぶり直し広いつばで顔を隠した。サングラスをかけていてよかったと思った。「ここから出ましょ」

彼はケイの肘に手を添えてうなずき、走り出そうとした。顔を伏せ、頭上からは影になるようにしている。

よし、これなら大丈夫、と思ったケイは、帽子のつばの端からちらっと空を見上げた。そして恐怖におののいた。ドローンは頭上で旋回などしていなかった。

マイクとケイに向かって、まっすぐに急降下してきていたのだ。

マイクは片方の手で彼女の頭を押さえて顔を伏せさせ、もう一方の手で彼女の肩を押した。その先には、建物の壁に設けられた鉄製の荷物搬入口用扉があった。走り始めると頭に置かれた彼の手はなくなったが、ケイには彼の意図がはっきりわかった。しっかり前を見て、扉の取っ手に腕を伸ばす。ブーンという音がさらに大きくなり、マイクが急に激しく彼女の体を壁のほうに押した。勢いが強くて、彼女の体は壁に跳ね返された。

ドローンが二人をめがけて攻撃してきたのだ。ケイは振り向いてマイクを見た。すると、かちっという音が聞こえ、液体が大気中に噴霧されるのを感じた。突然の雨かと、彼女は空を見上げた。雲ひとつない晴天で、霧が発生するはずもない。

　するとドローンはふわりと高度を上げ、しばらく頭上を旋回してからやがて引き込み路の端へと飛んでいった。その後、いっきにビルの屋上あたりまで舞い上がり、姿を消した。

「マイク、もういなくなったわ」ケイはそっとつぶやくと、肩をさすった。彼女を守ろうとしたマイクに体を強く壁に押しつけられていたため、背中が痛くなってきていた。「もう大丈夫よ、これからどこに――」

　マイクの体が崩れ落ちた。その瞬間までまっすぐに立っていた体から突然力が抜け、脚を不自然な形に曲げて壁に寄りかかっている。ケイの腕をしっかりつかんでいたため、彼女まで一緒に地面に引きずり下ろされそうになった。

「マイク？」

　いったい何がどうなったのか、彼女にはさっぱりわからなかった。たった今まで横に立っていたマイクが地面に横たわっているのだ。彼女はひざまずいて彼の体を引き上げようとしたのだが、彼は立ち上がれそうにない。

　マイクの顔が真っ赤になり、息をするたびに、ぜいぜい、と音がする。苦しそうに片手を喉に当て、電気ショックでも受けているかのように背中を弓なりに反らせている。ばたつかせ始めた足のかかとが地面にぶつかって音がこん、こん、と響く。何かの発作に襲われたのは間違いないと思った彼女は、彼の頭を後ろに引いて気道を確保し、人工呼吸を試みようとした。

マイクが激しく首を振る。「違うんだ！」

彼女は体を起こした。彼を助けようと必死だったが、何をすればいいのかわからない。

彼はUSBメモリを彼女に握らせ、こぶしの上から自分の指を重ねた。「僕はもう手遅れだ」苦しそうな息遣いでつぶやく。息を吸い込もうと胸をふくらませるのだが、酸素が体内に供給されていないのは明らかだ。

「待って！」ショックでぼう然としていたケイの頭脳が、また機能し始めた。上着のポケットを捜して安もののボールペンを取り出す。学会で配られたペンをポケットに入れておいたのだ。インク部分を取り出し、ペン先を外し、プラスチックの透明な筒だけを手にする。バッグのポケットには自宅の鍵が入れてあったのだが、そのキーホルダーとして万能ツールキットがぶら下げてあった。ねじ回し、爪ヤスリ、それから——あった、これだ。小さいが刃先の鋭いナイフだ。雑菌だらけだろうが、今は消毒よりも大切なことがある。とにかくマイクが呼吸できるようにしなければ。

ケイは頭の中で、気管切開の手順を確認していた。まずナイフを取り出し、マイクの頭を後ろに引いて、喉がよく見えるようにする。喉ぼとけから二センチ五ミリ指を下にずらし、思いきって深く、垂直にナイフを射す。気管にナイフが届いたら指を一本入れ、その指に沿うようにボールペンのチューブを挿入、チューブに深く息を吹き入れる。そうすれば気道は確保できるはずだ。

彼女はマイクの頭を片手で支え、ナイフを持ったもう一方の手を彼の喉の上に掲げた。切開する位置を間違えないようにと集中していたので、他のことは視界に入らなかった。

すると彼が手を伸ばして、驚くほど強い力で彼女の手首をつかんだ。「だめだ」全身が硬直しているのか、言葉もほとんど声になっていない。口の動きから、彼の言いたいことを理解しなければならなかった。「あのウィルスなんだ」

彼女はその場で凍りついた。あのウィルス。

ウィリー・モレルはA型インフルエンザウィルスの兵器化に取り組んでいる——プリヤンカはそう断言していた。A型インフルエンザウィルスは人類をもっとも多く殺したウィルスのひとつで、特に一九一八年に大流行した通称スペイン風邪では、五千万以上の人が命を落とした。

兵器化されたウィルスは、スペイン風邪ウィルスよりはるかに恐ろしいもののはず。だからマイクもこんな短時間で瀕死の状態になった。

なのに、ケイには何の影響もない。マイクの顔に噴きつけられた液体は、彼女のほうにも飛び散り、頬にはしっかり濡れた感触がある。どうして？　なぜマイクだけが感染したのだろう？

マイクの目を見ると、もうどんよりと曇り始めていた。息を吸おうともがいてさえいない。彼が死を悟ったのが、その目の表情から伝わってきた。文明社会の人間としての判断というより、動物的な勘で彼は自分の死期がすぐそこに来ていると知ったのだ。もう助からない、そう考えた彼は震える指を動かし、ケイにそばへ寄ってくれと促した。彼女は体を近づけた。

彼の胸で、ごろごろ、と音がする。咽頭《いんとう》と気道上部で飲み込めなくなった唾液や痰が溜まっていくからだ。いわゆる死前喘鳴《ぜんめい》という症状だ。

彼の瞳が妖しいほどにぎらつき、ケイを見つめる。「逃げろ」懸命に喉から息を吐き出す。「隠れろ」彼の全身が痙攣し始め、脚がばたつく。手が震え、窒息状態の人のぞっとするようなあえぎ声が聞こえた。そしてそのあと、静かになった。死んだのだ。生命力がすっと彼の体から消え、ケイがしがみついているのは、非常に勇敢だった男性の亡骸でしかなかった。

彼女の体はすくみ、呼吸すらできなかった。思考も止まっている。助けを呼ばなくてはと周囲を見たのだが、すぐに、もうマイクを救える人はいないのだと認めざるを得なくなった。今の彼女にできることは、マイクとプリヤンカが命懸けで守った情報を、何とか自分ひとりでも守ること。

しかし、どうして自分は死んでいないのだろう？　スペイン風邪ウィルス、つまりＨ１Ｎ１亜型ウィルスを兵器化する目的は、即座に敵を死に至らしめることだったはず。それならウィルスと接触した自分も、マイクの隣に横たわっているはずではないのか？　彼と同じように肺の中に体液がたまり、呼吸ができなくなっているはず。ところが今も元気でいる。呼吸もいっこうに苦しくない。恐怖におののいてはいるが、他に普段と変わった感覚はない。兵器化されたＨ１Ｎ１亜型ウィルスに感染していたら、すでに死んでいるはずなのに。

これではっきりした。マイクに使われたウィルスに、ケイは感染しないのだ。

彼女は科学者として、その理由を知りたいと思った。自分にはどういう免疫があって助かり、なぜマイクだけが死んだのか、そのメカニズムを考えようとした。しかし心臓の音が頭に大きく響き、考えがまとまらない。だめだ、今はとにかく逃げなければ。今すぐ走り出すのだ！

震える脚でどうにか立ち上がると、フラットシューズを履いてきてよかったと思った。ハイヒールでは転んでしまう。

さあ、どうする？

頭の回転が鈍い。ぼんやりする。これはショック症状だと彼女自身が理解していた。

精神的、肉体的に激しい衝撃を受けたあとは、体内にさまざまなホルモン物質が分泌される。アドレナリン、ノルエピネフリン、コルチゾールなど。こういった物質は体温を上げ、硬直した筋肉を自由に動かせるようにする。ただ筋肉を自由に動かせたところで、どこに行けばいいのだろう？　早く逃げなければ、どこかに身をひそめなければと、気ばかり焦って全身が震えるのに、どこにどうやって逃げるべきかがわからない。まったく。

引き込み路には誰もいない。ショックのせいか、街の音もただ遠くに聞こえるだけ。とりあえずは表通りに出なければならないのだろうが、敵が待ち構えているに違いない。ドローンだ。彼女はちらっと視線を上げたが、すぐに顔を伏せた。さっきのドローンは今自分の頭の真上にいて、見えないだけなのかも。今、こ、の瞬間も自分の顔を写真として記録しているかもしれない。あのドローンがマイクに対して行なったことが何なのかまだ正確にはわからないが、自分も同じ目に遭わされる可能性がある。自分が死ねばすべてが――二人の勇敢な人の勇気ある行動は水泡に帰す。

それを考えたら、いつまた襲われるかわからないこんな場所に、いつまでもぐずぐずしていてはだめだ、と思った。どこに行けばいいかわからないまま、とりあえず彼女は荷物搬入口の扉を押して、建物内に入った。

どうすればいい？

いい策が浮かばない。ここに留まるのがまずいのはわかるが、行くところがない。

じゃあ、どうする？

無意識のうちに、彼女の体は自然に反応していた。頭が空っぽの状態で携帯電話を取り出し、番号を押す。電話に出てくれるのが誰かを考えるだけで、いくらかは気分が楽になった。

「ケイ？」ニックの太い声は怒りに満ちていたが、彼女の耳には気分を鼓舞してくれる音楽のように聞こえた。「いったいどこにいるんだよ？　何でまた――」

「ニック」彼の言葉をさえぎった。喉がひりひりして、声が震えた。「助けて」

4

まどろみながら、自分が笑顔になっているのがニックにはわかった。半分眠っている状態でも、ほほえんでいた。ああ、いい気分、当然だ。昨夜みたいな体験のあとなら、どんな男でも笑顔で目覚めるだろう。おまけに相手はケイみたいな最高の女性だ。

上昇気流に乗って羽ばたく鳥のように、徐々に体内が覚醒していく。普段なら、目が覚めるがいなやぱっと飛び起き、いつでも戦闘に入れる状態になる。ベッドをともにする女性にはすこぶる評判の悪い癖だが、体にしみついているのでどうしようもなかった。SEALでは誰もが、目覚めた瞬間どんな状況にも対応できるよう徹底した訓練を受けるからだ。目を開けた瞬間、招集に応じ、最前線に就く用意ができていなければならない。何が自分を待ち受けていようが、準備万端にしておく。睡眠と覚醒の境界線は、細い糸のようなもので、少し引っ張ればぷつんと切れて、眠りにも目覚めにも移れる。

ところが今朝は違った。まだ完全に眠りから覚めてはいないが、あたりには何の危険もないことはわかっていた。いるのはケイだけだ。

普段の起床時刻より遅いのは間違いない。窓のカーテンが閉まっていたのは覚えているが、目を閉じていてもあたりが明るいのはわかる。カーテンの隙間から、強い陽光が射し込んでいるのだろう。いつもは薄明かりの中ベッドから出るのだが、今朝はこのままぐずぐずしていよう。そうだ、ルームサービスを頼んで、朝食もベッドでとろう。ケイの体に触れ、キスしながらの朝食、いや、キス以上のことだってできる。

彼女がポートランドに来たのは学会への出席のためだが、講演のすべてに出る必要はないだろう。そもそも講演者より、彼女のほうが頭がいいのだから。彼女には自分と一緒にベッドにいてもらう。このまま。

昨夜のセックスは情熱的で激しかった。今朝は疲れきっているはずなのだが、実に元気だ。もう十七歳の少年ではないのに、分身はすでに期待し始めている。目が覚めるとともにどんどんふくらんでいき、もうかなりの大きさになっていた。ここでほんの少し、ケイから誘いをかけられれば……。

はて。目を閉じたまま、彼は眉をひそめた。自分以外に熱を発しているものがなく、息の音も聞こえない。彼は手を伸ばしてみたが、冷たいシーツしかなかった。熱く燃え上がる女性の体などない。

何かがおかしい。

彼は目を開けて、いぶかしく思いながら部屋を見回した。部屋の窓は東に面していて、カーテンの隙間から射し込むやわらかな光が、室内を明るくしている。つまりじゅうぶん見えるのに、ケイの姿はない。ベッドだけでなく、部屋のどこにもいないのだ。となれば、残る場所はひとつ。

ベッドで起き上がって足をフロアに下ろし、バスルームに向かおうとした。軽くドアを叩いて、一緒にシャワーを浴びよう、と言うつもりだった。ところがバスルームのドアは大きく開かれたまま。中にもやはり、ケイの姿はなかった。

彼の背筋を冷たいものが走った。裸でベッドに座り憮然としていたが、真剣な怒りがこみ上げてきた。彼女はいったい、どこに行った？　彼に何も言わず、ホテルのロビーにでも行ったのか？　ちょっとした用事を片づけようとして、寝ているニックを起こさないようにと思っただけなのかも。

しかし、ばかな。あんなに濃密な時間を過ごした翌朝なのに。

背筋に感じた冷たいものが、クローゼットを見た瞬間、氷へと変わった。彼女のショルダーバッグもキャリーケースも消えている。荷物をまとめてロビーに行くのは、ホテルを出て戻らないと決めているときだけだ。

ああ、ちくしょう！　もう追いかけっこは終わりだと思ったのに。昨夜のことで、てっきり……二人はカップルとして交際するのだと、ニックはすっかり信じていた。

背中に感じる氷のような冷たさのおかげで、心の痛みがごまかせる。女性とのかかわりに感情を持ち込むことなんてめったにないのに。こうやって心が絡むようになった今、痛みは鋭く激しい。昨夜、彼のハートは完全に彼女のものになった。いや、正確に言えば、もっとずっと前から彼女に恋をしていた。昨夜はただ、彼女のほうも同じように想ってくれているのだと再確認できただけ。

実際は、違った。

ちくしょう！

ニックは男女の付き合いに駆け引きを持ち込まない。ケイも男性の心をもてあそぶタイプではないと思っていた。昨夜は、二人で愛を交わしたのだ。いや、自分はそう思ったが、彼女にとっては体だけのことで、セックスを楽しむ以上の意味はなかったのかもしれない。

違う！　ニックの存在のすべてが、ただのセックスだったという考えを否定する。あれは愛を確かめ合う行為であり、相手に対する強い想いがどちらにもあった。だから、いったい何がどうなっているのかさっぱりわからず、わからないことでひどく腹が立った。

ああ、くそ。

怒りながら彼は、薄いウールのズボンと上品なドレスシャツという昨日の服に身を包んだ。普段はジーンズとスエットシャツしか着ない彼が、彼女とのデートのためにめかし込んだのだが、今朝はタイをつけるのはやめてやる。無性に腹が立っている今、大嫌いなタイで首を絞める気にはなれない。

戦略を立て戦術を練るのは得意なニックだったが、ケイが……ふっと消えてしまうとは。予想外の事態に、彼は途方に暮れた。彼が追って来ないとでも、ケイは本気で思っているのだろうか。昨夜、あんなにすばらしい時間を過ごしたのに？　そう考えると辛い。ただ別の見方をすれば、昨夜のことが彼女にとって何の意味もないのであれば、あとを追うべきではないのかもしれない。勝手に腹を立てるこっちが間違っている。このまま二度と会わないほうがいいのかも。しかし、考えるほどにわけがわからなくなる。

ふん、とにかく電話してみよう、と彼は思った。ごくさりげない調子で話しかけよう。〝やあ、ケイ。今どこにいる？〟かっかしないように気をつけて。彼女がいなくなったのなんて、別に珍しいことでもないし、という口調で。〝ま、書き置きぐらい残してってくれてもいいとは思うけどな、ところで——今夜ディナーを一緒にどうだ？〟

彼は自分の携帯電話を手にした。その瞬間、彼の手の中で呼び出し音が鳴った。

ケイだ。

かっかしないように、とか、さりげない口調で、という戦略は、彼の頭から吹っ飛んでいた。

「ケイ！」怒鳴り声だった。「いったい、どこにいるんだよ？　何でまた――」

「ニック」彼女の声がかすれ、震えていた。「助けて」

彼の全身を電気ショックのような衝撃が駆け抜け、体の上でぱちぱちと火花が散った。靴を履き、ジャケットをつかみ、ドアに向かう。彼女がいないと気づいてからいろんな可能性を想定したが、こういう展開だけは考えていなかった。彼女が危機に瀕しているだなんて。

ケイが危険な目に遭っているということしか、もうニックの頭にはなかった。放たれた矢が標的でまだ揺れているかのごとく、今まさに彼の意識にそのことが突き刺さっていた。

彼女のもとに――それがどこなのかはまだわからないが、すぐに駆けつけたくて、大股に歩きながら部屋を出る。「今、どこなんだ、ベイビー？　何があった？」

「ああ、ニック……」彼女の声が涙混じりになる。「どうしよう、彼が死んだの。殺されたのよ！　ドローンのせいなの。方法はわからないけど。私、どこに行けばいいの？　どうすれば……」

ニックは廊下を駆け出しながら、それでも落ち着いた穏やかな声で話しかけた。ただし、心の中では激しく動揺していた。誰かが死んだ。ドローンに攻撃された？「ハニー、最初に確認しておきたいんだが——君は今、どこにいるんだ？　いちど深呼吸して、場所を教えてくれ」

「ごめんなさい」彼女が鋭く息を吸う音が聞こえた。そのあと、少しばかり落ち着いた声が聞こえた。「わからないわ。建物の裏側にいて、業務用の運搬口になってるとこ。あ、待って。ごめんなさい。頭がうまく回ってなくて」

チン。エレベーターが到着した。ニックは地上階のボタンを力まかせに押した。ボタンではなくて他の何か、ケイを危険な目に遭わせている誰かを力まかせに殴りたい気分だった。

「大きなデパートの裏口よ。コンラッド・デパート。運搬口のドアの中に入ったところ。ホテルを出てから左に歩き、二つ目の細い通りを左折、そのあと右に入って、最初の脇道よ。荷物搬入用に作られた引き込み路で、大型のゴミ箱が並んでる。男性の死体がそこにあるわ」

「ドローンの話をしてたな？」うなじの毛が逆立つのがわかる。「ドローンがその男性を殺したのか？」

「そう。たぶん——そうだと思う。殺されたのはマイク・ハマーで、ウェブ専門のジャーナリストよ。でも、ドローンがどうやってマイクを殺したのか、わからない。何か液体が噴霧され、直後に彼は倒れたわ。液体は私にもかかったのに、私は何ともなくて……どうしてそんなことが起きるのか、まるでわからない。マイクが『写真を撮られないように顔を伏せて』って叫んだから言われたとおりにしたんだけど、もしかしたら間に合わずに写真を撮られたかもしれない」

「わかった。そのドローンがまだうろついているかぎり、君は外に出るな」

彼女のおよその位置を、自分の地図アプリに設定した。「デパートの搬入口ならわかる。地上階にいるんだよな?」

彼女が息をのむ。「ええ」

ニックはエレベーターから出てきびきびとした足取りで歩き出した。歩幅を大きくしているので、一見普通に歩いているようだが、実はかなりの急ぎ足だ。「これから俺の言うとおりにしてもらいたい。ハニー、しっかり聞くんだぞ。いいか?」

「ええ」パニックに陥って乱れていたケイの呼吸が落ち着きを取り戻す。よーし、それでいい。「いいわ」

「よし。俺との話が終わったら、電話の電源を切り、バッテリーを取り出す。今いるところから動くな。俺のほうからそっちに行くから。着くまでに、追跡されずに脱出する策を練る。もし俺が十分経っても現われなければ、電話にバッテリーを戻し、電源を入れろ。他の場所で待ち合わせる。わかったか? わかったら、どうするか繰り返してくれ」パニックに陥ると、人間は何も記憶できなくなる。パニックを起こしている最中、人は十個のうちひとつのことしか聞き取れない。だから兵士やパイロットは、命令を常に復唱するのだ。

しかしケイは最悪のパニック状態からは脱したようだ。声に落ち着きが戻っている。「話が終わったら携帯電話の電源を切り、バッテリーを取り出す。あなたが十分以内に来なければ、バッテリーを戻して、スイッチを入れる。次の待ち合わせ場所はそのとき決める」彼女の声がまた震えた。「ニック、急いで。犯人が誰かはわからないけど、まだこのあたりにいるに違いないわ。私がどの建物に入ったか、ドローンが撮影していたかもしれない」

ニックは心臓がぎゅっと締めつけられるような気がしたが、平静を装って語りかけた。「ドローンってのは、かなり離れた場所からでも操作できるんだ。犯人が近くにいるのなら、死体を確かめようと、とっくにそこへ現われてるよ」息絶えて無残に地面に横たわるケイのイメージが頭に浮かび、彼はぐっと息をのんだ。

くだらないことを考えるな、と彼は自分を叱りつけた。ケイへの想いが強すぎて、冷静に対処できなくなっている。俺は歴戦のつわものじゃないか、戦火をくぐりぬけ、銃撃戦を経験してきたんだ。自分にそう言い聞かせて、彼は神経を研ぎ澄まし、自らを武器として使えるように集中力を高めた。

よし、もう大丈夫。状況が完全につかめていないのは問題だが、ある程度のことならわかっている。

男性が殺されるところをケイが目撃した。おそらくその犯人はケイの命も狙っているだろう。その犯人が誰なのかという情報は、今は特に必要ない。現在優先順位がもっとも高いのは、ケイを安全な場所へ匿うことだ。しかし、ドローンが上空にいるらしいので、問題は複雑になる。ドローンで人を追跡できるということは、犯人は抜け目がなく、資金に恵まれ、多様なツールを使えるわけだ。それでも、ドローンによる殺害とは……。ニックが知るかぎり、ドローンはミサイル攻撃や爆弾の投下ぐらいにしか使えないはず。ケイは爆撃されたとは言っていなかった。つまり、きわめて高度な科学的技術が使用されたのだ。何かが噴霧されたというような話だったが。それほど即効性のある有害な液体とは何だろう？　思いつくのはサリンのような有機リン系の化合物だが、即効性があるほど高濃度だったのなら、液体を浴びた彼女が無事なはずはない。

状況が把握できないと、不安でいてもたってもいられなくなる。ひとまずドローンのことより、市の中心部からの脱出を優先させよう。どこに逃げるべきかは、もう考えてある。

重要なのは、追跡されずにそこに到着することだ。追手をまく手伝いをしてくれそうな人間には、ちゃんと心当たりがある。

一回目の呼び出し音で、応答する声が聞こえた。ときどき、フェリシティの神経端末は、電話とコンピュータに直接つながれていて、Ｗｉ‐Ｆｉだのコードだのは必要ないのではないかと思うときがある。フェリシティ・ワード、もうすぐオブライエン姓を名乗ることになっている女性だ。彼女は、ニックをＡＳＩ社に誘ってくれた親友メタル・オブライエンの婚約者であり、彼女本人も会社の同僚だ。

「ニック、用件は？」フェリシティがきびきびとした口調でたずねた。

「メタルもこの電話に参加させてくれ。それからジャッコとジョーも」ジャッコ・ジャックマンとジョー・ハリスもニックやメタルと同じように元ＳＥＡＬでＡＳＩ社の同僚だ。自分が頼めば会社の全員が手伝ってくれるのはわかっていたが、当面メタルの他にはジャッコとジョーがいてくれればじゅうぶんだ。

小さな呼び出し音が受話器の中で聞こえる。「参加完了」フェリシティが言った。

まずはケイの姿を隠すことが先決だ。「フェリシティ、俺は今、アストリア・ホテルを出たところだ。ケイはコンラッド・デパートの荷物搬入口の内側に隠れている。彼女はとあるジャーナリストと面会する約束をしており、そのジャーナリストは彼女の目の前で殺された。ドローンに攻撃されたらしい。彼女も命を狙われているのはまず間違いない。彼女がいる位置の座標を送る。俺はこれからその場所までクレメント通りを六十メートルほど歩いて行かなきゃならないんだが、セキュリティカメラがどこにあるか教えてくれるか？　ケイの姿がカメラにとらえられるとまずいからな」

何の応答もない。

「フェリシティ？」

「送ったわよ」

携帯電話を見ると、画面の地図上にカメラのマークがいくつか赤く記されていた。

「えらく早いんだな」

「その間に、ドローンが飛んでないかもチェックしてみたの」

「わお！　君は最高だな」本当に彼女はすごい。

「ええ、そうね」彼女の得意そうな顔が目に浮かぶ。

「それで？」

「一機飛んでる」フェリシティの声が深刻みを帯びる。「そのあたり一帯を旋回してる。クワドコプターと呼ばれる、ミニドローンよ。監視を続けてる」

「脱出に関しては、俺たちにまかせてくれ」ジャッコの野太い声が聞こえた。「メタルとジョーと俺とが、まったく同じSUV三台を運転してコンラッドの地下駐車場に行く。B2レベルで落ち合ったあと、三台が間隔を空けて出発する。おまえとケイは一緒にそのまま〝グランジ〟に向かってくれ。これで追跡はできなくなるはずだ」

目が覚めてからずっとストレスで強ばっていたニックの体から、少しは無駄な力が抜けた。まだ危険が去ったわけではないが、それでもＡＳＩの仲間たちが味方についてくれれば、かなり安心できるのも確かだ。

ケイがどんな危険な目に遭っているにしても、絶対に彼女を救い出す。

「了解」短く告げると、彼は目立たないように注意しながら、カメラを避けてクレメント通りを進んだ。「地下駐車場、Ｂ２レベルだな。五分後に。フェリシティ、今の会話は盗聴されてないよな？」

ふん、と荒い鼻息のあとに、彼女の怒った声が聞こえた。「勘弁してよ」

「ニック、あのな……」これはメタルだ。

「わかった、わかったよ」メタルの人生における最大の存在意義は、フェリシティは完璧であり、どんなときにも正しいとすべての人に認めさせることだった。今回は、そんなふうに彼女が完璧であることがニックにとってもありがたかった。「以上」

全員が通話を切った。

ニックは狭い路地とその先の引き込み路を見つけ、頭上を確認した。カメラはない。引き込み路に面しているのは両側ともに高層ビルで、引き込み路に入って行くのは影の中に踏み出すような気分になる。よく晴れているのに、ビルの陰になってあたりは暗い。実際に入るとさらに暗かった。

ニックは少しだけ歩く速度を落とした。狭い引き込み路に不審なところはない。彼は非常に視力がいいのだ。細い路地は待ち伏せするには好都合だ。荷物搬入用のトラック、ゴミ箱、戸口の陰。彼はさっと背後を確認した。誰もいない。

ああ、くそ、武器があれば。ニックは常に武器を携行していた。どんなときも。ところが昨夜は、愛用のグロック19を家に置いてきた。もしかして、ケイと一緒に朝を迎えられるかも、と期待していたから。

まあいい。メタルとジャッコがちゃんと用意しておいてくれるだろうから。彼とケイが乗ることになるSUVには、大量の武器弾薬が積んであるに違いない。

武器はなかったが、彼は銃を構えているときと同じような斜めに向いた姿勢で引き込み路を進んだ。どこかから発砲されたとしても、その姿勢なら銃弾が当たる可能性が低くなる。

誰も発砲してこなかったが、死体はそこにあった。

五感を研ぎ澄ました状態で、そろそろと死体に近づく。途中、ちらっと上を見たが、ドローンは見えなかった。ただ見えないだけで、いないとはかぎらない。高度を上げていて、地上からは見えないだけかもしれないから。高い場所からでも鮮明な写真が撮れる。じゅうぶんな資金のある人間なら、何千メートル離れたところからハエの羽根模様だって見わけられるぐらい高精度の写真が撮れるのだ。

ただ、現在はフェリシティがドローンを監視してくれている。何かあれば、彼女から警告が来るはずだ。どこかの国の人工衛星をハッキングし、慈愛に満ちた眼差しでこちらを見守ってくれていると確信できる。

死体のそばにひざまずき、殺害の瞬間をケイが目撃したのはこの男性か、と思った。確認のため、頸動脈の上に指を二本置いて一分以上脈を探る。何も感じない。その後、手のひらの付け根で自分の指紋を拭い取った。最近では人の皮膚からも簡単に指紋が採取できるからだ。今回のことはきちんと警察に届けるつもりだが、自分の不要な指紋でポートランド市警の捜査をかく乱させては申しわけない。

次にハンカチを出して、男性のポケットを探った。何もない。文字どおり空っぽだった。書類はおろか、身元を証明する運転免許証などもなし、現金もない。完全に。どんな服のポケットにもちょっとした屑《くず》みたいなものはあるものだが、それもなし。

唯一見つかったのは、ジャケットの右側ポケットにあった携帯電話だった。高度に暗号化されたものだ。ふむ。おそらくこの電話でケイと連絡を取っていたのだろう。これはポートランド市警のバド・モリソン警視にゆだねるとしよう。警視はＡＳＩ社のボスたちの非常に親しい友人でもある。彼の指示で市警が通話記録を調べてくれるはずだ。警察の科学捜査班にそれなりの人間がいれば、その他にもハマーのこれまでの足取りを調べることが可能なはず。フェリシティに頼んだほうが早いだろうが、これは殺人事件の証拠品であり、警察の捜査妨害はしたくない。それにポートランド市警の科学捜査班は有能だと聞いている。もちろんフェリシティのレベルではないが、証拠を見つける能力はじゅうぶんある。

ニックはマイク・ハマーの死体を見下ろした。彼は、ウェブ専門のニュースというものを熱心に読むほうではない。そもそも一般的なニュースというものに関心がないのだ。本ものの情報、つまり新聞ではけっして伝えられない機密情報や噂を、特殊部隊出身者ならではの独自のネットワークで知る。だから彼が目にする活字は、機器などの取扱説明書、それに気分転換のために読む退役軍人の回想録ぐらいだ。

そんなニックでさえ、マイク・ハマーというジャーナリストの存在は知っている。そして今、自分が〝マイク・ハマー〟として知られる人物の素顔を見た数少ない者のひとりになったことを悟った。このジャーナリストは、強盗、汚職、背任などどんな犯罪でも徹底的に追求し、世論をあおってきた。だからこそ彼が『裁くのは俺だ』の探偵マイク・ハマーの名をペンネームとして使うのは当然だと誰もが思った。

ハマーが権力の座にある者たちのあくどい行為を暴いてきたことは、ニックも知っている。世間の暗い片隅を照らす一筋の光明のような男だった。

ニックと、正義を求めるという点では同じ、やり方が異なるだけだ。ニックは力で悪をねじ伏せ、ときには武力行使も辞さない。このハマーというやつは活字を使うが、それでも強大な権力にひるまなかった。だからこそ、殺されたのだ。

死によって、彼の本名などは世間にも知られることになるのだろう。今のところニックは本名を知らないが、名前なんてどうでもいい。何にせよ、この男にはガッツがあった。

ハマーを再度眺める。長身痩軀、四十代半ばか。顔がひどいことになっている——輪郭がわからないほどふくれ、紫色の舌がだらんと口から出ていて、まぶたもはれている——せいで、本来の顔立ちがどうだったのかは何とも言えない。死因はおそらく——何だろう？　窒息か？　何かの物質にアレルギーを起こして、アナフィラキシーショック状態になったのか。その物質とは？

ケイは液体が噴霧されたと言っていた。その液体がハマーを殺した。即効性のある毒物だ。理由はわからないが、その毒はケイには作用しなかった。本当によかったが、作用していれば、今ここで見下ろしているのはハマーと同じように酸素不足でチアノーゼを起こし、はれて紫色になったケイの死に顔だ。

体の芯から冷たいものが広がっていく。震えはしなかったものの、ぞくっとした。戦場に向かうときの氷のような決意が生まれたのだ。この汚らしい地面にケイが横たわっていたら……犯人を絶対に見つけてやると彼は心に決めた。

携帯電話で死体の写真を何枚か撮ると、彼は立ち上がった。ケイだ。ケイのところに行かなければ。ハマーは死んでしまったが、ケイは生きている。これからも、ずっと。

彼女がいるはずの場所へと進む。扉を入って十メートル行ったところに通路があり、そこを右に三十メートルだ。人に見られていないので、すばやく動いても構わない。もうすぐ彼女が……いない。

彼の体内に、パニックでアドレナリンがどっと分泌された。前線で身を隠す場所もないのに狙われたときよりもひどいパニックだ。戦場ならレーザー光線のようにピンポイントに集中力を高められる。自分自身を感情や感覚を持たない戦闘マシンに変えられる。しかし今は、胸をナイフで突き刺されたような苦痛を覚える。

手遅れだったのか？　噴霧された液体は、ハマーだけでなく、やはりケイも殺したのか。反応が遅れて出るように計画されていたとか？

「ケイ？」大声にならないように懸命に自分を抑え、彼はくるりと振り向いた。そこは倉庫になっており、壁際に段ボール箱が積み重ねられていた。近くの箱をそっと足で押してみると、すっと動いた。空っぽだったのだ。

「ケイ？」今度はもう少し高い声で。いったい彼女はどこにいる？　別の場所に移動したのか？　誰かがここにやって来て、移動せざるを得なかったのか？　そうであれば、携帯電話の電源を入れておくはず。そう思って、ポケットから自分の電話を取り出した。全身がうっすら汗ばむのがわかる。

外には死体がある。犯人はケイの命も奪ったのだろうか？　そんなことを思うだけで、同じ場所にじっとしていられない。大きな倉庫の反対側へと彼は急いで進んだ。

胸が苦しい。「ケイ！」

何かが自分に向かって突進してきた。それがケイだと認識する前に、彼の体は腕を開いて彼女を抱き留めていた。

「ニック！」ケイが彼の首筋に顔を埋める。ああ、それでいい。今の自分の表情を彼女に見られたくなかったのだ。彼はケイの髪に顔を埋め、深く息を吸った。恐怖とケイの匂いがした。

ケイがそばにいるかぎり、恐怖に関しては俺が引き受けよう。

「大丈夫だ」ぎゅっと彼女を抱きしめる。ああ、大丈夫だ。彼女が自分の腕の中にいるから。彼女が直面している問題が何にせよ、自分は彼女の味方だ。そして自分の後ろにはＡＳＩ社がいる。「もう心配要らない」

彼女が体を引いたので、やっとその顔が彼の目に入った。電話の彼女は泣いていた。今はもう泣いてはいないが、美しい顔に涙の跡があった。怯えて憔悴しきった青白い顔。その顔を見るだけで、彼の胸がふさいだ。

黙って姿を消し、こんな危ないことに自分ひとりで立ち向かおうとした彼女には、まだ怒りを感じていた。それでも安堵感《あんどかん》が怒りよりも大きかった。

ケイが彼の腕にすがりつく。「ニック、あの人死んだのよ！　ドローンが飛んで来て、彼を殺したの。どうやって殺せたの？」そう言って自分の体を見下ろす。ターコイズカラーの彼女のスーツも、彼の服と同じように泥だらけだった。死体のそばにしゃがみ込んだからだ。服が汚れるぐらい構わない。彼女が無事で、自分も生きている。これからも彼女に危害が加わることはない。「私はこのあと追跡されるわよね。このあたり一帯は監視されていたに違いないわ。これからどうすればいいの？」

「大急ぎで駐車場まで行く。うちの連中が俺たちをそこで待っているから」

「うちの連中って？」

「会社の仲間だ。メタルとジャッコとジョー、さらにフェリシティが指示を出してくれている」ケイの顔からも少しだけ不安が消えるのがわかって、彼はほほえんだ。

「俺たちには味方がついているからな、ハニー。ＡＳＩの仲間たちが、俺たち二人をしっかり守ってくれるんだ」

ケイはほうっと息を吐いた。そのあとひくっと嗚咽が漏れ、膝から崩れそうになったので、ニックはその体を支えた。彼女のことはいつだって支えるつもりだ。「ああ、よかった」彼女の口から、振り絞るような声がつぶやく。「私が黙って出て行ったのは、あなたを巻き込みたくなかったからよ。きっと危険なことになると予想していたから、あなたを引きずり込んでは申しわけないと考えたの。でも結局あなたをここに呼ぶはめになった。現在も危険な状態には違いないけど――」

「ASIの仲間たちが味方についてくれれば、俺たちは無事に危険を乗り越えられる。さて、急ごうか。計画どおりにするには、時間がかぎられている」彼女の体を支えていた手を放す。「大丈夫か?」直截的に言えば、歩けるのか、という意味だ。彼女の体から激しい震えが伝わってくる。脚にも力が入らないようだ。まだショック状態にあるのだ。もし彼女が立ち上がれないのであれば担いでいくつもりでいたニックだが、それだと速く進めないな、とは思った。

彼女はまた息を吐き、呼吸を整えてから背筋を伸ばした。「ええ、大丈夫。もう歩ける」彼女はどうにか体の震えを止め、彼の目をまっすぐに見た。「でも私、命を狙われてるのよね?」

ケイは科学者であり、研究とデータの世界に生きている。ところが今の彼女は、本来の自分とは異なる世界に投げ出された。目の前で男性が殺されたのだから。それでも彼女は勇気を振り絞って、けなげに頑張っている。

ニックは心のどこかで、黙って出て行った彼女に対する怒りをまだくすぶらせていた。彼女独りで危険に飛び込むなんてとんでもない、と思う。この先どこかでゆっくり話す機会があれば、二度とそんなまねはするなと厳しく伝えておくつもりではいる。

それでもニック自身も、彼女の無事を確認できたことでどっと安堵感に包まれたため、膝がガクガクしていた。

彼は心の暗く冷たい場所に自分の感情を無理やり閉じ込めた。今は感情なんて、何の役にも立たない。任務《ミッション》遂行のための冷静さが求められる。まだ危機を脱したわけではなく、彼にとって人生最大のミッションが目の前にある。ケイを狙うやつらから、彼女をできるだけ遠ざけておくことだ。

ミッションなら——たとえケイが絡むミッションであっても、遂行できる。彼の人生はこれまでずっと、ミッション遂行の連続だったから。彼はケイを守りたいという感情を脇にどけ、戦闘モードに入った。要求される仕事をこなしながら、生存を最優先に、神経を研ぎ澄ます。

「帽子をかぶれ」

彼女が目を丸くした。「何のこと?」

彼女がつかんでいるつばの広い麦わら帽を示す。彼女はそんなものを持っていたことに気づいていなかったような顔で、手元を見下ろした。そしてはっとして、帽子を頭に載せた。「帽子のこと、すっかり忘れていたわ」

この帽子が彼女を救った可能性は高い。広いつばのおかげで写真を撮られずに済んだかもしれないのだ。

「さ、行くぞ」ケイがついて来ているかを確かめながら、ニックは駐車場の階段のほうへ歩き出した。

「計画があるのよね？」彼の一歩ごとにケイは二歩足を動かしていたが、それでもちゃんとついて来ている。よし、いいぞ。

「ああ、計画がある」エレベーターがすぐ横にあったが、二人は階段を下り始めた。エレベーターで待ち伏せされたら、一巻の終わりだ。彼はケイの目を見て伝えた。「俺たちは姿を消す。事情がきちんとわかるまで、誰にも見られない場所に身を隠す」

彼女もニックの目を見た。美しい空色の瞳が少し陰りを帯び、真剣そのものだった。「ごめんなさい、ニック」辛そうにつぶやく。「本当に、何てお詫びすればいいか」

ニックは鋭く首を振った。謝ることなんて何もない。こういう事態になっただけの話だ。戦士は現実と向き合う。こんなはずではなかったのに、と不満を言ったりはしない。

ニックが鋭い視線であたりの様子をうかがう中、二人は急ぎ足で階段を下りた。やがて地下一階のドアまで来て、彼が先に駐車場へ進んだ。ああ、よかった。みんながいる。

騎兵隊の登場だ。ジャッコ、メタル、それにジョーの三人が立っていて、その横にはまったく同じ黒の大型ＳＵＶが三台並んでいた。馬に乗った騎兵隊よりさらに心強い。これなら一個大隊に守られているも同然だ。

ケイが安堵のため息を漏らすのが聞こえた。同感だ、とニックも思った。

三人が気を付け、の姿勢になり、ジャッコがリモコンキーを取り出して、スイッチを押した。SUVの一台がピッと音を立ててライトを点滅させる。「おまえはこの車だ」ジャッコが言った。相変わらず、無駄なことは言わないやつだ。普通の人間は挨拶代わりに〝おう〟とか〝大丈夫か〟ぐらいの言葉をかけ、その後当然〝いったい何があったんだ?〟みたいな質問をしてくるものだ。ジャッコには詳しい説明をする必要はない。何かトラブルが起きた場合、彼は即座に対応する。トラブルには完全に慣れっこになっているのだ。

ケイは以前からよく知るメタルには、つま先だってハグした。ジャッコとジョーには軽く会釈をしたあと、メタルにUSBメモリを差し出した。「かなり強力に暗号化されているの。フェリシティなら解読できると思うんだけど、どうかしら?」

「もちろん、できるさ」メタルは当然だと言わんばかりに肩をすくめた。もし彼に〝フェリシティは地球の回転を止められるかしら〟とたずねていたとしても、同じ答が返ってきていただろう。メタルは、自分の婚約者は全知全能だと信じている。

「中身については知らないの」ケイがきれいな顔を曇らせる。いちどUSBメモリを握ってから、また手のひらを開く。「ただ、ついさっき私の目の前で男性が殺されたのは、このUSBのせいよ。このUSBに入っている内容を手に入れようとした人に殺されたの。だからフェリシティの身の安全にもじゅうぶん気を配ってあげて。これが――」そこで涙声になった彼女は、全員を見渡し、しっかりとひとりひとりの目を見た。「これがどういうことなのか、どういった対処法があるのかを理解できるまで。危険にさらされるのはフェリシティだけじゃないわ。ここにいるみんな、すべてよ」彼女の目に涙がたまる。「本当にごめんなさい。こんなつもりじゃ――」

「いいから」メタルが大きな手を掲げて、彼女の言葉を止めた。「それ以上言うなよ、ケイ。君が謝る必要はないんだ。殺人を犯したやつが悪い。謝らなきゃならないのは、そいつだろ？　それからフェリシティの身に危険がおよぶことはない。それは俺が保証する。君のことはニックが守る。君たちは二人一緒に、これから安全な場所に行くんだ。今回のことは、俺たち全員で立ち向かう。いいな？」

彼女はごくっと唾を飲んだ。涙をこらえたせいで、喉が焼けつくように感じていたのだろう。

「いいな？」メタルが念を押す。

「いいわ」消え入りそうな声で言うと、ケイはほほえんだ。ほほえもうとした。メタルはUSBメモリを自分のポケットにしまった。

「車には臨時のナンバーが付けてある」ジャッコはそう説明したが、つまり偽のナンンバープレートが取り付けてあるということだ。ＡＳＩ社には大量に臨時ナンバーが用意してあるのだ。「調べたが、ドローンはまだ上空を旋回している。つまりケイの現在の居場所は知られていないということだ。車は十五分間隔で出発させる。ニック、おまえは二番目の車に乗れ。俺たちの車は追跡されないように回り道をしながら本部に戻る。おまえはこのままグランジに向かうんだ。傍受されない通信手段は確保してある」

ジャッコは、通信用ヘッドセット、暗号化機能のある衛星電話、それにタブレット端末を取り出した。タブレット端末のスイッチを入れ、画面をスワイプし続けたあと、捜していた画像が見つかったらしく、ニックとケイに見えるように、画面を斜めにした。最初は何の画像なのかわからなかったニックも、目が慣れてくると映し出されているものが何かを理解した。フェリシティがハッキングしている衛星画像だ。非常に遠くにある映像を拡大しているらしく、若干ピントは甘い。「これは――」

「ドローンさ」ジョーが答えた。「衛星がとらえたライブ映像だ」

ニックは体を倒して覗き込み、一分近くもタブレット画面を見ていた。ドローンはビルの上空をゆっくりと旋回している。「ちくしょう」

「ああ」ジョーが言い、メタルとジャッコが険しい表情でうなずいた。ドローンはケイを捜している。そのドローンには何らかの仕かけがあり、その仕かけがひとりの男性の命を奪った。

「よかったな、ケイはおまえと姿を消せて」ジョーが別のリモコンキーを手渡してくれた。「これが我らが王国の城への鍵だ。入城にはさらに暗証番号が必要だが、電話にコードを入れておいた」ジョーの言う『王国の城』とはセキュリティが厳重なASI社の新たな施設で、フッド山のふもとに最近建設された。

「あの、外に死体があるのよ」ケイが静かに言った。「死体を放置しておけない。私たちだけがこのまま逃げるなんて、あんまりだわ」

「死因は？」メタルがたずねる。

彼女が重い吐息を漏らし、肩が揺れた。困惑する表情が悲しそうだった。「死因は――わからない。ドローンが迫って来て、何らかの液体をスプレーした。マイクがとっさに私の頭を押し下げたから、よく見えなかったの。ドローンのほうを直接見るなって」

「そのおかげで、君は死なずに済んだのかもな」

ニックの言葉をケイが否定する。「いいえ、噴霧されたものが何にせよ、その液体の殺傷効果はマイク・ハマーに限定されていた。私には何の影響も与えなかった」

「今、マイク・ハマーと言ったか？」メタルがたずねる。

「ええ。彼のこと、知ってるの？」

メタルだけでなく、ジョーも〝マイク・ハマー〟という名前に反応している。

「ああ。サマーとはジャーナリスト仲間で、一緒に仕事をしてた」サマーとはジャック・デルヴォーの妻のことだ。ＣＩＡ工作員だったジャックと結婚する前、彼女はサマー・レディングとして『エリア８』という政治専門のウェブマガジンを発行する著名なジャーナリストだった。ジャックがＡＳＩ社員となった現在、サマーも現在は政治問題から離れ、環境問題に取り組んでいる。「いいやつだった。死んだのはハマーだったのか」

ケイがうなずいた。「ドローンがスプレーしたのは、無臭の液体、何らかの溶液みたいなものだった。液体は私にもかかったんだけど、私の体調には何の変化もなかった。液体に含まれていた物質が、マイクの呼吸をあっという間に停止させた。彼の肺が呼吸不全を起こす音が聞こえたわ」そこでメタルに直接語りかける。「サイトカイン量を調べるように検死医に伝えてほしいの。できれば検死報告書を手に入れてもらいたいんだけど。スプレーされた液体は強力な生物兵器じゃないかと思う。私の思い過ごしならいいんだけど、兵器化されたＨ１Ｎ１亜型ウィルスの可能性がある。何にせよ、スプレーされてからマイクが息絶えるまで、ほんの数分だった。リシンや炭そ菌なら死ぬまでにもっと時間がかかる。つまり今回使われた毒物は、これまでになかった物質ね。詳しいことは、このＵＳＢメモリに収められた情報を解読できれば、もっとわかるはずだわ。マイクはそのせいで殺されたのよ。未知の毒物による恐ろしい計画の存在を、マイクは暴こうとしていた。ところが計画の張本人に、マイクが記事を書こうとしていることが伝わってしまったのね。ただ、どうしてその毒物による影響を私がまったく受けなかったのかが、謎だわ」

汚らしい路地裏に横たわるケイの死体を想像して、ニックの脈が乱れた。彼は仲間に向かってたずねた。「この事件の捜査はバド・モリソン警視に直接指揮してもらいたい。俺たちが警察に通報して捜査が開始されれば、当然バドも関与してくるとは思うが」

バド・モリソン警視はASI社のボスであるジョン・〝ミッドナイト〟・ハンティントンの親友であるというだけでなく、次期ポートランド市警本部長と目されている優秀な男だ。警察組織の人間であるからには、ニックたちのためとは言え、法に反することはできないが、それでも国家の安全を脅かす事態となれば、少々のことには目をつぶってくれるだろう。生物兵器は明らかに国家の安全保障上の問題となる。

「ああ」ジャッコが時計を見てから顔の横で指をくるくる動かして、時間がないとジェスチャーした。「さて、いつまでもくっちゃべってないで、そろそろ出発だ。メタルと俺が同じ車に乗って西に向かう。ニック、おまえはその十五分後に駐車場を出て北へ走れ。ジョーは東だ。傍受不可能な通信手段はすっかり整えておいた。DDも含めて、車にいろいろ積んであるから。悪者がドローンを使うなら、こっちだって使えるものは何だって使ってやろうじゃないか」

ケイも決意を新たにしたようだ。「その悪者が誰にせよ、マイクを殺して逃げおおせられるなんて思ってもらいたくない。ＤＤというのが何のことかはわからないけど、私たちの脱出を助けてくれる装置なら、うれしいわ」

ニックは車の助手席ドアをケイのために開きながら、説明した。「ＤＤってのはドローン・ディフェンダーの略で、一種の電波銃だ。基本的にはドローンに命令を出す電波を乗っ取り、関係のないところに強制着陸させる」彼はＤＤが車に積んであると聞いて、心底うれしかった。

ケイは開いたドアと車のあいだに立つと、メタル、ジャッコ、ジョーに向かって静かに言った。「あなたたちにはお礼の言葉もないわ。本当にありがとう」

メタルは肩をすくめた。「君を助けなければ、フェリシティに殺されてるよ。この二人は――」長い指でジャッコとジョーを示す。「俺とはチームだからな。俺たちみんな仲間なんだよ。だからニックが行くところには、俺たちも一緒に行く」

ジョーが通信装置をメタルとジャッコにも渡し、ニックはヘッドセットのイヤホンを耳に入れて軽く叩いた。「フェリシティ、聞こえるか？」

「ええ、上空のドローンにも目を光らせてる。私が道案内するわ。ケイにもよろしく伝えてね。あなたたちがグランジに落ち着いたら、またゆっくり話を聞くわ」ふとフェリシティが笑っている気配がその声から伝わってきた。「グランジについてのケイの感想が楽しみよ。さて、警戒を怠らないでね、ニック。ケイの身の安全は、あなたの責任だから」

「もちろんだ」そう応じて、ニックはちらっとケイを見た。怯えてはいるが、気持ちをしっかり持ち、危機に立ち向かう覚悟でいる。彼女の目を見ながら、フェリシティに伝えた。「ケイの命は俺が守ってみせる」

ジャッコがハンドルを握る車に、メタルも乗り込んだ。社員全員、運転がうまく、戦闘中の運転方法のトレーニングも受けてきた。しかし、ジャッコの運転技術のすばらしさは別次元だ。ジャッコの運転する一号車が最初に街路に出ると、フェリシティが誘導を始めることになっていた。何か問題が、たとえば待ち伏せに遭うようなことが起きても、ジャッコなら対応できる。それにSUVは装甲車なみの頑丈さで、タイヤがパンクしても走行できるようになっている。

一号車が車用の傾斜路《スロープ》を上がり、視界から消えた。三分後にフェリシティの声がヘッドセットから聞こえてきた。「ドローンはまだ上空にいる。かなり高度を上げて、デパート全体の映像をとらえようとしている。入口すべてを監視してるのね。ケイを捜しているんだろうけど、彼女は徒歩だと考えているみたい」

「了解」ニックが応じると、ケイがさっと彼に視線を向けた。彼女は通信装置をつけていないので、フェリシティとの会話は聞こえていない。彼女は戦術チームの一員ではない。ニックと同僚たちがチームだからだ。彼女にやってもらわなければならない仕事はあるが、それはグランジに到着してからの話だ。毒物が何であるかを探り、計画の全体像を読み取ってもらおう。ニックの仕事は彼女をグランジまで送り届け、無事でいてもらうこと。

「ドローンがまだいるのね」ケイが落ち着いた声で言った。

「ああ。さ、シートベルトを締めて」

二人は無言で待った。やがてニックの耳にフェリシティの声が届いた。「ニック、ゴーサインよ。グランジまでのルートを今送った。監視カメラにとらえられる可能性がいちばん低いルート。あなたの十五分後にジョーが出発する。ドローンを混乱させてやりましょ。あなたたちがグランジに到着した時点で、また連絡する。その間にUSBメモリの解読を始めておくから。さあ、行くわよ」

ニックはヘッドセットを外した。連絡の必要があれば、メッセージで知らせてくれるだろう。彼はケイの横顔を見た。青い顔をしているが、取り乱さないように神経を張りつめている。彼はそっと体を傾けて、軽く唇を重ねた。「よし、出発だ」

ケイがうなずく。

スロープを通過して、まぶしい太陽の下に出た。上空どこかにドローンがいてケイを捜し出そうとしている。ふん、せいぜい頑張れよ、とニックは心の中でつぶやいた。ＡＳＩ社所有の車はすべて窓に特殊樹脂が貼りつけてあり、車内が見えなくなっている。一見普通の窓ガラスのように見えるが、実は堅固な壁のように銃弾を弾く。

スロープを上りきったところで、ニックは一瞬車を停めた。ジャッコとメタルの車は左に折れた。この車は右折して、郊外へと向かう。

5

オリバー・ベイカーは、自分で運転するSUVを停め、ハンドルにタブレット端末を置くとその画面に見入った。画面は左右に分割され、異なる画像が見られる。左は市街地を俯瞰《ふかん》で映し出し、ホテル、レストラン、会議施設、デパートなどが見える。右側はジェレミー・ロブセン、つまりマイク・ハマーとして知られる男が死んでいく映像を何度も繰り返して流している。

ジャーナリストのマイク・ハマーにCDC職員が内部情報を渡そうとしているらしい、という知らせを受けたのは数日前だった。その情報がハマーの手に入れば、オリバーは〝金のなる木〟を失ってしまう。何としても阻止しなければ、と思った。このプログラムは最初の一年だけでもすでに六千万ドル近くを稼ぎ出し、今後も巨額の富を彼にもたらしてくれるはずだった。CDC内の協力者に五百万ドル支払ったあとで、それだけ自分の手元に残ったのだ。非常によくできたプログラムで、オリバー自身が手を汚すことはまったくなかった。これから何年このプログラムを利用しようか、と期待がふくらんでいた。

だから、しがないジャーナリストふぜいに、自分の生活の邪魔をされてなるものかと思った。許せない。これは、完璧な殺人請負プログラムだ。だから自分の知力をつくし財力のすべてをなげうってでも、このプログラムを守ろうと決めた。

殺しを頼めば、実行してくれる者は何人もいる。しかし、どんな殺人も多かれ少なかれ、リスクをともなう。暗殺者のチームを送り込む必要がある。このプログラムはそういったものは一切不要、殺人を疑われることすらない。おまけに何キロも離れたところにいる人物を殺害できるのだ。完璧だ。このすばらしいプログラムを手放す気はない。

実際に殺人だったと気づかれるまでには時間がかかり、埋葬された死体を掘り起こしても証拠は出ない。ウィルスは二十四時間で死滅する。結局、同じような状況での突然死が何件か報告されるだけだ。

このプログラムなら、あと何十年も続けていける。誰にも邪魔はさせない。だからマイク・ハマーには消えてもらうしかなかった。

右側の録画映像をもういちど見る。残念なのはドローンのカメラが完璧とは言えないこと。あとで技術担当の者にカメラを改善させよう。ただウィルス噴霧に関しては、ドローンは完璧な仕事をしてくれている。

ドローンは上空に待機させておいた。実はハマーが空港を出たときから、彼の乗ったタクシーを追って、ドローンはパイオニア広場まで移動した。タクシーを降りたハマーは一時間半あまりも歩き続けた。追跡をかわすトレーニングを受けたことがあるのは明らかで、実際に尾行もつけておいたのだが、途中でハマーを見失った。ビルの正面から入って裏口から出たり、突然逆方向に歩き出したりしたからだ。しかしドローンには関係ない。上空高いところからハマーを監視し続ける。ハマーがビルに入っても、ただその上を旋回させておけばいいだけだ。別の入口から出て来たところで、追跡を再開する。

最終的にハマーは、大きなデパートの荷物搬入用の引き込み路で動きを止めた。扉に顔を近づけて鍵をピッキングするところまで観察できた。そのあとハマーは扉を少し開けたままにしておいたが、これは情報提供者と会ったあと、この扉からデパート内に入って姿をくらますつもりだったからだろう。

ハマーは午後七時発のワシントンＤＣ行きの飛行機を予約していた。もちろん、彼がその便に乗ることはない。

ハマーの歯ブラシを入手できたのは幸いだった。著名なウェブジャーナリストがＣＤＣ職員から内部情報を受け取るらしい、と知らされたので、オリバーはＣＤＣ内部にいる協力者に連絡を取った。協力者は、ハマーのＤＮＡを兵器化されたＨ１Ｎ１亜型ウィルスに組み込んでくれた。こうやってハマーにだけ感染する生物兵器ができた。ウィルスの一部が彼のDNAに反応するので、ハマーおよび彼の近親者には致命的な感染症を引き起こす。ハマーが会うのが兄や妹であれば、その人物も死んでいたはずだ。しかし彼が会ったのは、血縁関係のない情報提供者だった。

そのいまいましい情報提供者が誰だかわかっていれば。そいつのDNAを入手し、ハマーと一緒に殺害できたのに。しかしまあ、一石二鳥とはならなかったが、情報提供者はハマーが突然心筋梗塞を起こしたと考えたはず。この兵器化ウィルスは劇症性の呼吸不全を起こし、その症状は心筋梗塞と間違えやすい。医学的知識がなければ、違いがわからない。

とにかく、死ぬことには変わりないが。

さて、ここだ。オリバーは身を乗り出して録画された映像を見た。これでもう十回目ぐらいだ。ボタンを押してスロー再生してみる。

引き込み路に現われたのは女性だった。女性の真上にあったカメラがとらえられたのは、つばのひろい麦わら帽と、ターコイズカラーのズボンに包まれたほっそりと長い脚だけだった。女性が引き込み路を進んで行くと、もう少し姿が見えるようになった。赤みがかったブロンドの髪、抜群のスタイルだ。フラットシューズを履いて、いわゆるキャリーケース、キャスターが付いて持ち手で引っ張るタイプのスーツケースをひいている。女性が引き込み路の真ん中あたりまで来たところで、ハマーがもたれていた壁から体を起こし、近づく女性に自分の姿を見せた。

　情報提供者が女性だったことに、オリバーは最初驚いた。ただ考えてみれば驚くことでもない。プリヤンカ・アナンドの友人だと考えれば納得できる。ちくしょう、アナンドのやつめ。あのクソ女が所属していた研究室には他に男性研究員が十名、女性が二人いた。すぐに調べてみたが、女性二人とも情報提供者とは違う。ひとりは退職間近、六十歳目前で、対して情報提供者は映像の軽やかな足取りから、明らかにもっと若い女性だとわかる。もうひとりは百キロ以上もあろうかという体で、絶対に映像の女性ではない。

　つまり、アナンドの研究室に所属する人間ではない。

　ドローンが降下し始める。クワドコプターなので、滑らかには動けない。不意にハマーが頭を上げ、不思議そうな顔をした。カメラは彼の表情まで克明にとらえている。細面の顔が眉をひそめ、刻まれたしわが目立った。ドローンだと悟ったその瞬間のマイクの表情もカメラには収められていた。ウィルスが噴霧された瞬間も。ウィルスの霧は女性にもかかり、その頰が濡れて光っていた。

　ハマーは慌てて女性の頭を押さえ、ドローンが彼女の顔を撮影できないようにした。そのあとは、もう見慣れた光景だ。オリバーはただ待つだけ。ハマーが咳き込み始め、手で喉元を押さえる。膝からがっくりと崩れ落ち、ビルの壁にもたれる。女性の背中と大きな帽子のせいで、二人の動きは見えないが、起きている内容をオリバーは承知している。

ハマーが自らの体液で溺《おぼ》れ死ぬところ。

その即効性には、いつもながら感心する。一分、長くても二分はかからない。

汚らしいアスファルトに、ハマーの靴のかかとがこんこんと打ちつけられる。最初は猛烈な速さで、やがてゆっくりと。その後、手のひらを上にして、腕がだらりと垂れ、脚が動かなくなる。

終わりだ。

ハマーと女性とのあいだで言葉のやりとりがあったかどうかまではわからない。しかしハマーが死んだからには、女性は渡すつもりだったものを自分の手元に持ったままにしているはずだ。ファイルの入った大容量メモリだ。

ハマーがさっき開けておいた扉へと女性が向かう。ビルの中に姿を消し、その先はわからなくなった。

ドローンは大きく円を描いて上空を旋回し続けているが、その建物はデパートだから服を着替えるのも容易だ。彼女の身体的特徴をきちんと把握できていないので、もしかしたら今この瞬間にもデパートから出て立ち去ろうとしているかもしれない。

デパートは、道路の上を横断する二階通路で別館とつながっている。こちらの建物は男性用衣料を専門にしているらしい。オリバーはドローンの旋回範囲を広げてみた。さっきまで十分で一周していたのだが、今は一周に三十分かかる。こちらのほうが広い範囲をカバーできるので、こうするしかない。ドローンは、あと六時間は飛行を継続できる。こうなれば長期戦だ。彼は椅子に深くもたれて左側の画面を見つめた。

厄介なことに、天気がいいせいでポートランド市民が街じゅうにうじゃうじゃいる。ホテルや会議施設、それにデパートから出て来る人物を監視しているが、その数は何百にもなる。会議施設から出て来るのは主に男性、デパートから出て来るのはほとんどが女性だ。さっきの女性らしき人物は見当たらない。

しかし……おや？　彼は椅子の背から体を起こした。ドローンが駐車場の出口を映したときだった。地下駐車場には出口が二ヶ所あり、ひとつはホテル、もうひとつはデパートとつながっている。

繰り返し映像が記録されたときに、注意を喚起するプログラムが設定してあるのだが、そのプログラムが作動したのだ。まったく同じＳＵＶが三台、デパートの地下駐車場から出たのだが、少し間隔を空けて……計ると、前の車が出てからぴったり十五分後に次の車が出る。

ふうむ。これは軍隊でよく使うやり方だ。一定の間隔を空けて車列を組むよう指揮官が命令する。

オリバーは映像を詳しくチェックした。車両はまったく同じだった。同一色、同一メーカー、同一車種だ。まったく同一の車がぴったり十五分の間隔でひとつの駐車場から出る確率は……偶然だとは考えにくい。

オリバーは、比較的簡単にハッキングできる気象衛星へのリンクを確保した。この衛星はこの先二時間ほどオレゴン上空にあり、近辺の画像を送信してくる。オリバーはリンクがSUVを追跡するようにプログラムした。

一方でSUVの車両ナンバーも調べてみる。すべてが州外で登録されていた。つまり、何か後ろ暗いところがある証拠だ。地元の警察は州外の車両を照合できないから。しかし、オリバーは全国レベルのデータベースにアクセスできる。ただし、調べるには少々時間がかかる。

ドローンからの映像では、一時間のあいだに駐車場を出た車は全部で七十四台。二十四時間にすると二千台近くになる。オリバーのコンピュータの計算速度は速いが、照合しているあいだはシステムの処理速度が遅くなる。このあと六時間デパートの駐車場から出る車の車両ナンバーをすべて調べるつもりだった。それぞれの車両にタグ付けをした上で、ナンバーを調べ、さらには最終到着地まで追跡するとなると、処理には二十四時間かかるだろう。

仕事量は膨大《ぼうだい》だが、それはコンピュータがやってくれる。オリバーのコンピュータは最高レベルの機種だ。

さっきの女性が、閉店時間までデパートに隠れていたらまったくのお手上げだ。ただ、この状況でじっと待つのは、普通の人間には無理だろう。よく訓練された工作員、あるいはスナイパーにしかない忍耐力だ。引き込み路を進む女性の歩き方には、工作員らしいところはなかった。今後六時間以内にデパートから出ようとする可能性のほうが高い。

車両ナンバーを照合するあいだ、彼は右画面を見ていたが、はっと気づいたことがあった。ハマーが死んでいくところが何度も繰り返し映し出されているのだが、女性は引き込み路に入るときはキャリーケースを引っ張っていたのに、扉からデパートの内部ビル内に入るときには手ぶらだった。オリバーは映像を停止させ、ズームしていった。もっと拡大して……もっと……あった！　これだ。扉の近くのゴミ箱の横に転がっている。地面と同じ色なので見えにくいが、よく見ると、持ち手が見える。キャリーケースを引くための持ち手だ。

どさくさに紛れて、女性のキャリーケースはゴミ箱のほうに蹴飛ばされでもしたのだろう。マイクの死によるショックが大きすぎたせいで、女性はキャリーケースのことを、すっかり忘れてしまっている。

キャリーケースの中を調べれば、女性について詳しい情報が手に入れられる。身分証明になるような書類もあるかもしれない。そしてこの女性は、マイク・ハマー殺害を目の前で見ているのだ。

ウィルスによる殺人には、万一のときに備えてさまざまな安全策を講じておいた。ただ、現場でウィルスを浴びながらターゲットが死んでいくところを見た者は誰もいなかった。あの女性が計画のどのあたりまで理解できるのか、オリバーにはまだ予測がつかなかった。ただ、マイク・ハマーの友人であるとすれば、頭の悪い人間ではないはず。しかも、面会にあたっては、ある程度ハマーから知識も得ていたに違いない。もしかしたら、あの女性もCDC職員なのかもしれない。そうであれば、うかうかしてはいられない。早急に何者かを突き止めないと。

女性の正体を知る鍵は、あのキャリーケースの中にある。

オリバー・ベイカーは現場から二キロ弱のところにいた。交通量も多くないので十五分もあれば到着できる。監視カメラがどこにあるかはわかるし、引き込み路にカメラがないことも知っている。ちょっと車を走らせ、キャリーケースを手にさっと立ち去る。簡単なものだろう。周囲には会議施設があり、いかにも学会に出席します、という男性がキャスター付きのスーツケースを引っ張りながら歩いていても不審がられることはない。往復三十分もあれば今いる安全な場所に戻って来られる。キャリーケースの中身を確認し、女性が誰だったのかを知る。ＤＮＡを入手し、フランクにこの女性用のウィルスを作らせればいい。

　女性に対するウィルスの噴霧はこっそり行なう。ドローンからの映像で、女性が地面にうずくまり、やがて死んでいるところを見届ける。

　エンジンをスタートさせようと手を伸ばしたとき、ドローンからのライブ映像を映し出す左側画面の動きが彼の注意を引いた。

　パトカーが四台、大通りを曲がって狭い路地を入り、引き込み路の入口で停まった。音声はないのだが、サイレンを鳴らしているのは間違いない。車の屋根の緊急ライトがまぶしいぐらいに点滅している。

　白いワゴン車がそのあとから入って来た。鑑識班だ。

　ああ、くそ！

　警察関係者がきびきびと引き込み路を進む。どこに死体があるか、正確な情報があるのだ。みるみるうちに黄色い立ち入り禁止テープが貼られ、鑑識官のひとりが死体の横にひざまずいた。

　ああ、もうだめだ。キャリーケースは警察の手に渡る。すぐに見つけられ、証拠品として押収されるだろう。オリバーは自らの有能さを自負してはいるが、警察の証拠品保管倉庫に忍び込む能力を持ち合わせていないことは知っている。そんな能力は彼には不要だ。巨額の資産は知性によって築いてきたのだから。警察署に押し入るなんて、狂気の沙汰《さた》だ。

ただ、そう悪くない展開かもしれない。警察が女性を見つけ出し、事情聴取のために出頭を命じるとしたら？　あるいは、荷物を受け取りに、彼女のほうから警察署にやって来るかも。そうなれば、オリバーには好都合だ。

引き込み路全体を監視しておける形でドローンを上空で旋回させ、オリバーは成りゆきを見守った。鑑識官が証拠を集める。死体は布で覆われ、ストレッチャーに載せられ、ワゴン車に運び込まれる。

その間、デパートを出るほっそりしたターコイズカラーのパンツスーツの女性の姿はいないかと目を光らせていたが、見当たらなかった。女性がデパート内で服装を変えていたら、まったくのお手上げだ。

オリバーは駐車場から車を出し、隠れ家へと向かった。しなければならないことがもうひとつあるし、隠れ家ならもっと使える道具がある。

DCでの仕事もあるが、それはここの隠れ家からでも処理できる。

ドローンにはあと六時間監視を続けさせ、何も見つからなければウラジオストクにいる自分のITスペシャリストに、偵察衛星キーホールのうちの一般には知られていない最新のKH‐15をハッキングさせよう。ドローンが録画した何時間分もの映像解析には、最低一日、おそらくはもっと時間がかかるだろう。ドローンは燃料が少なくなってきた時点で、自分が本部として使う古い倉庫に戻るよう指示を出す。

さっきのSUV三台が引っかかるが、本部に戻れば解決できる。ミサイルとマシンガンを攻撃用ドローンに搭載すれば済む話だ。オリバー自身は特殊部隊にいた経験はないが、SEALの者たちのモットーには、なるほどと思うことも多い。〝景気よくぶっ飛ばせば、何だって解決するさ〟

＊
＊
＊

何もかもがあっという間だった。ホテルからこっそり脱け出し、マイクと会い、ドローンが近づいてきて、マイクが地面に崩れ落ち、死んだ。するとニックと彼の仲間が助けに現われた……。

起きたことのすべてをまだ頭の中で処理できずにいる。

ニックが馬力のあるSUVを運転してスロープから表の通りに出る際に、ケイは重力を体で受け止めながら、自分の生活が変わっていくのを実感した。大きなエネルギーに押し出され、逆巻く渦に引きずられていくような気分だった。今朝目覚めたときは、世界をよりよい場所に変えようとするジャーナリストに情報を渡すつもりだった。

そのことで自分の人生が変わり、世の中に背を向けて孤独に逃亡生活を送るようになると覚悟していた。

確かに人生が変わった。しかし、こんなふうに変わるとは、思ってもいなかった。孤独に生きていくつもりで、すべての人との縁を切るはずだった。実際は、まったく逆だ。

今ははっきりとわかる。どんな危険もひとりで立ち向かうことはない。何があろうとニックが駆けつけて来て、自分のそばについていてくれる。そしてニックの後ろには、優秀な人たちのいる強力な会社がついている。

独りじゃないのだ。

ぼんやりと見ていると、ポートランドの街並みが窓の外を通りすぎる。きれいな街だ。これまでフェリシティとメタルを訪ねて、この町には何度も来ているのだが、ゆっくり観光する暇がなかった。マイク・ハマーとの面会を翌朝に控えていた昨夜は、この町に来ることも二度とないかもしれないと思った。一生、逃亡生活を送ることになるのだろうと想像していたのだ。どこかひなびた田舎町か、ほとんど住む人のいないさびしい場所で、目立たないように人生を終える。もしくは、外国に身を隠すことになるはずだった。

しかし今、このポートランドで、安全な場所に向かっている。逃亡ではない、厳密な意味での逃亡では。

　現実感がないままに、彼女はただ移りゆく車窓の景色を見ていた。何も考えられず、ぼんやり眺めるだけ。二十世紀半ばに建てられたビル、街じゅうにある小さな公園。市民たちがそぞろ歩きをして、穏やかな晴れた日を楽しんでいる。老夫婦が公園のベンチに座り、手をつないで陽光に顔を向ける。金髪を三つ編みにした痩せっぽちの少女がスケートボードに乗り、その少女をリードでつながれた雑種犬が引っ張っている。犬はハアハアと息をしながらうれしそうに歩道の横を走る。

　小さなカフェのテラス席にはデイジーの活けられた小ぶりの花瓶が置かれ、客も何人かいる。かわいい女の子は向かい側に座るハンサムな男の子のほうへ手を伸ばし、男の子を引き寄せるとキスした。それを見ている中年のカップルがほほえむ。

　こんな日常から離れようとしているが、いずれは戻って来られる。ニックと一緒なら、必ず。

　車内には外の世界の音が聞こえない。エンジン音さえもしない。まるで二人で宇宙船に乗り、時空を超えて宇宙を旅しているような感覚だ。ウィンドウはさしずめ計器モニターといったところか。

　横を向いてニックを見る。彼は運転技術にすぐれ、ハンドルを握っているあいだは運転に集中している。何をするにしても、集中力が高い人なのだ。一瞬、彼の昨夜の技術と集中度を思い出した。自分に触れる彼の手の確かさ、自分の唇をむさぼる彼の口、自分の体内を満たす彼のもの、力強いピストンのような動き。すると体の中心部が熱を帯びてきて、心臓のあたりまで伝わる。今朝ベッドを抜け出してから初めて、自分が生身の人間だったことを思い出した。私は女なのだ、と実感した。

ベッドでともに過ごした時間のことを思い出している場合ではないのに、肉体的な反応を抑えられない。彼女の体の動物的な部分が、自分は生きているのだと訴える。考えたら奇蹟のようだ。今頃、あの路地裏で死体となって横たわっていても、何の不思議もないのに。

けれど、死ななかった。今も、これからも生きていける。ニックの決意を秘めた表情がそう告げてくれる。ケイを守るためなら、彼はありとあらゆる手段を駆使するはずだ。

しかも、自由の身で、好きなことを何でもできる。二人で敵を倒せばいい。一緒に。失ったはずの人生を取り戻したばかりか、前よりも希望に満ちたものになっている。ニックには、いくら感謝してもしきれない。今朝の自分は臆病者だった。彼のもとを黙って去るなんて。きちんと事情を説明するべきだ。

「ニック」ケイは口を開いた。「話しておきたい――」

「あとにしよう」ニックはちらっと彼女のほうを見てから、また前方を見た。警戒をまったく解かずに、運転を続けている。室内ミラー、バックミラーを絶えずチェックし、その合間にGPS画面を見る。車は何度も方向を変えた。交差点を五つほど通過すると角を曲がって反対方向に進み、また通りをひとつ、二つ過ぎたところで最初の方向に進む。「グランジに着いたら、話す時間はたっぷりある」

〝グランジ〟については、フェリシティから聞いていた。山の中にASI社が建築中の複合施設で、巨大なサーバファームとして会社に利益をもたらすものだとか。サーバファームは低温で運用する必要があるはずなので、滞在するのはコンピュータ機器が置かれているのとは別の場所であってほしい。凍えるような寒さに耐えるのは辛い。先ほどのショックが遅れて彼女を襲ってきて、背筋がぞくっとした。

「後ろを捜してみろ」ニックが前を見たまま言った。「たいてい、後部座席に毛布が置いてあるから」

確かにあった。清潔でふかふかで、温かだ。全身毛布にくるまると、いっきに悪寒が消えた。「ありがとう。突然、寒気がして」外はまぶしく太陽が輝いている。「どうしてかしらね」

「ショックによって分泌されたアドレナリンが切れたからだ。人が死ぬところを見たんだから、ショックを受けて当然だ」

車のシートも暖かくなってきて、気持ちがいい。すると突然、背もたれがリクライニングした。

ニックを見つめるケイに、彼が声をかける。「これからかなり複雑なルートを通る。絶対に追跡されていないことを確認するためだが、時間もかかる。君は疲れきっているから、少し寝ると言い。昨夜ほとんど寝ていないし、今朝の精神的なショックも大きい。眠ると気分がすっきりするぞ」

まるで事故の被害者に言い聞かせるみたいな言葉だが、たしかに自分は被害者ではある。けれど、彼が運転しているのに、自分だけが寝るなんて、申しわけない気がする。それに、彼も昨夜はあんまり寝ていないし……。

すると、全身がかあっと熱くなるのを彼女は感じた。車が暖かいからではなく、昨夜の彼を思い出したからだ。自分の中にずっと入っていたのだから、彼が睡眠を取るのは不可能だったはず。

「私、全然眠くないわ」そう言いながらも、つい大きなあくびが出てしまった。

「なるほど」ニックの顔からは、まったく感情が読み取れない。「とにかく目を閉じて。寝なくてもいいから。グランジに着いたら、みんなからの質問攻めに遭う。君がプレッシャーを感じても、俺はどうしてやることもできない。だから、寝られるときに、寝ておくべきだ」

「眠くないのよ」まだ反論しながらも、目を閉じた。

そのまま深い眠りに落ちた。

6

ワシントンDC郊外、ジョージタウン

キャサリン・デ・ヘイヴン上院議員は自宅の書斎で、昨日のできごとのあれこれについて思いをめぐらせていた。彼女がメンバーである上院軍事委員会が開かれたのだが、全員が苛立ちを募らせる長い一日だった。彼女自身、サメがうようよいる海の中を泳ぐような気分で汗びっしょりになり、ブラウスを二度着替えた。最終的に、いちばん大きなサメが血まみれになる結果となった。

かなりの税金が、権力があり倫理観に乏しい、もしかしたら犯罪に手を染めているかもしれない男の手に渡っていることが明らかになった。これまでの契約書はもう無効だ。何年も計画した復讐を、やっと果たせたのだ。そう思うと気分がいい。とても。

公聴会は当初、委員長とスタンレー・オファットとの蜜月ぶりを世間に見せつけるために予定された。オファットがＣＥＯを務める警備・軍事会社、ブラックヴェイル

社は世界じゅうでさまざまな批判を浴びているにもかかわらず、数百万ドルにもなるインフラ整備関連の仕事を政府から受注し、さらには情報収集という名目で何十億ドルもの契約を結ぶことになっていた。

ところが公聴会では、ブラックヴェイル社の問題点が次々に暴露された。予算経費の超過、下請けなどへの不払い、業務不履行――すべてキャサリンが調べ上げたものだった。昨日は公聴会の初日だったが、ブラックヴェイル社に関してはあと二日間予定されている。三日目が終わる頃には、スタンレー・オファットの評判は地に落ち、彼の会社に警備・軍事にかかわる仕事を依頼する政府関係者など誰ひとりいなくなるはずだ。

ああ、月曜と水曜が待ち遠しい、とキャサリンは思った。公聴会の二日目と三日目がある。スタンレー・オファットから金のなる木を奪い取るプロセスを心ゆくまで楽しもう。

ブラックヴェイル社が政府と結ぶはずだった数十億ドルの契約を吹き飛ばしてやるのだ。

この世にはまだ正義というものがあるのね――スタンレー・オファットの破滅を確信して、キャサリンは心でつぶやいた。彼女の夫ネイサン・デ・ヘイヴンはオファットに破滅させられた。表向きには知られていないが、ネイサンは十年前、オファットと一緒にブラックヴェイル社を立ち上げた。そしてすべてを失った。その後ネイサンの乗った車が崖から転落し、事故として処理されたが、キャサリンはオファットが手を下したと信じて疑わなかった。オファットには、せめて経済的な転落を味わわせてやりたいと、彼女は思った。

上院議員として働き選挙にも勝ち、さらには夫の会社の経営を立て直すのは大変だった。だから十年もかかってしまった。自分の家族を破滅させた男を、今度はこちらが破滅させる番だ。十年じっと、このときを待った。

因果応報、ってやつね。そう思って彼女はほほえんだ。

公聴会があああいう展開になるとは、オファットはまったく予想していなかったはず。当初の予定では、情報収集コンサルタント業務を請け負うために入札してくる会社は他になく、スタンレー・オファットが数十億ドルの契約を懐に部屋を出て行くことになっていた。委員長はオファットとはアナポリスの同窓生で、気に入った業者であれば断りなく予算を超過しても、目をつぶるのだ。

私の子どもたちのためにたっぷりと用意してあった信託財産も、委員長がパナマに保有する銀行口座に流れたんだものね、とキャサリンは苦々しく思い出した。

オファットはスーパーメガヨットと呼ばれる超豪華クルーザーを所有している。太陽を浴びながらカリブ海を疾走するそのクルーザー、ベラリヴァ号上で委員長とオフアットが、融通の利かないばかなやつだったよな、と夫のことを笑い合う姿が目に浮かぶ。

いつまでもあなたたちの思いどおりにはさせないわ。

キャサリンは最初、軍事委員会の正式メンバーではなかった。作業部会の臨時委員としてブリーフケースにいっぱいの書類を詰め、会議に出席した。書類のコピーを渡し、内容を出席者に丁寧に説明していった。彼女の手配で喚問した最初の二人の証人の説明に、出席者全員が聞き入った。当然ながら、委員長はまったく知らん顔をしていた。オファットを非難すれば、委員長の口座への何百万ドルもの入金が止まるのだ。

しかし他のメンバーたちは、じっと耳を傾けてくれた。みんなが心を動かされているのがわかった。じっくり話を聞き、メモを取り、自分たちの秘書官に追加調査を命じていた。月曜日には、委員たちは追加調査の結果を知った上で戻って来る。静かな怒りを秘め、オファットをより厳しく糾弾《きゅうだん》するはずだ。

公聴会の期間中、夜な夜なオファットの派手な接待があるはずだった。高級ウィスキーとストリッパーが並ぶ場所で。ところが初日に三名の退役軍人が現われ、オファットのブラックヴェイル社によって引き起こされた事件について証言した。女性海兵隊伍長《ごちょう》は、ブラックヴェイル社が給湯器に水圧調整バルブを設置しておかなかったせいで、全身の四十%に三度の熱傷を負った。次に証言した兵士は、ブラックヴェイル社が用意したトラックの操舵《そうだ》装置に欠陥があったため、両脚を切断された。最後に会計士が出席し、びくびくしながらも、社の納入する機器や備品は仕入れ値の千倍の価格を政府に請求していると話した。

まだまだある。この手の話は捜せばいくらでも出てきた。

この何年も、スタンレー・オファットが富豪になっていくのを横目に、キャサリンは証拠を集め続けた。じっくりと時間をかけ、タイミングを見計らい、委員会に訴えたのだ。

昨日の朝顔を合わせたとき、オファットはキャサリンを見て、にっこりと会釈してきた。ばかな男。

ネイサンの葬儀のあと、いちども会っていなかった。あの最低野郎は、よりにもよって『君も経済的に大変だろうから』と金を貸してやると言ってきたのだ。いかにも親切ごかしに。

彼女は申し出を断り、葬儀に来てくれてありがとうと言いながら、心の中では、絶対に、何年かかろうと復讐してやると誓った。

結局十年かかった。けれどその価値はあった。眠れぬ夜を過ごし、ネイサンを思って涙した日々も、これで報われる。

ぼう然とした委員長の顔、しどろもどろになるオファット、荘厳な板張りの部屋の中の空気が変わり、誰もがオファットに批判的な目を向ける様子……クレジットカードの広告ではないが、プライスレスだった。

委員長は抜け目のない狡猾な古狐《ふるぎつね》なので、〝さらなる調査が必要〟と宣言して公聴会を休会させるかもしれない。しかしキャサリンの命あるかぎり、スタンレー・オフアットにはアメリカ合衆国政府予算から一ペニーも支払わせはしない。実は彼女のパソコンにはさらに詳しい情報が入っており、また彼女を支援する人たちが、ブラックヴェイル社が昨年売春目的での人身売買にかかわっていたという匿名情報の裏を取ってくれている。

つまりキャサリンの抱える武器弾薬は、まだまだあるわけだ。

考えれば、軍事委員会に関する話だけで終わる必要はない。

キャサリンは紅茶を飲みながら、ふとそう思い当たった。そうだ、追及の手をここで緩める必要はないのだ。彼女はカップを置いて、机の上の写真を見た。最初の写真は、彼女とネイサンが初めて一緒に休暇を過ごしたときのもの。もうずいぶん昔、ハワイでの二人は、カメラに向かって満面の笑みを浮かべている。次は二人の結婚式の写真。互いに夢中で、ばかみたいに笑って、心配ごとなんて何もなかった。濃密な幸福感に包まれ、幸せの重ささえ感じるほどだった。次は息子のアーロンと娘のエマの写真。これは家族そろってハイキングに出かけたときにネイサンが撮影した。子どもたちはまぶしさに目をすがめながらも、大笑いしている。理由はこの写真を撮る前に、ネイサンがカメラのレンズキャップを外すのを忘れたからだ。キャサリンが横からそっと手を伸ばしてキャップを外すと、みんなどっと噴き出した。中でもネイサンは腹を抱えて笑っていた。そしてこの年、ネイサンが死んだ。その後二年、キャサリンも子どもたちも、いっさい笑わなかった。

すべてがスタンレーのせいだ。私たちからネイサンを奪った。スタンレーの腐敗した心が欲をむさぼったせいで。

上院議員として彼女は、政府が彼の会社と結んだ契約をすべて破棄させようと努力したのだが、スタンレーはあちこちに強力なコネを持っていた。

あんなやつが栄華をきわめていいはずがない。太陽王みたいな暮らしが、どうしてあんなやつに許されるのだろう。ネイサンは冷たい土の中で朽ち果てていくのに。

彼女の心が復讐を求めた。

だから、これでいいのだ。政府からの請け負い仕事に関しては、オファットに煮え湯を飲ませることができそうだ。だが、これで話を終わりにするべきではない。ブラックヴェイル社の社員が売春目的の人身売買にかかわっていたという文書が手元にある。内部告発者の証言だが、これを大々的に取り上げると『ワシントンポスト』紙が言ってくれている。文書を送りさえすれば紙面を割いて報道してくれる。『インターセプト』や『ウィキリークス』にも送って、より広く人の目に触れるようにしよう。オファットは逮捕されるはずだ。裁判が始まったら、毎回傍聴人席のいちばん前の真ん中に陣取って、すべてを見届ける。彼が刑期を言い渡されるときには——。

耳障りな音がした。何の音？　彼女は眉をひそめて首をかしげた。遠くでぶーんとうなっている。虫の羽音のようだが、それにしては音が大きすぎる。窓のほうから聞こえるようだ。

彼女は立ち上がって、窓際に行き、カーテンを開けた。穏やかな風が入ってくる。この家には昔風の開き窓があり、そこから外気を入れるのが彼女は好きだった。現代的な建物は密閉された空間で空気を強制循環させるが、自然な風のほうが気分がよく、書斎で仕事をするとき、特に暖かな日にはいつも窓を開けっぱなしにしていた。

音が大きくなり、見上げると窓のすぐ外に大きな虫が飛んでいた。顔からほんの五十センチぐらいのところだったので、彼女はすぐに虫から離れようとしたのだが、そのときそれが普通の虫ではないことに気づいた。それは飛んでいるのではなく、空中で静止しており、奇妙な形をしていた。あぶみたいだが、あぶではない。はるかに大きくて、体の部分に脚が……八本あった。いや、脚ではない。まったく違う。

いったい、これは何？

突然その物体が急降下し、彼女の顔の真ん前に来た。慌てて後ろに飛びのいた彼女を、その物体が追いかける。すぐそばまで接近されて、前がよく見えない。

そう思った瞬間、彼女は顔が濡れるのを感じた。どこからか液体がスプレーされたのだ。

あの物体の、唾液？　そんなことって、あるの？　うう、気持ち悪い。

不快感でいっぱいになり、彼女はハンカチを取りに机に戻った。くんくんと鼻を動かしても、何の臭いもない。彼女は頰に触れてみた。液体だ。何らかの液体を顔にかけられたのだ。

おお、やだ。

ティッシュペーパーで拭い取ろうと、手を伸ばしたのだが、なぜか机の端を握っていた。膝に力が入らない。彼女は椅子に崩れ落ちた。座ったのではない。彼女はアシスタントを呼ぼうと口を開いた。

息が……声を出そうにも、肺に息がたまらない。呼吸ができないのだ。事情がわからないまま、彼女は喉元を手で押さえた。心臓発作とは違う。心臓に痛みはまったくない。脳梗塞とも違う。頭にも痛みやおかしな感じがない。

ただ息ができないのだ。胸を大きくふくらませても、肺に空気が送り込まれない。誰かに首を絞められている感じだが、もちろん首を絞めている人はどこにもいない。

全身の筋肉が震え、痙攣が始まった。椅子から転げ落ち、カーペットの上でもがく。

手のひらをフロアに押しつけ、体を起こそうとするのだが、体が動かない。空気を吸い込もうとすると肺が燃えるように感じ、呼吸できない。肺から熱と痛みが喉へと広がる。

目の前に星が見えてきた。星がどんどん大きくなる。視界から椅子や机が消えていき、目の前が真っ暗になった。

最後にいちど、脚を大きく蹴り上げ、彼女は死んだ。

彼女の書斎に入って来たあぶのような物体は、ぶーんと音を立てながら真っ赤になったキャサリンの顔の前まで降下し、そこで静止して次の指示を待った。

＊　＊　＊

オレゴン州ポートランド市

本部として使っている倉庫に戻ったオリバー・ベイカーは、ビデオを一時停止させ、上院議員の顔と喉元を押さえる手を見た。手には赤い斑点が浮かび、茶色の瞳はぼんやりと動かず、全身がぐったりと脱力している。死んだのは間違いない。

「あのくそババアの息の根を完全に止めろ」オファットからの依頼は、そういう表現だった。

暗号化してある衛星電話を取り上げると、オリバーはボタンを押した。

「何だ」

オファットのねちっこい声を聞くのもこれで最後だと思うと、本当にうれしい。

「終わった」それだけオリバーは言った。

「終わったと、どうやってわかる?」まったくオファットは面倒なやつだ。「まだニュースで何も言ってないぞ」

彼女が死んだのは、まだ数分前だからだよ、この大ばか野郎。そう叫びたいのをオリバーはこらえた。今回の殺人は、本当の緊急措置だった。彼女のDNAを入手し、アトランタにあるCDCへ送り、彼女だけに有効なウィルスを作る。時間がなくて、この計画自体が外部に漏れる危険もあった。オファットには追加手当を要求した。

オファットの泣き言に直接は応じず、オリバーは静止画像を四枚オファットに送った。ウィルスを噴霧する瞬間から、彼女が床で息絶えるところまでを撮影したものだ。

「こんなもの、証拠にはならない。画像は加工できるからな。本当にあの女が死んだという確証が欲しい」

今度もオリバーは直接の答は返さず、ただライブ映像のリンクを送って現場の様子をオファットにも見られるようにした。画面の下部に時間の経過が表示される中、沈黙のまま数分が過ぎた。デ・ヘイヴンの書斎机にはご親切にも大きな時計があり、それがちょうどカメラからもとらえられるので、オファットにも経過時間が嘘ではないのがわかる。たっぷり五分が経過したが、デ・ヘイヴンの胸は上下せず、開いたままの目はまばたきもしなかった。

普通、人間は一分間に二十回まばたきする。五分間もまぶたを閉じずにいることは考えられない。

「この女、死んだな」とうとうオファットも認めた。「よし」

「ああ」オリバーは、電話ではできるだけ少ない言葉で会話することを心がけている。彼の頭の中ではオファットとの会話はもう終了していた。

「不審死とは思われないんだろうな?」

「ああ、自然死だ」デ・ヘイヴンの顔の赤みはすぐに消え、大勢いるスタッフに発見される頃には、心臓発作や脳卒中を起こしたとしか見えなくなるだろう。見つかる時間が遅れるほど、都合がいい。

「口座を確認しろ」オファットが言った。

オリバーがパナマに持つ銀行口座には、依頼を受けた時点で七百五十万ドルが振り込まれた。今いちどチェックしてみると、新たに七百五十万ドルが入金されたばかりだった。デ・ヘイヴンは死んだ。その死因を追及される恐れはない。オファットはその事実を受け入れただけでなく、この二度目の支払いを渋れば、自分も同じように殺されるとはっきり理解したのだ。

　オファットが二度目の支払いを渋るとは、オリバーのほうでも考えていなかった。第一に、そんなことをすれば当然のことながら一生、いつ命を狙われるかとびくびくして暮らすことになる。オリバーのドローンはどんな場所にでも、いつでも入り込める。二つ目の理由は、結局のところオファットにとって七百五十万ドルぐらい、はした金でしかないのだ。彼の豪華クルーザーの年間維持費が、ちょうどそれぐらいだ。

「確認した」オリバーはそう言うと、通話を終えた。

　大勢の警察官がうろつくポートランド市街の映像に切り替え、オリバーはオファットのことなど頭から追い出した。鑑識班の作業は終わりに近づいている。鑑識班が宇宙最後の日まで調べたところで、死体とオリバー・ベイカーを結びつけるものは何もないのはわかっている。ただ、ちらっと見えていたキャリーケースの持ち手も消えていた。キャリーケースは回収されたのだ。

　いいだろう。本腰を入れてあの女を捜そう。

7

フッド山

肩をやさしく揺さぶる手を感じた。「ハニー、目を覚ましてくれ」

ケイはびくっと起き上がった。心臓がどきどきし、全身が危険に備えて身構える。危ない！　人が死んだ。死んだのは……マイク。

「おっと」肩に置かれていた大きな手が首の後ろに回され、うなじを支えながらあやすように彼女を眠りから覚ます。「大丈夫だから。ここなら安心だ。着いたんだ」

ニックを見上げたケイは、自分のとっさの反応が恥ずかしくなった。心臓が破裂しそうに感じたが、もう脈も落ち着いてきている。「ごめんなさい」

ニックは自分のシートベルトを外してから、彼女のほうも外してくれた。そして体を寄せて頬に口づけする。少し伸びてきた彼のひげを肌に感じ、そのこすられる感触が心地よかった。腿の内側に彼の顎を感じたときは、すべすべだった。あのときは、つるつるに剃ってあったのだ。滑らかな肌と滑らかな舌の動き……人身御供に差し出されたかのように無防備に横たわり、快楽にふけった。腿のあいだの彼の頭をしっかりとつかみ、激しくもだえた。炎の荒波の中ですがりつくことのできるただひとつの場所が、彼の頭だった。

全身、手や足の先まで熱が広がる。恐怖と怒りで体にたまっていた冷たさが消えていくような気がして、うれしかった。

「謝らなくてもいい」彼はまた運転席にまっすぐに座り、手首をハンドルに置いて手の先をぶらぶらさせる。ケイが見当識を取り戻す時間を与えてくれているのだ。「君は体を休める必要があった。少しでも休めたのはいいことだ」

近くにある密生した松林を抜ける陽射しがちらちらと揺れる。陽射しの色と強さから、もう夕方近いことがわかる。「ここはどこなの？　昼間ずっと車で走り続けたの？」

午後の遅い時間なら、ポートランド市街をあとにしてから五、六時間は経っていることになる。その間走り続けたのなら、かなりの距離だ。これだけ走れば、隣の州まで行ける。フッド山に行くと聞いたと思ったのだが、違っていたらしい。

「フッド山だ」ニックがそう言って、車から降りた。

フッド山？　何時間もかけて？

助手席ドアの前に立ったニックが、大きな手を差し出す。いつもならケイはひとりで車から降りるし、手を貸そうとされるのも迷惑に感じる。しかし今は脚に力が入らず、しっかり立てそうにない。まるで怪我人みたいだ。見下ろした地面は望遠鏡で覗いたように、遠く離れている。そこでニックのほうに体を預けた。彼は何の苦もなく彼女を抱え立たせてくれた。

自分の弱さが恥ずかしい。本来は強くて健康なのに。彼女は、定期的にヨガの教室に行き、お昼休みにジョギングをし、週末はウォーキングを楽しむ女性だ。ところが今、自分の体が思いどおりに動かせない。研究室で義務づけられている化学防護服を着たままみたいだ。「どうして何時間もかかったの？ ポートランドからフッド山まで、一時間ちょっとでしょ？」

ニックはふっと頰を緩めた。「うむ、まあゆっくり観光しながらの旅だった、ってとこかな。追跡している車が絶対にないことを確かめたかったんだ。とにかく、事情がわかるまで、しばらく俺たちはここで過ごす」彼はおとぎ話のお城を案内するように、さっと腕を上げて、後ろの小屋を示した。

ふむ。おとぎの城にしては、少しみすぼらしいかも。目の前にあるのは荒れ果てた小さな山小屋で、壁の木材はかびが生えているのか、灰色に変色している。玄関口には崩れ落ちそうなポーチがあり、土台のコンクリートにはたくさんひびが入っている。

小屋の前には芝生や庭もなく、砂利敷きの車寄せがあるだけ。二人の乗った車はそこに停まっていた。

ここでしばらく過ごさねばならないと思うと、気持ちが沈む。それでも身を隠す場所があるのはありがたいし、気を配ってもらっていることにも感謝したかった。それにニックがすぐそばにいてくれるのも頼もしい。すごく背が高いわけではないが、分厚い体が自分を守ってくれる感じがあって安心する。

二人で乗り越えるのだ。ここで一緒に身をひそめ、フェリシティがＵＳＢメモリを解読したらすぐ、その内容を自分が精査し、事件の謎を解明する。せっかく安全な場所へニックが案内してくれたのだ。ここからは自分が頑張らなければ。荒れ果てた山小屋で。ぶるっと震えて、薪ストーブでもあればいいなと思った。少なくとも、周りに木はいっぱいあるから、薪には不自由しないはず。

すうっと息を吸うと、松の香りを感じた。ひんやりと新鮮で、周囲何キロにもおよぶ木の匂いだけ。澄みきった空気には、まったく汚染物質が含まれていないようだ。いい気分。身が引き締まり、頭がすっきり冴える。まあ、こういうところも悪くないのだろう。小屋には打ち捨てられた雰囲気があり、快適とは思えないが、まあ何とかなる。

ニックを見上げてほほえむと、彼はじっとケイの様子をうかがっていた。

「さて、感想は?」彼がたずねた。「ここはミッドナイトが所有してる。ポートランドに来てすぐに、ちょっとした別荘としてこの場所を買ったんだ」

〝ミッドナイト〟が誰のことかは、ケイも知っている。ASI社の二人のボス、つまりオーナー経営者のひとり、ジョン・ハンティントンだ。ニックはジョンのことも、もうひとりのボス、ダグラス・コワルスキのことも非常に尊敬している。

ただ……ジョンがポートランドに住むようになって、もう数年になるはずなのに、どうしてこの山小屋を修理しなかったのだろう。ASI社の本部にはケイも行ったことがあるのだが、目をみはるようなすばらしいところだった。おしゃれで上品で、しかもものすごくハイテク、この山小屋とはまさに対極にある感じ。ASI社はこの数年で米国でも有数の警備・軍事会社へと成長したので、ジョンは仕事に忙しくて山小屋を修理する暇なんてなかったのかもしれない。

「えっと……こぢんまりしたところね」不満そうに聞こえないよう、ケイは気を遣った。

言いながらも、何かが頭に引っかかっているのを彼女は感じた。具体的に何なのか思い出せないが、忘れていることがある。滞在する場所、という話と関係しているような。ああ、ここにもシーツや毛布もあればいいのだが。ふむ、どうしてシーツと毛布のことを思ったのだろう? ニックと一緒にベッドに入ることを考えて、体がかっと熱くなった。そしてベッドのシーツを思い出した。そもそもホテルでは……。

彼女はぱっと目を見開き、口元を手で覆った。「ニック！　どうしよう。大変だわ」

彼が眉を上げる。

「キャリーケースよ！　ホテルを出るとき、荷物を持っていたの」

彼が天を仰ぎ、苦痛に満ちた表情を見せた。「もちろん知ってるさ。朝、君の荷物がスーツケースごとないのを知り、俺は心臓麻痺を起こしそうになったんだから」

「あそこに置いたままなの！　マイクの死体のある場所」一瞬目を閉じ、記憶の中の自分の行動をたどってみる。引き込み路に入るときはキャリーケースをひいていた。キャスターが転がる音まで覚えている。しかし、デパート内に入ったときにはなかった。当然、駐車場に下りるときにもない。これははっきり覚えている。「死体の横に私の荷物があるのよ。いえ、身分証明になるような書類は入っていないけど、学会の資料があるのは間違いないわ」

「もういい」ニックが首を横に振る。「そうだ、君は荷物をあの場所に忘れてきた。警察が発見し、君のものだと知っている」

彼女はぼう然とし、頭からすうっと血が引いていくのを感じた。自分のキャリーケースが警察にある。つまり、容疑者ということだろうか？　膝ががくがくする。

ニックがさっと手を差し出し、彼女の体を支えた。「おい、慌てるな。ああ、確かに警察が君のキャリーケースを回収した。君の持ちものであることも確認した。しかし、問題はない。ポートランド市警のバド・モリソン警視は、うちのボスたちの親友で、俺も直接話した。警察は事情をすべて把握している」

ケイはその場で固まって、息もできずにいた。体の芯から震えている。「私のものだと警察に知れた、つまり私が殺害現場にいたと警察はわかっている。きっと警察は、私のこと捜しているんでしょうね」

ニックの険しい顔が冷たい表情を作る。「君から事情を聴きたいと、警察は考えている。それは事実だが、君をのこのこ出向かせるようなことはさせない。君が警察に呼ばれることとぐらい犯人も予想しているはずだ。君も狙われているから、事情聴取は危険が去ってからにしてくれと伝えておいた。バドからは、せめてスカイプで話せるように、フェリシティに傍受されない方法を考えてもらえないか、と言われている。すでに傍受されないでスカイプで話せるようにしてあることをフェリシティは言わずにいる。彼女ならしばらくのあいだは、うまくごまかしてくれるだろう」

「そういうの、どうなのかしら――」

「そう、どうなのかがわからないことが問題なんだ。いったい誰が、どういう事情でマイクを殺したのかわかるまで、徹底的に調べよう。君がスカイプで警察と話すのはそのあとだ。とにかく、今のところは警察の心配はしなくていい」

ケイはこくりとうなずいた。自分のために、ニックが時間稼ぎをしてくれた。その間に、何が起きて、彼女は何を目撃したかを順序立てて考えられる。プリヤンカのファイルを調べる時間もできた。「検死報告書を見たいわ」

「手配しよう」彼がうなずく。「正式ルートがだめなら、非公式に手を回す。君が必要とするものは、必ず手に入れよう」

「わかった。私は私で頑張ってみる。実際に警察の聴取に応じるときには、マイクが何かをスプレーされて死んだ、というだけでなく、科学的根拠のある何らかの仮説を用意しておきたいの」そう言うと、また全身がぶるっと震えた。

「よし、じゃあ、おいで。中で落ち着こう」彼は横目でちらっと彼女の様子をうかがうと、彼女の腕に手を添え、ポーチへと上がって行く。階段が軋み、ケイは不安になった。ニックはかなり体重がある。無駄な贅肉のまったくない、見事な筋肉が詰まった体は、軽くはない。彼が踏み出すたびに、ポーチ全体が揺れる。

ケイは足元を見ていた。木材に大きなひびが入らないか目を光らせておき、万一のときは急いで飛びのくしかない。折れた木材のあいだから地面に落ちるのは嫌だ。下ばかり向いていたので、ニックが何をしているのかを見逃した。鍵を開けているのだが、鍵を突っ込むだけの簡単な仕掛けの錠ではないようだ。ただ、こんな場所に鍵をかける意味が彼女にはまるで理解できなかった。ニックは彼女がこれまで見たこともなかった道具、ちょっとしたリモコンみたいなものを使ったのだ。何にせよ、かちゃりと音がしてドアが開くと、彼は薄っぺらいカードのようなものを自分のポケットに入れた。洗練されたやり方だ。

ふうむ。

ケイは警戒しながらドアを通り抜けた。室内は、長いあいだ人の手が入っていなかった臭いがする。要するにネズミなどがうろついている感じ。クモに出くわしたらどうしよう、と彼女は思った。クモなんて大嫌い。

ニックが無言で、彼女の腕に置いていた手に力を入れた。止まれ、ということらしい。いいわ。彼女はじっとしたまま、さびれた山小屋の内部を見渡した。流し台のようなものがあり、ホットプレートが置いてある。つまり、電源はあるわけだ。小屋の外に発電機でもあるのだろう。天井から電線一本でぶら下がる裸電球。クッションがへたれた肘掛け椅子が二つ、斜めになったテーブルを囲むようにデザインがバラバラの椅子が四脚。ただこの椅子はケイ自身も腰かけられるかどうか、という感じで、とてもニックの体重を支えられるとは思えない。

そして、ああ、部屋の隅には鉄枠の寝台がひとつ。むき出しのマットレスにはシミがついている。

玄関を入ってすぐのところは金属の床になっていて、二人はそこに立っていたのだが、部屋の内部はすべて今にも割れそうな木材だ。空気はかび臭く、あまりにもわびしい雰囲気で、ケイは何だか悲しくなった。

いや、頑張ろう。乗り越えなければ。確かに気味の悪い場所だが、それがどうした。ここにいれば殺されずに済むんだから。

ニックはまだ彼女の腕をつかんでいた。ここに何があるかは、まあわかった。何もないのだ。彼はどうして室内に入って行かないのだろう。

彼は上着のポケットを探り、奇妙なゴーグルみたいなものを取り出した。それを彼女に渡して、静かに告げる。「これをかけて」

言われたとおりにしたとたん、彼女は驚きの声を上げた。「わあ」

室内全体、いたるところを赤い光線が横断していた。肉眼では見えなかったが、おそらく赤外線を探知するこのゴーグルを通すとわかる。光線は床から人間の頭の上あたりまで張りめぐらされている。

やっと、この山小屋の本当の姿が彼女にも理解できてきた。ここは厳重なセキュリティ対策が施されている。この光線に触れずに、内部に入ることは不可能だ。光線を横切るものがあれば、どこかのコントロールセンターに信号が送られるのだろう。足を持ち上げて、床を確認してみる。鋼鉄のプレートは非常にしっかりした作りだった。

「これでセンサーのスイッチが入るのね？」

「正解。さすがだな」横目でケイを見るニックの顔がにやりとした。

「つまりここは、一見さびしい山小屋だけど、実際は違うのね」

「うむ、まあね」ニックが横の壁に手を伸ばして何かを押すと、光線が点滅して消えた。

ケイはゴーグルを彼に返し、二人は埃だらけのぼろぼろの床を部屋の奥へと進んだ。奥の壁にはむき出しの木材で作ったドアがある。まだ他に部屋があるらしい。

ドアは隣の部屋に通じていると考えた彼女の予想に反して、ニックがそのドアを開けると、壁面すべてがステンレスのパネルになっていた。彼のジャケットの内側からビーッという音が聞こえ、パネルが横にすっと動く。すると小さなバスルームぐらいの大きさの部屋が現われた。二人が部屋に入ると、パネルが滑るように閉まり、床が動くのを感じた。

エレベーターだ。

エレベーターのスピードは速かったが、停止するときはそっとやさしかった。ケイの感覚では、三階もしくは四階分下降したようだ。パネルがまたすっと動き、彼女はその先へ足を踏み出した……すごい！

ニックが添えていた手を離し、ケイはすべてを見ようとくるりと回ってあたりを見回した。見たこともないような、すばらしい空間だった。

ニックが面白がるような眼差しを彼女に向け、ウィンクした。「今のは、俺らの〝ターディス〟ってわけさ」

「なるほど」ニックがエレベーターを『ドクター・フー』のタイムマシンだと言ったので、ケイはほほえんだ。「フェリシティに影響されてきたみたいね」

彼が困ったように眉をひそめる。「フェリシティに会う前から、俺だって『ドクター・フー』は好きだった。ただオタクじゃないから、そこまで夢中になってるわけじゃない。さて、グランジの感想は？」

「ただの山小屋に来たのかと思ったら……ここが例のグランジだったのね？　すごいわ」

実際、すごいとしか言いようがなかった。二人が立つのは吹き抜けのロビーのようなところで、向こう側には透明の外部エレベーターが四基ある。そこへは円形のバルコニーでつながっている。一階——と言えばいいのか、二人がいるフロアには石灰岩が敷き詰められ、ところどころに置かれた土の入ったプランターからは、観葉植物が豊かに茂っている。どうしてこんなことが可能なのか、想像もつかない。外から見れば深い森の中のさびれた山小屋だったはずが、頭上には丸く空が見え、光に満ちている。よく見ると、何らかの覆いがしてあるのがわかったが、何かにさえぎられているという感じではなく、ただそこで光線が変わるだけだ。

内部はすべて、落ち着いた色合いで統一されていた。石灰岩、木材、黒ずんだ真鍮。あちこちにベンチが置かれているが、プレキシガラス製のため軽やかな感じだ。ロビーの奥にはさまざまな部屋があるのがわかる。それぞれが憩いの場、仕事をするところ、食堂というように用途に合わせた内装が施されている。四基ある外部エレベーター用の透明チューブが光をさえぎりそうなものだが、二人の立っている場所は非常に明るい。

「内装のすべては、スザンヌがデザインした。技術的には核戦争が起きても大丈夫な場所だろうが、味気なくて無機質なところで生き残るのなんて嫌だ、と言い張ってね」

「本当にそうね」ケイも同感だった。ジョン・ハンティントンの妻、スザンヌは、触れるものすべてに美を吹き込む才能を持ったインテリア・デザイナーだ。「惨めな場所で生き残っても、辛いだけだもの」

「彼女も似たようなことを言ってたな。ここはサーバファームでもあるんだ。ＡＳＩ社の新規事業で、大企業のメインフレームの補助もしくは代替として安全なサーバを提供しているんだが、需要に応じきれなくてね。今や俺たちの会社の売上の四分の一を占めている」

ほとんど無意識に彼が「俺たちの会社」と言うので、ケイはほほえんだ。入社したばかりなのに、すっかり自分がその一員だと感じている証拠だ。他の社員たちも同じで、それは経営者のジョンとダグラスのおかげだろうと、彼女は思った。二人はすぐれた経営者であり、従業員すべてを大切な仲間として扱う。誰もが仕事に見合うだけのじゅうぶんな給料をもらい、好待遇で、個人としても尊重されている。だからみんな、この会社で働くことを喜ぶ。

すると彼女の胸が痛んだ。心が折れそうになる。私も自分の仕事が好きだったのに。毎朝の通勤で車に乗ってCDCに向かう際には、全身にエネルギーがみなぎるように感じた。愛着もあった。同僚――彼女と同じレベルで働く仲間は、いい人ばかりだった。みんながひとつのゴールを目指していた。病気の撲滅だ。人を病から救い、健康にする。すべての人の暮らしをよりよいものにする。原始時代から人類が闘ってきた恐ろしい伝染病を、もう恐れなくてもいいようにすること。歴史上さまざまな病気が、人々を苦しめてきた。激痛のせいでまともな生活ができない人、失明したり、治っても後遺症に悩まされる人がいる。乳児期に感染し、発病したときには手遅れになる子どもがいる。CDCの研究員は、そういった病気の根絶のため、全身全霊をつくして仕事をする。

FBIが凶悪な犯罪者と、そしてCIAがテロリストを相手にするのと同じように、CDCは病気と闘う。休むことなく。正義の味方だ。

これまでは、そう思ってきた。

ＣＤＣの建物に入るとき、自分は世界をよりよい場所にするんだ、人類の敵を退治するんだという誇りを常に感じた。人類の敵が、まさにその建物の中にいるとは、思ってもいなかった。

仕事ができなくなるのはさびしい。ひどく。二度と戻れることはないのだろうか、と自問してみるが、どう考えても無理だと思う。

ニックが眉をひそめて彼女を見ていた。男の中の男、タフそのものという人なのに、他人の心の機微にひどく敏感だ。悩んでいると知られたくない。「どうかしたか？　顔色が――」

「疲れているのよ」彼をさえぎるようにして答えた。自分自身の大きな部分を占めていたもの、さらには自分の存在理由でさえあったものを失ったが、悲しんだところで今はどうなるわけでもない。それを口にすれば、ニックに余計な負担をかけてしまうだけだ。そこで彼にも納得してもらえる答を出した。「疲れてお腹が空いてるの」

ニックはイタリア系だ。イタリア人は、周囲に空腹を抱えた人がいると知って心穏やかではいられない。

「おう、そうだな」彼の額のしわが消えた。ほらね、やっぱり、とケイは思った。ケイのために何かをしたい、と思っている彼には具体的な作業が必要なのだ。「メニューは食料庫を見てから考える。君は先に、自分の部屋に落ち着くといい。君がシャワーを浴びているあいだに、俺がランチを作る」そう言ってから、彼は時計を見た。「いや、もう夕食だな」

「料理するのは私も好きなのよ」ケイはそう応じた。「ここには食料庫まであるの？世界じゅうの人がゾンビ化しても、ここに立てこもって生き残れるように備えているとか？」

大きな吹き抜けのロビーの中ほどまで二人は進んだ。小屋の前に立って、みすぼらしいところだな、と思ったときと同じように、新鮮な空気を感じる。外では松の香が漂っていたが、ここでは南国の花や植物の匂いがする。彼女はふと空を見上げた。天井を覆っている材質が何なのかはわからないが、よほど目を凝らさないと見えない。太陽光も山の空気も、自然のまま入ってくる気がする。それなのに寒くない。中はきちんと暖房が入っている。

ニックに案内されるまま、いくつもの観葉植物の横を通り、何度も角を曲がった。彼の手が常に体に触れている感じがうれしかった。ごく近くにいるので、歩きながらでもときおり彼の幅広の肩が当たる。そのたびに、彼の強さやエネルギーをもらえる気がした。

彼は覆い越しの不思議な空を見上げてから、ケイのほうを向いた。「俺個人の意見としては、世界じゅうの人がゾンビ化するようなことは、いつか起こると思ってる。ただ、悲しいことに、そう思ってるのは俺ひとりなんだ。ただ、どんなことであれ、今度重大な危機が起きたら、それはあっという間に世界じゅうを巻き込むような事態になると、誰もが思っている。世界じゅうが壊滅的な打撃を受け、元の姿に戻るのは時間がかかるだろう。一生平和な暮らしを見られない世代もいるかもしれない。このグランジは、最低二百名の人間がかなり長期間避難生活を送れるようにしてある。エネルギーに関してはほぼ完璧に自給できるし、この中での食物の栽培も検討されているんだ。とにかく今は――」彼はそう言ってさっと腕を広げた。「ここが君の新しい家だ」

ここが、私の新しい家、ケイは心の中でつぶやいた。

やがて二人は娯楽室として使われるスペースに出た。きれいなソファやそろいの肘掛け椅子が一緒に置かれ、こぢんまりして居心地がよさそうだ。ガスを燃やすタイプの堂々とした暖炉の前には、全長十五メートルはゆうに超える巨大なソファがあり、ビリヤード台、グランドピアノ、テーブルサッカーの台なども見える。壁には100インチのプラズマテレビが据えつけられていた。これで観れば普通の映画館なみの迫力だろう。

何十年もここで避難生活を送らなければならないとしても、退屈はしないはず。ここの設営にフェリシティもかかわっているのであれば、電子書籍や、映画、テレビ番組のシリーズがそろえられ、当然ながらビデオゲームや音楽も好きなときに好きなものを楽しめるようにしてあるはずだ。

さらに右側に行くと、大きなキッチンになり、そこにはＡＳＩの社員全員分の座席を用意してあるテーブルもあった。ヘンリー八世の宮廷かと思うぐらいだが、そここに小さなテーブルも別に置かれ、また朝食用コーナーもあった。

次に広々とした長い廊下に出た。壁にはきれいな細工の施された金属製の燭台《しょくだい》が備えつけられ、足元にはほうろうの容器に植えられた観葉植物も並んでいた。

廊下を半分ほど進んだところで、ニックがとあるドアの前で足を止め、横の壁に手のひらを置いた。「俺の部屋だ」かちゃり、と音がすると彼がドアを押して、どうぞ、と促したので、ケイは中に入った。

部屋の玄関部分を通り抜けると居間になっていた。振り返って、全体を眺める。この場所もきれいだ。石のタイルを敷いたフロア、くすんだ濃い紫のソファと淡いグレーの肘掛け椅子、調理道具がそろった小さなキッチン、そして壁にはずらりと白黒の写真が飾られている。実に、快適かつ趣味のいい部屋だ。

「ちょっとびっくり」彼女はニックのほうに振り向いて、問い詰めるような顔をしてみせた。「あなた、人知れずインテリアデザインの才能があったのね。隠さなくてもいいじゃない」

彼は降参、というように両手を掲げた。「いや、室内装飾に俺は関知していない。市内にある俺のアパートメントなんて、ひどいもんだ。量販家具店で何もかもそろえて、いかにも安っぽい家具ばかり、って感じがする。この部屋はスザンヌが調えてくれた。どこにそんな時間があったのかわからないが、あの人は全員の部屋をそれぞれ異なった内装にしたんだ。全員、自分の部屋を見て大喜びさ。自分じゃこんな風には、絶対にできない」

ケイはそれを聞いてほほえんだ。ケイは、スザンヌ・ハンティントンとは挨拶したことがある程度なのだが、彼女の話を聞くたびに、すてきな人だなあと思う。すごく、魅力的な女性だ。スザンヌ自身が国内でもトップレベルのインテリア・デザイナーであるにもかかわらず、まったく気取ったところのない気さくな女性で、強烈なジョークを飛ばす。噂では、夫のジョン・ハンティントン――本もののタフガイでニックと同様元SEAL、いかにも怖そうなASI社のトップである彼を小指一本で好きなように操るとか。

ニックの携帯電話が鳴った。「ああ、ここにいる」そう応答してからスピーカーフォンに切り替え、電話をケイのほうに差し出した。「フェリシティからだ」

ケイは奪うようにして電話を手にした。映像機能がオンになっていたので、画面の友人を見つめると、涙がこみ上げてきた。「フェリシティ！　ああ、あなたの顔が見られてうれしい！」

フェリシティは疲れているようだった。「うん」フェリシティはケイの顔を撫でるように、自分のほうの画面に指を滑らせた。「もっと楽しいことで会えるとよかったんだけどね」

恐ろしい生物兵器が開発された恐れがある。親友のプリヤンカが死んだ。彼女と同じ課にいたウィリー・モレルも死に、さらにはマイク・ハマーまで殺された。「そうね、すごく深刻な事態になってきている。こんなこと言いたくないんだけど、フェリシティ、私、怖くて仕方ないの」

「怖くて当然よ。でも、今は大丈夫。グランジのセキュリティ対策はすごいんだから。バットマンの秘密基地なみなの。おまけにあなたにはニックがついてる。彼がいるかぎり、あなたの身に危険がおよぶ恐れはないからね」

ニックが、ぐふっという声を漏らして同意する。

「今のは、何？　ニック、肯定してるのよね」フェリシティが横にいるニックにたずねる。「バットマンの秘密基地にこもったって、言葉を忘れたわけじゃないでしょ？」

ケイは手のひらに携帯電話を置いたまま腰を下ろした。「ＵＳＢメモリは届いた？」

フェリシティは唇を噛んで、不安そうな顔をした。フェリシティの不安そうな表情なんて、今まで見たことがなかったので、ケイは慌てた。フェリシティは自分の才能に自信を持ち、実際にその才能をいかんなく発揮してきた。

「うん、メタルがすぐに持ってきてくれて、そのあとずっと解読しようとしてるんだけど、かなり手の込んだ暗号化キーが埋め込んであるね。トラップも仕掛けてあるから、うかつに解読を進められないの。それでファイアウォールの突破にじっくり時間をかけるしかなくて。データを壊してしまったら、取り返しがつかないから。暗号化を専門にしている人が、ファイルを厳重に保持しようとしたのね」

ケイはうなずいた。「もしパスワードを求められたら、『naanisbetterthanwonderbread』（ナンはワンダーブレッドよりおいしい）を試してみて。インド系のプリヤンカが、連絡用の秘密掲示板のパスワードとして設定したのよ」

フェリシティはにっこりした。「やってみる。いいパスワードね。解読にはあと……」彼女は一瞬画面から消えたが、すぐにまた顔が大きく映し出された。彼女は一日のほとんどを人間工学に基づいてデザインされたキャスター付きの椅子で過ごし、座ったままあちこちに移動する。「四時間かかりそう。今チェックしてきたの。私のコンピュータ君たちが、そう言ってる。解読が済めば、すぐにあなたのところに送る」

「あの、気を悪くしないでね。ちょっと確認しておきたいんだけど……この通信システムが傍受される危険はないんでしょうね？」

　フェリシティが小首をかしげる。「ケイ、あなたは大親友だし、今は大変な目に遭ってうまく頭が回らないのもわかる。だから許してあげる。ええ、通信システムのセキュリティは万全よ。実のところ、そこのセキュリティが万全だという理由で、ASI社にとって年間一千万ドルを稼ぎ出すビジネスになってるの。今もどんどん依頼が来て、売上はさらに伸びてるとこ」

　ああ、そうだった、とケイは思い出した。ここは上品な内装にして、ゾンビ化した世界を生き残るためだけの場所ではなかったのだ。サイバー・セキュリティのビジネスのための場所でもあった。全米の多くの大企業のデータがここでバックアップされているはずだ。情報だけで数十億ドルにも匹敵する価値があるだろう。つまり、セキュリティは万全。

「ファイルが見られるようになったらすぐにあなたに送る。それまで、少しは体を休めて。だってファイルの量がすごくて、内容を調べるのは大変な作業になりそうなの。内容に関しては、誰もあなたを手伝えないでしょ。生化学やウィルス遺伝子学で博士号を取った人間がいないから。あなた、忙しくなるわよ」

　ケイはうなずいた。「調べるものの見当はだいたいついているの。でも、そうね、今は休んだほうがよさそう。あと——あのあと、ドローンはどうなった？」

フェリシティがはっとした顔になった。「そちらに関しては、専門家に説明をまかせようかな。メタル?」

画面が乱れ、いかにもアイルランド系のフェリシティの婚約者の顔が小さな画面いっぱいになった。「大きな画面に移動しよう」メタルはそう言うと、電話を切った。ニックに案内され、ケイは大きなモニターのある事務机のほうに移動した。ニックがモニターの上端をタッチすると、横に別のモニターが二つ現われ、横長の画面になった。システムのスイッチが入ると、メタルの顔がまるでそこにいるかのようにくっきりと映し出された。何キロも離れたところにいることを忘れそうだ。右隅にフェリシティの顔が映し出される。横長の画面のおかげで、二人の背後のASI社の作戦指令室が隅々まで見える。これほどハイテクの作戦指令室を見るのは初めてだったが、それでも機能性の中に、どことなく優雅さを感じさせる部屋だった。

ケイの顔も、左下の四角い枠の中に映し出されている。ニックがやって来て、彼女の肩に手を置いた。

「おう」メタルがケイとニックに軽く会釈する。実際にメタルが目の前にいるような感覚だ。

「ドローンはどこだ?」ニックがたずねた。

「一時間前に消えた」メタルが厳しい表情を見せる。「アーケードで覆われた通りに入った。きっとそこから離脱できるように、最初から計画していたんだろう。そこで地面に降りて回収されたのかもしれないが、正確なことまではわからん。俺たちの計画では、暗くなったところでジャッコに特殊素材の服を着せ、熱感知装置で存在を探られないようにした上で、どこかの屋上に配置させる予定だった。ドローン・ディフェンダーでドローンのコントロールを奪い、障害物に激突させて破壊しようとしてたんだ」

「えっ、そんなことをして通行人の上に落ちたらどうするの？」ケイは不安になってたずねた。

「ジャッコの腕なら、問題はない。デパートの屋上への激突を考えていたが、それも屋上には人がいないことを確認しての話だ。だが、結局、計画は実行できなくなった」

ケイは体を震わせた。あの機械でできた怪物が、ぶーんという音とともに迫って来る様子をまざまざと思い出したのだ。そして、マイクが地面に崩れ落ちた。昆虫のようなカメラのレンズが見えた。ああ、ぞっとする。「私、ドローンに写真を撮られたかも。撮ってないとは断言できないの。マイクが私の顔を隠そうとしてくれたんだけど、何せあっという間のことで……」

肩に置かれたニックの手に力が入った。彼の励ましがありがたくて、ケイは彼を見上げた。

「ドローンからは、常に情報が送信されていたと考えられる」フェリシティが眉をひそめた。「また現われたら監視を再開するけど、写真が撮られていたなら、もうすでに送信されたあとね」

「ドローンには、固有の機体番号みたいなものはないの?」ケイはこういったことにはまるで疎い。まったく興味がないのだ。ドローンの存在を意識するのは、無人機によって砂漠にミサイルが撃ち込まれたというニュースを聞いたり、ドローンならではの目の覚めるような絶景写真を見たりしたときだけ。「一機ごとにコード番号みたいなものがあるのだとしたら、そこから誰がドローンを飛ばしているかを調べることはできないかしら? たとえば古代ローマで、いけにえの動物の内臓を見て、運命を占うみたいな……」

そう言って、子どもの頃に読んだ古代ローマの歴史について解説した絵本を思い出した。鮮やかな色彩の挿絵がたくさんあったのだが、とあるページに古代ローマの衣装を身に着けた男性たちが、羊の内臓を引っ張り出す別の男性を見守る姿が描かれていた。肝臓の状態によって吉凶が占われるのだ。それ以来、気持ち悪くてレバーを食べられなくなった。ああいう占い師のことを、古代ローマでは何と呼んでいたのだったか……確か、Hで始まる言葉だった。

「ハルスペクスね」フェリシティがかすかに笑みを見せた。「ドローンに、肝臓はないけど。機体番号みたいなものが、もしあのドローンに記してあったとしても、削り取られているはずよ」そう言ったあと、彼女はきょとんとした顔で周囲を見回した。「私、何か変なこと言った？」

「あなたがそんな言葉まで知っていることに、みんな感心しているのよ」ケイが見ているあいだに、ＡＳＩ社側のカメラはジャッコともうひとりのボス、ダグラスの姿もとらえるようになっていた。全員がフェリシティを見ている。

フェリシティはあきらめたように息を漏らし、やれやれと天を仰いだ。「学校で古代ローマの劇をやらされたからよ。それよりケイ、あなたは少し休んだほうがいいわ。ファイルの解読が終わり次第、あなたのところに送る。約束する。あ、待って、メタルが何か言いたいみたい」

メタルの真剣な顔が真ん中のモニターに映し出される。「マイク・ハマーの検死が終わった。報告書は外部の人間には見せない決まりだそうだが、フェリシティが検死局のネットワークをハッキングするのはバドもわかっているから、俺たちにはコピーをくれた。死因は窒息死だったようだ」

かわいそうなマイク。酸素を肺に吸い込もうと懸命になった彼の喉から漏れる、ぜいぜいという音が、今でもケイの耳に残っていた。「肺に体液が溜まって、息ができなくなったのよ」

メタルがうなずく。「そうだ」

「サイトカイン値は調べてもらってるのよね？」

「正式な報告書がないから断言はできないが、異常に高かったようだ。どうしてサイトカイン値を知りたがるのか、検死官が不思議がっていた」

「ちょっとした勘よ。自分の予想は当たっていたみたいだけど、うれしくない。実はいよいよ最悪の事態になってきたことが確実になっただけよ」突然ケイは、自分の無力さを思い知り、どっと疲れを感じた。そして恐怖も。「ファイルの中身がわかれば、どういう事態なのかをもっときちんと説明できる」

ケイは両方の肩にニックの手を感じた。その感触がうれしかった。温かくてどっしりとして、頼もしい彼につながっている気がした。画面の前にはメタルがいて、その横にはフェリシティが見える。そしてＡＳＩ社の人たちがいっぱい。背後のニックの存在とともに、こんなに多くの人が自分を支えてくれているのだ、と彼女は実感した。手を伸ばして、ニックと指を絡める。彼がいちどぎゅっと握ってから、力を緩めた。

ケイはニックを見上げてから、画面に向き直った。「あなたたちにはお礼の言葉もないわ。私ひとりじゃ――」

「おい、おい」メタルが目を見開いて、身構えた。こういうタフガイたちの考えることは想像できる。目の前の女性が感情的になっている。泣かれでもしたらどうしよう――それは困る、そういうのは今すぐやめてもらわないと、と思ったのだ。「礼なんて要らないさ。俺たちは君の味方だ。あたりまえだろ。君を助けるのは当然だ。そもそも、バイオテロの可能性があると聞いて、知らん顔はできない。それに君はフェリシティの親友で、フェリシティの父親代わりのアル・グッドカインドの孫で、ニックの――」

メタルがはっと言葉を切り、固く口を閉じる。慌てた様子で隣を向き、フェリシティに助けを求め、手を伸ばしたかと思ったら、カメラのスイッチを切り変えた。メタルは画面から消え、フェリシティのかわいい顔が大きく映し出されるだけになった。フェリシティはやれやれと天を仰ぐ。「メタルの言うことなんて、気にしないでね。この人〝失言病〟なの。じゃね、できるだけ早く連絡するから」

そして画面は点滅して消えた。

ニックがそのまま肩をマッサージしてくれたので、ケイは、彼が揉みやすいように頭を前に垂れた。彼の指先は力強く、凝った筋肉をほぐしていく。

「まず、何をしたい？」軽いマッサージが終わると、彼がたずねる。

「シャワーと食事。その順番で」彼女は両側にこき、こきと首を倒しながら答えた。

「了解。君はシャワーを浴びててくれ。そのあいだに食事の用意をするから」

ケイは首をねじって彼を見上げた。大きな体が頼もしかった。この人は私の命を救い、今も世話をしてくれている、そう思うと自然に言葉が出た。「ありがとう」

「その言葉はもう少し取っておいてくれ」彼が上体を倒し、軽く口づけしてきた。唇がそっと触れ合っただけなのに、電気のような衝撃を感じた。「食事のあとでな」

ケイはほほえむ。「食料がたっぷりそろえてあるって言ってたわよね」

「ああ、いいものがそろえてあるんだが、俺は何でも電子レンジにかけて食材をだめにするので有名なんだ。黒焦げになるまでチンしてしまう。まあ、たっぷり用意してあるから大丈夫。ああ、待ってくれ」

彼は姿を消すと、しばらくしてからたたんだ布地を手に戻って来た。「女性は何にでも気がつくんだよな。着替えの服もたくさん用意してあるんだ。パジャマとして使える室内着もある。これなら、くつろいで過ごせると思って」彼が差し出したのは、淡いラベンダー色のジャージのレギンスと長袖Tシャツの上下だった。グランジの内部のすべてがうまく温度調節されているらしい。おとぎ話の世界のように、暑すぎも寒すぎもせず、常に快適だ。

ジャージの上下はかわいくて、カジュアルで、非常に着心地がよさそうだ。

「次の質問だ。シャワーだけでいいか、湯船につかりたいか?」

ケイは少し迷った。ゆったりとお湯につかるのは、気持ちよさそう。体のあちこちが痛くて疲れているから、熱いお湯につかれば筋肉がほぐれるのは間違いない。しかし、夜には仕事に取りかからねばならない。かなり集中して真剣に取り組む必要がある仕事だから、ぼんやりとした頭ではいられない。

「シャワーを浴びるだけにするわ」残念だが、仕方ない。

「ではシャワーにしよう。こっちだ」

案内されたバスルームは、彼女が最初に住んでいたアパートメントより大きかった。壁には金色のタイルがモザイク模様に埋め込まれ、超モダンでありつつ、ビザンチン様式のようなおしゃれな雰囲気を出している。奥に置かれたバスタブは非常に大きく、入るのには三段もある踏み台を上がらなければならない。また、ジャグジーにもなるらしく、ジェットスイッチが付いている。

「あとでいいけど、絶対あのバスタブを使わせてもらうわ」

「好きなときに使うといい」彼がかすかにほほえむと、頬にうっすらとえくぼのようなへこみができる。じっと彼女を見る暗い色の瞳は、情熱がこもっている。あとでいいけど、絶対あの情熱もいただきたいわ、と彼女は思った。「君の望みはすべて叶えるから」

彼の暗い瞳をケイは見据えた。「そんなこと言っていいのかしら？　絶対に入手不可能なものを私が望んだら、どうするの？」

「そのときは、望みを叶えられるよう、一生懸命に努力する。慣れてるから、努力ならできる」確かにそのとおりだ。そして彼は、完璧なタイミングで、完璧な答を返すこともできる。

「じゃあ、とりあえずはいい知らせよ。今の私の望みは、ただシャワーと軽い食事だけだから」

彼が飾りの彫られたくもりガラスのドアを開けてくれたので、彼女はシャワーブースの中を見た。大理石のフロアの広々とした場所で、水流の切り替えモードがたくさんついたシャワーヘッドにベンチまである。

「熱いシャワー、それともぬるいほうがいい？」

「やけどするぐらい熱くして」

彼がドアから手だけ伸ばしてボタンをいくつか押す。かなり水圧の高い設定らしく、お湯が勢いよく出てバスルーム全体に湯気が満ちる。

「さっぱりするといい。シャンプー類も中にあるから。タオルはこっちだ」額にキスしてから、彼は白いキャビネットを示すと、室内着を近くの棚に置いた。「じゃあ、ゆっくりな」

ケイはニックに笑みを向け、彼がバスルームのドアを閉めて出て行くまで、笑顔を崩さなかった。アドレナリンに突き動かされてここまで頑張ってきたが、緊張が切れた今、彼女は疲労困憊《こんぱい》の状態だった。

朝からのできごとがケイの頭の中で再生される。またその瞬間に引き戻されたかのように、まざまざと。マイク・ハマーと会う約束をしてホテルを出た。そのときは、身を隠すつもりでいたし、いつまた友人たちに会えるかもわからなかった。ドローンが襲ってきて、マイクに何かをスプレーし、彼は突然倒れた。彼が地面に打ちつけるかかとの音が記憶によみがえる。彼の顔が真っ赤になり、その後紫に変わった。そして死。むごたらしい死に方だった。

次は自分があああいう目に遭わされるのだろうか。

着ていた服をのろのろと脱ぐ。着用済みの汚い臭いがする。邪悪さというものが臭いを持っているとしたら、こういう臭いなのかもしれない。マイクを殺したものの正体はまだわからないが、邪悪なものであるのは確かだ。

着替えられるのは、本当によかった。このパンツスーツを着ることは二度とないだろう。いっそ、燃やしてしまいたい。この服を買うとき、明るいターコイズカラーはお客さまの目の色ときれいにマッチしますよ、と店員に勧められた。買ってよかったと思っていたし、お気に入りの服だった。しかしもう、辛い記憶と結びついてしまった。

警察に証拠品として回収されたキャリーケースには着替えがあった。ただ、このジ

ャージの室内着のほうがいい。この服にはいっさいの思い出がないから。今朝——あ
あ、あれはまだ今日の朝だったんだ、もう何日も何週間も前のことのように思え
る——ホテルをこっそり出たとき、この先自分の人生はすっかり変わるのだと思った。
確かに変わった。完全に、永遠に。ただ、想像していた方向には進まなかった。
　マイクと会ったとき具体的な日数については教えてもらえなかったものの、少なく
ともしばらくは身を隠す覚悟でいた。内部告発者とはそういうものであり、一生ひっ
そりと暮らす人もいる。それでも構わないとさえ彼女も思っていた。
　人目を引くから、荷物は小さいほうがいいとマイクに注意されていた。四日間、別
の都市で開催される学会に出席するのに必要な持ちものだけにしろと。その指示で、
荷造りは簡単になった。特別な思い出の品や、家族に伝わる大事なものも持たない。
四日間の出張に必要な着替えだけ。唯一の贅沢として許したのは、スキャンしてUS
Bメモリに収めたすべての家族写真だけ。行く先もわからない未来に携えてきた過去
は、それがすべてだった。
　今朝、漠然と思っていたのは、とりあえずはマイクが用意してくれた彼のウェブマ
ガジンが契約する隠れ家のひとつに今夜は泊まるのかな、ということ。場所までは考
えつかなかった。
　ところが、同じ隠れ家でも、こんなに豪華なところにいて、徹底して快適に過ごせ

るように心配りをしてもらっている。しかもここは、核戦争が起きても生き残れるシェルターなのだ。

そんな場所に、当面は住むことになる。ニックと一緒に。

だがまず、あれこれ考えるより先に、今朝からのいろいろを体から洗い落とそう。

彼女はジャケットを脱ごうとして、うっと痛みに身をすくめた。体の右側に違和感を覚えてはいたが、腕を上げた瞬間、鋭い痛みが走ったのだ。全身、いたるところが痛いが、右側の肩と腕が特にひどい。

またあのときのことを頭で再現してみる。ぶーんという音、見慣れない不気味な物体がいると気づいたら、もう目の前に迫って来ていた。今、あの恐怖の瞬間の記憶をたどっても、巨大な昆虫に襲われたとしか思えない。あっという間に降下してきたので、麻痺した脳では状況を理解できなかった。マイクがドローンの攻撃する方向からケイを突き飛ばす。強く押されて、彼女の体は壁に激しく当たった。けれど恐怖で感覚が麻痺し、そのときは痛みも感じなかった。

記憶している映像はスロー再生のように思える。アドレナリンが大量に分泌されていたので、動体視力が瞬間的に向上し、何もかもがスローモーションのように見えるのだ。あの黒くて大きな……物体がすぐそばまで来たとき、マイクが正体を認識したのもその日でわかった。すると彼は大きく体の向きを変え、強くケイを押したのだ。

彼女の体はコンクリートの壁に肩から打ちつけられ、強い衝撃を受けた。

肩や腕がずきずきと痛むが、たいした怪我ではない。子どもの頃、肩を脱臼したことがあり、その際の痛みは覚えている。だから今は、脱臼していないと断言できる。ただの打ち身だ。少々痛むが、どうということはない。

ただ、ズボンを脱ぐときにも、靴を脱ごうと体をかがめたときも、痛みに顔をしかめてしまった。特にストッキングを脱ぐのが辛かった。フロントホックのブラでよかった。

ブースに入って巨大なシャワーヘッドに顔を向け、目を閉じる。熱いお湯が全身を洗い流す。ああ、いい気持ち。ゆっくりと後ろを向き、腕を広げて、シャワーという贅沢を堪能する。

熱い湯と蒸気のおかげで、体の芯までほぐれていく気がした。頭を空っぽにして、その場の状況に身をゆだねる。ヨガで習ったリラックスの方法だ。ゆっくりと時間が過ぎていく。頭を垂れると、強い水圧のお湯が肩や首をマッサージしてくれる。

何も考えないまま、シャンプーを取ろうと手を伸ばしたのだが、ボトルをつかんだとたんに激痛が走り、うめき声が出た。右腕を稲妻が駆け抜けたみたいだ。なるほど、右腕は使えないらしい。しばらくは利き手ではない左で、何でも処理しなければならないようだ。ボトルを開けるのもひと苦労で、蓋がフロアに落ちた。

「ほら」太い声が耳元で聞こえた。「手伝ってやるから」

近づいて来たニックが彼女の体越しに手を伸ばし、シャンプーを彼女の手から取る。背中に感じる彼の裸の体が、たくましくて熱い。冷たい液体が何滴か頭のてっぺんに落ちたあと、彼の手が彼女の髪を洗い始めた。力強いその指の動きに、彼女はのけぞるようにして彼に頭を預ける。頭皮マッサージが、うっとりするぐらい気持ちいい。強い指の動きが、一日の疲れや汚れをすっかり洗い落としてくれそうだ。

ニックはシャワーヘッドの真下に来るようにケイの頭の位置を調整し、泡を流す。そしてまたシャンプー液をかけた。今度のマッサージはかなりの時間をかけて。あまりに気持ちよくて、彼女はうとうとし始めた。頭は空っぽの状態で、体は頭のてっぺんからつま先まで、幸福に酔いしれている。

背中を支えてくれていた筋肉質で高い体温の体が、ふっとなくなった。彼女は目を開け、何ごとだろうと思った。振り向くと、ニックがボディスポンジと石鹸を手に立っていた。笑顔を向けられたので、彼女もほほえみ返す。すると彼が頭を垂れた。

「女王さまのお許しを待っております」

あらあら、そういう遊びをするのね、と思った彼女は、彼に合わせた。「よきに、はからえ」

「ああ、はからうとも」ニックにはしもべの役は務まらない。従順なふりをしていられるのも一分ほどだ。近づいてきた彼は、片手を彼女のうなじに置き、もう一方の手でスポンジを肩へと滑らせていく。うなじに置かれた手がしっかりと支えてくれるので、彼女はリラックスしてすべてを彼にゆだねた。この人にまかせておけば大丈夫、絶対に安全だ。

彼がキスしてきた。彼のキスはセックスと同じだ。ただ舌と唇と歯を使うだけ。目を開けた彼女の前に存在するのはニックだけだった。顔と大きな肩が、彼女の視界いっぱいになって、他には何も見えない。頭上からお湯が降り注ぎ、滝の下に立っているようだ。映画でこんなシーンを観たことがある。ただこのままだと成人向けの映画になりそう。

それでいい。

ニックの口が首筋へと移動する。昨夜彼女は、自分は首筋が非常に感じやすいのだと知った。ニックの唇が当たり、軽く嚙まれると、電気のスイッチが入るみたいに、ぱちっと火がつく感じになる。

彼が一歩離れて、ケイの全身を眺めた。一生懸命、頭から足先まで。全裸の姿をこんなふうにじろじろ見られるのは、本来恥ずかしい。ただニックの視線を感じると、その部分が温かくなっていく。にやりとした彼の顔で、黒い瞳が妖しくきらめく。外はもう陽が落ちてる時間だろうが、ひげを剃っていない彼の顎や頰にも、暗い影ができている。こうやって見る彼は、何だか少し野性味があって危険そうだ。

スポンジは肩からお腹の真ん中へ、そして彼女自身の中心部へと移動していく。つい あえぎ声を漏らすと、彼がびくっと反応した。全身を強ばらせ、じっと彼女を見ている。彼の視線が彼女の目から口へ、また目へと動く。

彼女の脚のあいだで、彼がスポンジを左右に揺すった。無言の命令に従い、彼女は脚を広げた。

スポンジが落ち、脚のあいだを動くのは彼の手になった。そう……そこ。

「女王さまの、お気に召しましたか?」ささやくような低い声は水音にかき消されてほとんど聞こえなかったが、体に直接響いた気がした。

やさしく、ゆっくりと愛撫される。指が一本、中に入ろうとする。「気に入ったんだな」深く差し入れようと、彼が同じ質問をした。

快感で腿から力が抜けていく。ケイはほうっと息を吐き、完全に勃起している彼のものを、根元から握って上下に動かし始めた。軽くいちど、そして強く握りながら、いっきに先端部まで動かす。ニックはのけぞって、苦痛にあえぐような声を出した。

「あなたがこれを気に入ってるのと同じぐらい」彼女はそう言って体を倒し、彼の乳首を噛んだ。

「あっ、やめてくれ。もっと長く楽しみたいんだ」彼はケイを片腕で抱え上げ、シャワーを調節する。そしてベンチに腰を下ろして彼女を膝にまたがらせた。お湯は熱いのだが、自分の体のほうが高温になっている気がした。

「もっとくっついて」ニックの腕が彼女の体を引き寄せた。二人の胸がぴったりと合い、開いた彼女の脚のあいだが、彼の勃起したもののすぐ前に来る。「よし、これでいい」

ええ、これでいいわ、ケイもそう感じて、彼の首に腕を巻きつけた。全身がぴったりと彼に触れている感じがすてきだ。耳たぶを噛まれたあと、首筋も唇でつままれ、その間に彼の巨大なものが、彼女の体の入口付近をこすっていく。ああ、気持ちいい。中に入ってきているのと同じぐらい。全神経が敏感になる。ハチミツの中を進むようなゆっくりとした動きだ。

彼女は彼の耳に唇をつけた。「ニック」

「うん?」またのったりとした動きで彼のものが入口の周囲をこする。腿が小刻みに震え、自分がもう少しで絶頂に達してしまうのを彼女は感じた。彼にもそれはわかっているはず。

「私の中に来て」耳元でささやくと、彼がぶるっと身を震わせるのがわかった。

「ちょっとだけ、待ってくれ。先にしなきゃならないことがある」

嫌だ、と言うつもりで口を開いたら、彼に激しくキスされた。濃密に。キスさえすれば、こちらの反論を封じられるとでも思っているのなら……正解だ。もう反論はしたくない。

　もういちどゆっくりと入口の近くに彼のものが押しつけられるのを感じたが、すぐに彼の指が中に入ってきた。ちょうど触れてほしいと思っていたところを、表面の皮膚が硬くなった彼の指が刺激する。あたりにはいい香りがたちこめ、ニックの唇を自分の口に感じ、敏感なところを刺激される。

　もうすぐに絶頂に押し上げられるのがわかり、ケイは大きくあえいだ。彼の指が刺激する部分がひくひくと動き出す。すると彼はケイの体を高々と引き上げ、うまく位置を調整してからゆっくりと自分のものを包むように下ろしていった。その感触で彼女の体に電気のようなショックが走り、いっきにクライマックスへと昇り詰める。彼のキスがさらに濃厚になり、ケイは自分が彼のものだと実感した。

　やがて体の芯の震えが落ち着いていき、止まった。彼女はニックにまたがったままぐったりとしていた。体全体が密着しているので、彼の硬い恥毛をちくちくと感じる。体にはまったく力が入らず、ケイは彼にもたれかかった。彼の腕と口と下腹部の三ケ所で体を支えられていた。

「今のが」ニックが言った。「最初にしておかなきゃならなかったことだ」

　そして、彼女の中で彼が動き始めた。

8

ポートランド市郊外

どんな場合でも、多少の障害はつきものだ。それぐらい、承知している。オリバー・ベイカーは、そう自分に言い聞かせた。しかし、今回の障害は、かなり高いハードルになる危険性をはらんでいる。非常にまずいことになりかねない。ここまでのところ、兵器化されたH1N1亜型ウィルスの存在に気づいた者は誰もいない。話題にすらなっていない。あらゆる意味で最高の武器なのに。以前、冷凍のラム肉で夫を殺害した妻が、その肉をローストして警察の捜査官をもてなした、という話を読んだことがあったが、同様にこのウイルスも存在を証明できない凶器なのだ。

兵器化されたスペイン風邪、つまり生物兵器に作り変えられたH1N1亜型ウィルスに、狙う相手のDNAを組み込むことで、個人攻撃が可能な武器にすることができた。被害者が感染して数分以内に惨めな死に方をするところを目の前で見ていても、

ＤＮＡが異なる人間ならいっさい体調に変化は起きない。本人の子どもや親なら死に至るので、一族を皆殺しにはできる。理論上は、そういうことだ。

あと四週間後に、その理論を実験する機会がやって来る。コンゴの内陸部で近親結婚を繰り返す部族がいるのだが、この部族が暮らすのは世界最大のコルタン鉱山のある場所で、採掘の邪魔だったのだ。コルタンはコンピュータなどのコンデンサに必要不可欠で、コラックス鉱山会社は大きな利益を期待していた。そこで四週間後に部族全員に共通のＤＮＡを組み込んだウィルスが、彼らが狩りをするジャングルに散布される予定になった。部族の狩りに関する情報は数千ドルもかけて手に入れたから、どこに散布すればいいのかはわかっている。散布後三十分で部族は全滅し、一週間もあればジャングルの野性動物たちが死体をきれいに片づけてくれるだろう。鉱山会社はそこで採掘を開始する。

猛毒ウィルスだからな、とフランク・ウィンストンは言った。ウィルスの脅威は彼なら当然理解している。何せＣＤＣの所長なのだから。フランクは、日常的に猛毒ウィルスによる死に携わってきたが、本来の彼はすぐれた研究者として名をはせてきた。若い頃に特殊な出血熱に対するワクチンを開発し、何十万人もの命を救ったこともある。今後も、何百万人もの命を救うはずだった。

救ったところで、一セントも彼の懐には入らない。

フランクが昨年オリバーを訪ねてきたのも、それが理由だった。オリバーが錬金術師であることを聞きつけて。まあ、その筋では有名ではあるが、オリバーが触れると何でも金に変わるのだ。実際にはそこまで儲かること、好きなだけ金が手に入るみたいなアイデアに出くわしたことはオリバーにもないのだが。彼は弁護士として仕事を始め、法律家としても成功していた。法律を熟知していれば、どんな世界でもうまくやっていける。やがて、困ったことがあれば、オリバー・ベイカーのところに行け、と評判になった。厄介ごとならベイカーが解決してくれる、必要なものがあればベイカーが調達してくれる、と。

そうこうしているうちに、彼はＣＩＡの極秘作戦にかかわることになり、国家秘密局の元工作員、つまり元スパイたちから成るチームを指揮することになった。この元工作員たちがちょっとした金儲けが大好きなやつらだった。約五十名の腕利きの元スパイに声をかければいつでも使えるコネができた。双方に有利な話だった。彼らが自分の思いどおりの働きをしてくれるかぎりは料金を支払うが、彼らはベイカー法律事務所に勤務するわけではなく雇用関係が知られることはない。給与を支給するのではなく、仕事に見合った料金を支払うだけだ。

フランクと会う前に、オリバーはすでに二千万ドルの資産を保有していた。そしてフランクからの提案は、完璧だった。フランクが持ち込んだ兵器によって、人がかかわる問題であれば、何でも解決できるのだ。問題を起こすやつを、その兵器で抹殺すればいいいだけだ。

フランクはその兵器を開発したものの、どうやって使えばいいかわからず、困っていた。オリバーはわかっている。当然だ。

このウィルスを手に入れてから半年で、さらに二千万ドル稼ぐことができた。今年は倍の売上が期待できる。基本的には、稼げる金額に制限はない。ただ儲かるだけ。しかし、そのためには、こういうウィルスがあることを世間に知られないようにしておかねば。

もちろん、少々のリスクを冒すことはある。たとえばあのデ・ヘイヴンのばばあの殺害だ。通常であれば、ひとつの殺害のあとは、しばらく依頼を受けないようにしている。しかしオファットにしつこく頼まれて、仕方なく応じた。オファットは即刻デ・ヘイヴンを殺してもらいたがっていたため、公聴会でスポットライトの当たっている最中の上院議員殺害を余儀なくされた。

現在のところ、中年女性の突然死を不審がる者はいない。新聞はほぼ全紙、死因は心臓麻痺だろうと伝えている。

オファットのことは大嫌いなオリバーも、その心中はじゅうぶん理解できた。オファットは楽に金儲けができるシステムを作り上げ機嫌よく暮らしていたのに、デ・ヘイヴンがそのすべてを奪い去ろうとしたのだから。あのばばあが命を奪われるのも、自業自得というものだ。オファットに痛い目を遭わせる程度ならわかる。だがデ・ヘイヴンはそれで満足しなかった。ブラックヴェイル社を完全に叩き潰そうとしたのだ。そうなればオファットのほうも、全面戦争を仕かけられたと受け取る。ちょっとばかり金を受け取って、そこで終わりにしておけばよかったものを。百万ドル払う、というい申し出さえ、あのばばあは断りやがった。百万ドルで済めば、オファットだって千五百万ドルをオリバーに支払う必要もなく、みんなハッピーでいられたのに。

結局、デ・ヘイヴンは自分の死刑執行にゴーサインを出したようなものだ。

この件に関して、ミスはない。捜査対象にはなっていないし、あれは自然死として片づけられる。検死さえ行なわれないだろう。解剖されたとしても、何が見つかるわけでもない。もしも何かの偶然で、検死官がデ・ヘイヴンの死に疑問を持ったとしても、封筒に札束を詰めて検死官に送ってやればいい。検死官はむごたらしい死といつも向き合わねばならないのに、信じられないぐらい安い給料でこき使われているから。さらに万一、検死官がこちらの説得に協力的でない場合、工作員たちに命じて、交通事故にでも巻き込まれるようにすればいい。強盗に襲われたとか、ジョギング中犬に襲われたとか、アパートメントで感電したとか、何でもいい。人は簡単に死ぬものだ。

ただ、例のウィルスは使わない。犬や猫じゃないんだから、同じ場所で同じように用を足すような愚かなまねはしない。これまでのところ、例のウィルスは全米でもかなり距離の離れた場所で使っただけ、同じ場所ではいちどしか使わない。だから、殺害の可能性なんて、どの地域の警察もまるで考えなかった。少しの噂でもあれば彼の耳に入るようにしてあるので、間違いはない。

ウィリー・モレルやあのインド系移民の小娘にも例のウィルスは使わなかった。モレルはこのH1N1亜型ウィルスを兵器化させた張本人で、そこに個人のDNAを組み込んだのがフランク・ウィンストンだった。モレルにはじゅうぶんな金を払ってやったのだが、もっと出せとうるさくせっついてくるようになった。消えてもらうしかなかった。あのインド系の小娘、プリヤンカ・アナンドは言うまでもなく、ただの邪魔者だった。

そして今、別の女が脅威として浮上してきた。オリバーの情報網はすぐれており、プリヤンカ・アナンドがマイク・ハマーと接触したと知らせてくる者がいた。マイク・ハマーというのは、本名ジェレミー・ロブセンというくだらないことばかり記事にするジャーナリストのペンネームだった。マイク・ハマーの正体を突き止めるだけでも、二十万ドルという金がかかった。しかし、徹底的に調べ上げ、彼の住むところまでわかった。そしてすぐに手を打った。工作員二人をハマーの自宅に侵入させ、彼のDNAを採取させておいたのだ。

そのときはただ、用心のため、でしかなかったのだが、我ながら先見の明があったと思う。

ハマーのウェブマガジンの読者は非常に多かった。オリバーはずっとハマーを監視し続けた。なぜなら、ハマーの携帯電話もコンピュータ・システムも侵入するのがきわめて難しく、実際に目を光らせておくしかなかったからだ。オリバーの周囲で、ハマーのファイアウォールを突破できる者はいなかった。調べさせても、ハマーというやつは、電話もメールも使いません、という報告しかなかった。もちろん、そんなはずはない。

最終的にハマーのウェブマガジンの下っ端スタッフの裏切りで、情報を得た。編集部の使い走りが、CDCでウィルスの兵器化が行なわれているという有力な匿名情報があったことを教えてくれた。その情報は亡くなったプリヤンカ・アナンドが集めたもので、ハマーにメールを送ってきた人物は、今のところ正体不明であるものの、オレゴン州ポートランド市でのハマーとの面会を求めてきたらしい。

オリバーは部下たちを引き連れ、プライベートジェットでポートランドに急行した。ハマーの到着前に、追跡のためのドローンをセットしなければならなかった。

一方、ハマーのDNAを大至急フランクのところに空輸し、兵器化されたウィルスにそれを組み込ませた。大急ぎで作業を終えたウィルスをポートランドまで送らせ、ドローンに搭載してハマーの到着を待った。ハマーは裏づけ情報を持つ人物と面会するわけで、ここでハマーを消しておかなければならない、と考えたからだ。

ベイカーはまたモニターのほうに向き直り、録画映像を再生した。もう千回目ぐらいだろうか、ハマーの追跡映像だ。映像は、ハマーが空港から出て、市内でもさびれた地区のうらぶれた小さなホテルに入るところを追う。その夜、ハマーはホテルから一歩も出ず、翌朝ホテルから出ると街の中心部へと向かう。こっそりと引き込み路に入り、真ん中あたりで足を止める。すると突然、女性が現われる。ほっそりして、青っぽいパンツスーツ、つばの広い帽子。最初は、女性がこういう帽子をかぶっていたのは偶然なのかとオリバーは思ったが、引き込み路に入る前の彼女の足取りを確かめようと、画像を巻き戻して周辺の大通りを調べても、カメラはそれらしい女性の姿をとらえてはいなかった。つまり、用心のために顔を隠していたわけで、そうなればこの女性は工作員としての訓練を受けているか、隠密作戦などに詳しい友人がいて、そのアドバイスを守っているということになる。

映像をスロー再生に切り替え、ごみごみした引き込み路を進む女性の姿を逐一確認する。キャスター付きのスーツケース。つまり、ポートランドの住人ではないわけか。いや、ハマーとの面会後、すぐに高飛びするつもりで荷物をまとめていたのか。わからないことが多すぎる。

鼻先まで画面に近づけ、映像をコマ送りにしながらさらによく見る。ハマーの顔ははっきりとカメラにとらえられている。サイバースペースでのセキュリティ対策に万全を期していたこの男も、ドローンにまでは考えがおよばなかった。この引き込み路には監視カメラがないから、女性との面会が録画されるとは思ってもいなかったのだ。ハマーの顔を改めて観察する。公の場にはいっさい登場せず、正体を明かさないままペンネームでジャーナリスト活動を続けた男。ドローンの映像からでは、彼の身長まではわからないが、痩せ型で、細面、賢そうな顔だった。ものごとを自分で判断できる人間、命令で動くやつとは違う。

女性が近づいて来るのを認め、ハマーはもたれていた壁から体を起こした。女性が来るとわかっていたのだ。女性はハマーの前まで来ると足を止め、キャリーケースを壁に立てかけ、ハマーのほうを向いた。残念！　ここで女性は完全にドローンのレンズに背を向けるのだ。

ハマーと女性が言葉を交わすあいだに、映像はどんどんクローズアップしていく。ドローンが降下しているのだ。女性がハマーに何かを手渡す。とても小さいもの。USBメモリに違いない。面会の目的はこれだった。ハマーが手渡されたものをぎゅっと握り、一瞬目を閉じる。やったぞ、とでも思っているのだ。情報の受け渡しは、何の問題もなく完了した。

ふとハマーが顔を上げ、眉をひそめる。そして、ドローンがいることに気づいて、恐怖の表情を浮かべる。ドローンが液体を噴霧し、女性が振り向こうとする。ハマーはさっと手を上げて、女性の頭を押さえ、壁のほうへ女性の体を突き飛ばす。女性は壁に当たった衝撃で片膝をつき、ハマーのほうを向く。

恐怖におののくハマーの顔が大写しになる。彼の頬や鼻先から液体がしたたり落ちている。ウィルスの培養液だ。

ハマーも女性も、事態が理解できずにその場に凍りついている。ハマーは当惑した表情で頬を拭った。おそらく銃で撃たれると思ったのだ。スプレーされた液体なら、そう危険ではないと判断している。

女性が顔を上げようとしたのだが、カメラがとらえる前に、ハマーがまた女性の頭を押し下げた。ハマーは女性に何かを伝えている。残念ながらカメラの角度が悪くて唇の動きを読めない。今度は必ず、音声も記録できるようにしよう、とオリバーは心に誓った。

ハマーが自分の喉首を押さえる。顔が赤くなり、ふらふらしながらよろける。女性は一瞬その場に立ちつくしたが、ハマーを抱き留めようと手を伸ばした。しかしハマーの体は地面に崩れ落ちる。

ああ、もう、ちくしょう！　ドローンのカメラは、ハマーの顔を追跡するようにプログラムされているため、そこからは画面いっぱいにハマーの顔が映るだけになった。このすぐ上を旋回すれば、女性の顔も状況もすっかり録画できたのに。今頃この女性が何者かも把握できていた。しかしそうはいかない。ドローンはプログラムされた任務をきちんと果たす。つまり、今回の場合はハマーの追跡とその顔にウィルスを噴霧することだ。その任務の最中に、別の任務を自力で思いついてはくれない。

ドローンはそこまで賢くはない。

単純な任務のはずだった。事業の邪魔をする可能性のある人物を、簡単に消し去れる予定だった。手際よく片づけ、何の証拠も残さないつもりだった。ところが、一部始終を目撃した証人を逃がしてしまい、その正体すらわからないままだ。

オリバーは再度、ハマーが死んでいく様子を観察した。息ができずに、あえぐ姿。しかし、苦しい息の中でも必死で手を差し出し、女性にＵＳＢメモリを渡している。女性はその後、建物の中へ消えて行った。

これだけ見てもわからないのだから、あと何回見ようが女性の顔が写っている可能性は低い。ましてや、顔認証ソフトで身元を割り出せるほどの大きさをとらえられているはずはない。

まあ、いい。ドローンのカメラがとらえられなかったのなら、他の方法でやってみるしかない。彼は指をとんとんと机に打ちつけながら、考えた。

いつも使っている、ウラジオストクのハッカー集団に頼ってみようか――このグループは非常にすぐれた技術を持つ者たちで構成され、二十四時間、いつでも連絡が取れる。睡眠なんか取っていないのかもしれないが、人の弱みに付け込むような高額の支払いを求められる。通常の仕事であれば、この〝悪いやつら〟と呼ばれるグループに別の衛星画像のハッキングを依頼し、ばかみたいに高い料金はそのまま、オリバーに仕事を依頼してきた顧客に払わせる。しかし、今回の依頼人は自分であり、金のなる木として将来大いに期待できるビジネスにかかわることだ。〝悪いやつら〟は全員非常に頭がよくて仕事熱心ではあるものの、分相応ということを知らないし、道徳意識というものが徹底的に欠如している。いずれオリバーからの依頼がどういう意味を持つのかを探り当て、これによってオリバーが数十億の売上を維持したのであれば、自分たちももっと要求していいはずだと考える。脅迫ぐらい、平気でしてくる連中だ。

また、彼らは物理的に何千キロも離れたところにいるので、消し去るのもひと苦労だろう。おまけに彼らの本部がどこにあるのか、正確な住所までは知らない。人口五十万を超える大都市のウラジオストクで、彼らを見つけ出すのはほぼ不可能だ。

だから、今回のことは自分の手で解決しなければならない。事件を知る人間は、少ないほうがいい。現在、何が起きたかを知っているのは、オリバー本人、兵器化されたH1N1亜型ウィルスにDNAを組み込んだフランク・ウィンストン、そしてドローンのオペレーター二人だけだ。このオペレーターは高額の支払いに満足していて口を割る心配はない。二人のことはすぐに、大金持ちにしてやるつもりだ。軍でドローンを操っていただけというキャリアでは、たいした職もない。だから二人は、オリバーのところで仕事にありつけたのは、実に幸運だったと感じている。自分たちの生活がかかっている以上、オリバーの立場を危うくするはずがない。

さて、もういちど考えよう。ドローンで撮影した映像からは、情報を握る女性の正体がわからなかった。その情報はプリヤンカ・アナンドが集め、マイク・ハマーに渡されるはずのものだった。その内容で、おそらくオリバーの有罪を法廷で証明できる。つまり、非常に危険な情報をこの女性が持っているわけだ。

いったい、誰なんだろう？

そもそも、どこからこの路地にやって来たんだ？

ベイカーも、さほどセキュリティ対策が厳しくなければハッキングできる。ＣＩＡの工作員ならやり方は教えてもらえるし、彼もさまざまな技術を学んだ。そこで、路地の入口にあたるクレメント通りを歩いて来たと想定して、通りにある監視カメラのいくつかをハッキングしてみた。大通りなので監視カメラは多く、女性のスーツの鮮やかな色はかなり目立つ。

ドローンが女性の姿を最後にとらえたのは十時二分。オリバーは市の交通局が設置したカメラをハッキングしてみた。九時三十分以降の録画映像を注意深く調べていく。早送りにしたり、巻き戻したり、スロー再生にしてみたり、何度も何度も確認した。

そして何度目かにやっと気づいた。九時二十一分。クレメント通りとドラモント通りとの交差点にあるカメラがとらえた映像の、ごく外側をほとんど線のようにターコイズカラーがかすめていったのだ。

はっとして体を起こし、彼は考えた。この女は監視カメラをうまく避けている。ふむ。訓練を受けたのだろうか？　捜査官？　工作員？　ＣＩＡ、国土安全保障省《DHS》、ＦＢＩ、国家安全保障局《NSA》――政府にはアルファベットで略される機関がありすぎて、誰が何をしているか、さっぱりわからないが、何にせよ連邦政府が絡むとなれば、問題はいよいよ深刻だ。

ドラモント通りには何がある？　インターネットで地図を調べてみる。レストランが四つ、高級ブティックが八店、宝石店が二軒に大きなデパート。デパートと隣接しているのは、オフィスビルとホテル。アストリア・ホテルか。はて、どうしてこの名前に聞き覚えがあるのだろう？

ああ、そうだ。彼の全身の血が凍りついた。アストリア・ホテルは大きな会議施設とつながっていて、そこで今、国際ウィルス学会が開かれているのだ。実はフランク・ウィンストンもこの会議の最終日に出席する予定で、閉会挨拶を述べるはずだ。

この女も会議の出席者なら、アストリア・ホテルに宿泊しているはずで、そうだとすると……。

ホテルの監視カメラというのは、きわめてハッキングしやすいものだ。公的機関が設置するものとは異なり、ホテルのような商業施設は本来テロなどを警戒するためにカメラを設置しているわけではないからだ。録画映像はほとんどの場合、四十八時間ぐらいしか保存されないが、今朝の映像なら問題ない。うまい具合に女がこのホテルに滞在しているのなら、映像があるはず。

彼はホテルのセキュリティ・ネットワークにアクセスし、タイムフレームを午前七時から九時十五分に設定した。画素数が低くて色はわかりにくいが、それでも鮮やかなターコイズカラーならわかる。朝食が提供されるレストランの映像を早送りにしてみた。太った観光客に、科学者然としたおたくっぽい男たち――こういうやつらは上着の肩がふけだらけに違いない――が大量のコーヒーとクロワッサン、ヨーグルトを消費するところが確認できたが、鮮やかなターコイズカラーのパンツスーツを身に着けたほっそりした女性の姿はない。何度か巻き戻しては四倍速で再生する。ビュッフェ台と自分のテーブルを往復する人々の様子が働きアリみたいにコミカルに見えた。

そして、女性がホテルでは朝食をとっていないことを確認した。ルームサービスを頼んだのかもしれないが、女の名前もわからないので、ルームサービスの記録を調べたところで意味がない。

次は、ロビーの映像だ。

ところが、ロビーのカメラは午前九時十五分から十時まで、まったく何も録画していなかった。ホテル内の廊下のカメラも同様だ。

ちくしょう。

女はどこに消えた？　あの女を見つけ、抹殺しなければ。すぐに。ウィルスは使えない。ひとつの都市で直近に同じ死に方をする人間がいてはまずい。さらに、女の荷物がハマーの死体の近くで回収されている以上、何らかの関連があると不審がられる。ウィルスを使うわけにはいかない。もちろん、殺害方法ならいくらでもある。

だからまず、女がどこに消えたのか、見つけ出すことが先決だ。

女があの近辺の建物から出て行く姿はなかった。少なくとも徒歩では。消去法でいけば、デパートの駐車場から出た車のどれかに乗っていたとしか考えられない。ドローンは、三台のまったく同じＳＵＶを映像にとらえていた。オリバーの直感が、女はあの黒い車のどれかに乗っていたと告げる。

そうだとすると、もうオリバー自身が扱う情報源では追跡できない。

仕方ない、金で問題を解決するときだ。

彼は〝悪いやつら〟に連絡を取ることにした。電話するとまず、米国からヨーロッパの回線に接続し、また米国に戻ったあとでシンガポールに転送され、そこからラトビア経由でウラジオストクを呼び出す。その間彼は、じりじりしながら電話がつながるのを待った。

「アロー？」ちくしょう、フランス人を気取ってやがる、腹立たしい気持ちをそのまままぶつける。

「くだらない挨拶は抜きだ。オレゴン州ポートランド市で撮影した三台のＳＵＶの画像をこれから送る。追跡し、目的地、さらに車から降りる人間を調べてもらいたい。ターコイズカラーのパンツスーツを着た女が出てきたら、その写真をこちらに送ってくれ。降りてこなかった場合は、特定のタイムフレームに、あるデパートの駐車場から出た車両すべてを追跡しろ。デパートの位置や、追跡の役に立ちそうな情報はすべて送る」

「うぃーっす」まったく。今度はカリフォルニアのドラッグ・ディーラーの真似か？

「そいつは、キーホール15じゃ拾いきれないな。ちょっくら時間と、たーんまり金がかかるよぉ」

「女を見つけるんだ。百万ドル出す」

転送をたくさん経た回線でも、相手が興味を示す気配が伝わってきた。「オッケー。百万って？　何でもするぜ」

「どれぐらい時間がかかる?」

「うーん」

くそ、足元を見やがって。そうはさせるか。オリバーは厳しい口調で命令した。

「今言った車両について、できるだけ調べろ。SUVについては特に、どこに到着して、どういう人物が車から降りたのかも、二十四時間以内に。だめなら、この話はなしだ」それだけ言うと、彼は電話を切った。ああ、すっとした。確かに難しいだろうが、ハッカーたちはグループを挙げて調べ始めるはずだ。そして金のために、さらにはハッカー集団としてのプライドを懸けて、結果を出すだろう。

＊＊＊

シャワーブースの中でかなり長時間、ケイはニックに抱かれたままぐったりとしていた。セックスしているあいだは今朝の悪い記憶を忘れていることができたが、こうやって頭を彼の首に預けているうちに、悲しくなったのだろう、涙があふれていた。シャワーのお湯と一緒に涙が流れていく。

しばらくすると彼はシャワーを止め、二人の体を乾かし始めた。

ケイは肉体的にも精神的にも、消耗しきっている。しかし何よりも、ショック状態にあることをニックは理解していた。彼女はＦＢＩの敏腕捜査官である祖父に育てられたものの、これまでは世の中の汚い部分にさらされないできたようだ。アル・グッドカインドのことをよく知るようになると、彼が孫娘を大切に守ったのだろうということは、簡単に想像できた。

アルが誘拐されたとき、アルの自宅の居間で、彼女と捜査状況の進展を待っていたときのことを思い出す。床の血痕が祖父のものだと知った彼女は、心配で憔悴しきった様子だったが、祖父との思い出を語ってくれた。彼女にとって、アル・グッドカインドは理想のおじいちゃんであり、まぶしく輝く甲冑に身を包んだ騎士さまとして彼女を常に守ってくれる存在だった。実際、アルはすばらしい人物であり、ずっと彼女を守ってきた。

俺だって命懸けでケイを守るぞ、とニックは思った。

しかし彼女は、グッドカインド特別捜査官が、職務上七名もの犯罪者を殺したことは聞かされていない。実は新人捜査官だったとき、アルはとある事件の現場で、いちどに四名殺したこともある。ニック自身は、数えきれないほどの人の命を奪ってきた。

アル自身は弱肉強食の世界で生きながら、孫娘がその厳しさにさらされることがないよう、懸命に努力した。そしてケイは科学者として生きることを選び、十八歳のときから白衣を着て研究室で毎日を過ごしてきた。科学の分野ですばらしい実績を積んできたが、きっと普通の人間が想像すらできない実験をこなしているのだろう。彼女が存在するのは、知識が重要視され、みな頭がよく、人類共通の善のために誰もが日夜努力する、そんな世界だった。

そして今になって、世の中とはそういうものではない、と思い知らされたのだ。人というのは愚かで貪欲で、ときにはひどく残酷な行為におよぶ。ほんのはした金のために殺人を犯す者もいるのだから、巨万の富を得るためなら何だってするやつがいるだろう。ケイやその同僚が自己利益など顧みず献身的な働きで得た知識を奪うために、人を殺すやつもいるのだ。

ひどい世の中だが、そういうものなのだ。

ニックは幼い頃から、世間の厳しさを教えられてきた。父は警察官で、弟ひとりと二人の妹も法執行機関の捜査官だ。いちばん下の弟、ボビーだけが、なぜかＣＩＡの工作員、つまりスパイになった。一族の伝統を破った弟ではあるが、ＣＩＡですばらしい働きを見せているので、許してやっている。

そもそもマンシーノ一族はずっと、正義の味方であり続けてきた。悪者をやっつけて、罪のない人々を守るのだ。マンシーノ家の子どもをいじめようとするやつは、誰ひとりとしていなかった。そんなことをしたら、逆にこてんぱんにやっつけられる。ニックも一族の中で自分より年下の子、具体的には弟二人と妹二人、いとこが十二人とまたいとこが二十二人になるのだが、こういう子たちがいじめられることがないよう、いつも気を配っていた。親戚はみんなフィラデルフィア周辺に住み、しょっちゅう集まってホームパーティなどを開く。ニックはこの密接な付き合いのある親戚の輪の中で育ったが、外の世界は大きくて悪いことがいっぱいあると教えられた。それでも、一族の中にはタフガイが多く――実のところ、女性もかなりタフで、そういう連中がいつも目を光らせていてくれたし、いざとなれば自分の味方をしてくれた。

ケイの味方は、やさしいおじいちゃんだけだった。だから当然の結果として、アルは彼女を世間の汚さからは遠ざけておこうとしたのだ。

しかし、ケイに理解してもらわねばならないことがある。今は、ニックが彼女の味方だ。彼女のことはきちんと守る。ＦＢＩを退職した八十歳にもなろうかという、体が弱りつつある祖父だけではなく、ニック・マンシーノとＡＳＩ社の人間すべてが、彼女の身の安全を守る。さらに言えば、マンシーノ家全員が彼女の味方だ。

ケイはもう独りぼっちじゃない。

「腕を上げて」静かに告げると、ケイはおとなしく従った。彼女が伸ばした腕にシャツの袖を通し、ブラなしでジャージを着せる。ブラを着けさせるのは、いろいろと面倒で、それに……今のニックはさかりのついた犬みたいになっているから。彼女の胸は本当にきれいで、薄い生地のシャツ一枚だと、その美しさを損なわずに済む。下の部分も同様だ。パンティなしに、そのままレギンスをはかせた。なぜなら、薄い生地のすぐ向こうには、温かくて濡れた彼女の秘密の部分があるわけで、手を伸ばせばすぐに触れられる上、分身だってすぐに……。

ああ、だめだ。

自分が先にジーンズとTシャツを身に着けておいてよかった。ジーンズは新しくてぱりっとしているので、ちょうどその中の硬くなっているものをうまく隠してくれる。岩みたいな硬さだ。

昨夜はひと晩じゅう、たった今シャワールームの中でもセックスしたのだから、こんなに硬くなるのはおかしい。セックスのことしか頭にない二十歳の若造じゃあるまいし、欲望をコントロールする方法ぐらいわかっている。今の状態では、勃起――痛いぐらいの勃起はマナー違反だ。女性の気持ちを無視していると非難されても仕方ない。しかし、残念ながら、彼の分身はどんな批判も意に介さないようだ。いつどんなときでも、セックスできる状態になっていて、ケイさえいいと言ってくれれば、飛びかかれる態勢だ。そして彼女と体を重ねるたびに、もっと彼女が欲しくなる。すぐに。彼女とのセックスが、頭から離れない。

全然。

やれやれ。彼がため息を吐くと、ケイが彼を見上げた。ああ、何てきれいなんだ。

しかし今の彼女は途方に暮れていて悲しそうだ。彼の中で感情と欲望が闘ったが、感情が勝った。

何ごとにも、初めてというものはある。

「食事の用意ができてるぞ」そう言って、彼は彼女の背後に回った。「食欲はあるか？」

ちょっとためらってから、彼女が口を開いた。「そうね」自分でもびっくりしているようだ。「実は、食欲はあるの。お腹ペコペコよ。食べものがあるのよね？　今、そう言ったわよね？　前線用の非常食なの？　あれ、何て言うんだっけ？」

ニックは目の粗い櫛を手に取り、彼女の湿った髪を頭のてっぺんにまとめ上げた。「MREのことか？」面白がりながら答える。MREは吐き気を催すような代物であり、必要に迫られてただのみ込むだけだ。彼も過去にいちど、十日間MREだけで生きぬかねばならない事態に直面したが、ぐんにゃりした塊を一日二度のみ込むので精一杯だった。最悪の経験だった。「違う。MREなんかよりおいしいものが用意してあるんだ。イザベルが食料を用意してくれたから」

「イザベルって、デルヴォー？」ケイがニックを見上げる。その表情がかすかにほころんでいた。無理もない。イザベル・デルヴォーの料理を食べられると聞けば、誰だってうれしくなる。彼は櫛で彼女の髪を撫でつけ、きれいに整えた。

「そうだ。もうすぐデルヴォーではなくなるんだけどな。婚約者のジョー・ハリスは一日でも早く彼女と結婚したくてやきもきしてるから。とにかく、イザベル・デルヴォーとして知られるあの著名な料理研究家が、ここの食料関係のあれこれを監督した。新鮮な野菜が供給できるよう巨大な水耕栽培地もある」話しながら彼は、ケイのもつれた髪をとかしつけ、三つ編みにして、最後をゴムで留めた。「よし、終わったぞ。これでいい」

ケイは鏡の前で、後ろを向いたり斜めから覗いたりしながら、三つ編みを確認し始めた。下着なしにしたのは正解だったな、とニックは心で思った。彼女が体の向きを変えるたびに、形のいい乳房が薄い生地にくっきり浮き上がって、うれしくなったのだ。胸ばかり見ないように、紳士的な行動を取ろうと、彼は自分に言い聞かせた。

「すごくじょうずね。編み込むあいだに髪が引っ張られる感じもなかったわ。女性の髪を三つ編みにするのに慣れてるの？」

「毎朝妹たちを学校に間に合うように支度させるのは、俺と弟の役目だったんだ。母は教師で、俺たちより先に学校に行ってなきゃならなかったから。俺と弟で、どっちが先に妹を用意させられるか、いつも競争してたよ。まず妹を起こし、顔を洗わせ、服を着せ、食事をさせる。目覚めてからスクールバスの待つ外の通りに出るまで、時間を計ったんだ。最短記録は二十八分だった」

ケイがほほえむ。「あなたのところは、大家族だったのね」

「いつもうるさい、最高の家族だった」

彼女がふっとため息を漏らす。「ものごころつく頃からずっと、うちの家族と言えば、私はおじいちゃんと二人きりだったわ」

「アルおじいちゃんか」

ケイがまた笑顔になる。「でも、きちんと育ててもらったと思う。いてほしいときにはちゃんといてくれたし、私には常にやさしくしてくれた。祖父が長官候補として将来を嘱望されていたのに、私を引き取ることになって出世をあきらめた、なんて話、ほんの数年前に聞かされたばかりよ。その話を聞いてから、祖父に直接確かめてみたの。そしたら笑って肩をすくめ、もう昔の話だよって答えるだけだった」

昔の話だが、事実だった。アル・グッドカインドはいっさいの昇進を拒否し、DC近郊で一捜査官として現場の仕事を続けた。彼ならきっと、すばらしいFBI長官になっていただろう。しかし彼はすばらしい父親代わりになることを選んだのだ。

「その噂、本当なのね？」ケイがまっすぐにニックの目を見てたずねた。

これほどさとい女性に嘘をついても仕方ない。ニックは黙ってうなずいた。

彼女は吐息を漏らした。「それなのに、私がキャリアを積むことは応援してくれたのね。そのせいで、祖父のそばを離れることになったのに」

ケイの保護者となったあと、アルは出張をともなう仕事は断り、家を空けることはなかった。しかし、ケイは世界各国へ飛び立った。英国のケンブリッジ大学とフランスのパリ大学に留学し、世界保健機構《WHO》の職員だったときは、シンガポールとガンビアに駐在勤務した。こういう情報は前もって仕入れていたものもあれば、アルを問い詰めて白状させたものもある。アルは皮肉な笑みを浮かべて話してくれた。

「アルは君を愛しているから」穏やかな口調で告げる。「フェリシティのこともな」

以前、ロシア人がフェリシティの居場所を求めてアルを拷問したことがあった。首謀者はロシアの大富豪、実際はマフィアのボスみたいなやつだった。しかしどんな拷問を受けても、アルはフェリシティの居場所を明かさなかった。そういう手段でアル・グッドカインドの口を割らせることはできない。

ケイもうなずいて同意した。「フェリシティにとっても、祖父は父親みたいな存在だったのよ。彼女の実のお父さんは冷淡な人だったから。情に厚い祖父は、迷える少女たちをしっかりと支えてくれた」そこで彼女は、悪い記憶を振り払おうとするかのようにぶるっと身を震わせた。「さて、食べものの話よ。もう黒焦げになってるんじゃないの？」

「まさか」ニックは彼女の背中に手を置き、バスルームの外へと促した。「黒焦げになる心配はない。何もかも用意は済んでいるんだ」

二人は、ＡＳＩ社員それぞれにあてがわれたアパートメント部分を進んで行った。ドアがいくつも並ぶ通路の突き当たりに、また別の居間みたいな場所があり、横には小さなキッチンがあった。

「すごい」ケイがきょろきょろとあたりを見回す。

確かに、ここはすごいとしか言いようのない場所だ。実際社員のほとんどが、ゾンビ化した世界が終末を迎えるような事態を希望している。そうなれば、ここでずっと暮らせるからだ。

「これで三つ目のキッチンよ。いったいいくつキッチンがあるの？」

「四つだ。すべて異なるサイズで、それぞれに調理器具と食器がそろえてあり、いつでも使える状態になっている。いちばん大きいキッチンにはオーブンが三つもあるんだが、その中のひとつは牛を丸ごとローストできそうな大きさなんだ。そこはたくさんの人たちが集まるパーティのために使われる。このキッチンは小規模な集まりのためのものだ」ポケットに入れていたリモコンのボタンを押すと、電子レンジが調理を始めた。別のボタンを押すと、アイスキューブが音を立ててアイスペールに落ちてきた。

「なるほど、魔法のキッチンってこと？」ケイがからかう。

「ま、そうだな。さて、女王さま。ご着席をお願いいたします」そう言いながら彼は椅子を引いた。スザンヌからは、これがルイ何世だかの様式を模してアクリルで作られたものだとかなんだとか説明されたのだが、そういう話は彼の頭の中を素通りする。ただ、素材が透明なので、椅子がないように見えるのが面白いと思うだけだ。食事の用意は円形の小さなテーブルにして、ワイングラスも置いた。今夜は飲まずにはいられない。

どこに何があるのかはちゃんとわかっている。実はちょっとした裏話があった。ある週末、社員のひとりが恋人をともなってここにやって来た。もちろん許可を得てのことだが、どこに何があるのかがわからなかったその男は、ナイフやフォークを捜そうとキッチンじゅうをひっくり返してしまった。その後彼の妻となった恋人が、あれを片づけるのは大変だったわ、と言ったのを聞いたスザンヌは、そのときはただため息を漏らしただけだったが、翌週には四つのキッチンの収納家具の表面をすべて、ガラスに張り替えた。その結果、中に何があるのかがひと目でわかるようになった。

「さあ、お座りください」

ケイが椅子に落ち着いたとき、ちょうど電子レンジがチン、と音を立てた。ニックは金属の台——要するに鍋敷きだが、これはトライベットというのよ、とスザンヌに教えられた——をテーブルに置いてから、電子レンジに向かい、深めの陶器皿を取り出した。ああ、いい匂いだ。深く息を吸い込む。

ケイも身を乗り出し、すうっと息を吸う。「うわあ、ラザニアね。私がシャワーを浴びているあいだに作ったの？　あなたが？」

ニックは嘘をついて褒めてもらおうかとも思ったが、事実を伝えることにした。そもそもこんな手の込んだ料理を短時間で作ったなんて、すぐに嘘だとばれる。「実は俺じゃなくて、イザベルが作ったんだ。しばらく前の週末、彼女は助手を四人連れてここに来て、何百人分ものラザニアを含むたくさんの料理を作って冷凍庫に入れておいてくれた。〝ラザニア週末《ウイークエンド》〟は楽しかったわ、とイザベルは言ってた」

助手と言っても、イザベルの下で働く女性たちは非常に腕のいいシェフなのだが、美女ぞろいだ。だから社員の中でも若い連中は、その間ここに来て、嬉々として雑役にこき使われていた。

以前ならニックも手を貸そうかと言っていただろう。しかしその頃すでに彼の頭の中にはケイのことしかなく、彼女が忘れられなくなっていた。初めて会ったときからそうだったが、今はもう確信できる。彼の頭からケイの存在がなくなることはない。

またチン、と音がした。大型のホームベーカリーがパンを焼き上げたのだ。蓋を開けると雑穀パンの芳香が部屋に漂う。魔法の冷凍庫には、こねたパン生地が寝かせてあり、取り出してこのホームベーカリーに入れると、焼き立てパンが食べられるのだ。だからニックの仕事は生地をこの機械に入れてスイッチを押すだけだった。彼はトマトをスライスして少しばかり塩とオリーブオイルを振りかけ――調理として彼が貢献したのはこれだけだ――トマトサラダにし、メルローのボトルの栓を抜いて自分も座った。

ケイが彼の動きを目で追っていた。

「何だ?」ナプキンを自分の膝に広げながらたずねる。

「嘘みたいよ。焼き立てのパンと新鮮なトマトサラダ。山の中の隠れ家で食べられる夕食とは思えない」

彼はワインをグラスに注ぎ、難しい表情で自分のグラスを掲げた。「うむ、ものすごく、設備の整った山の中の隠れ家だけどな」ここのセキュリティ対策はとにかくすごくて、ちょっとした国となら戦争できそうなぐらいに武器弾薬もそろっているが、そのことは伝えなくてもいいだろう。この施設全体が電磁シールドの役目を果たす金属に包まれており、電磁波妨害の攻撃に遭っても耐えられる……。

「本当にそうね。うーん」ケイはラザニアをひと口頬ばると目を閉じた。「すごくおいしい。助手として働いた人たちは、お礼として最高のセックスを体験させてもらったんでしょうね」

ニックははっとしてフォークをつかんだ手を宙で止めた。何? 今、ケイは何て言った?

ケイが笑い出す。彼女の笑い声を聞くのはいい気分だ。「そんな顔をすることないでしょ、ニック。あなたの会社は男性ホルモン過多みたいな人ばっかりで、そのうちの若い独身社員がここまでタダ働きをしに来たわけでしょ？　こんなに豪華な設備のある場所で。もちろんイザベルはジョーに夢中だから、彼女は対象にはならないだろうけど、助手の女性たちならフリーでしょ。あなたも含めて、みんな必死に彼女たちの気を引こうとしたんじゃないの？」

「違う」彼はフォークを置いた。昔の俺ならそうしていただろうが、と思いながら、彼が身を乗り出すと、その真剣な面持ちに、ケイもフォークを置いた。彼女に今の自分を理解してもらおう。「確かにあの〝ラザニア・ウィークエンド〟には、大勢の社員――独身の若いやつらが参加した。君が言ったように、運よく女性と関係を持てた者もいた。だが、俺は行かなかった。フェリシティの事件で初めて君と会ってから、君のことが忘れられなくて、あれ以来誰ともやって――女性と体だけの関係を持つことができないんだ」

ついに言ってしまった。自分の気持ちを正直に伝えた。あとは彼女の反応を待つだけ。

ケイは腕組みをして前のめりになりながら、彼の目を見た。「私がずっとあなたのことを避けてきたのに？」

「うむ、知ってるさ。ASI社の全員が知ってる」

彼女は一瞬ひるんだような顔をした。「そういうつもりじゃなかったの」

「じゃあ、どういうつもりだったんだ?」彼はしっかりと彼女を見据えた。「言えよ」

彼女は強情そうに顎を突き出した。「ちゃんとした理由があったんだから。私は、あなたのことを守りたかったのよ」

は? 開いた口がふさがらないとはこのことだ。同時に歯ぎしりしたい気もする。

「俺を守る? 何でだ? 俺は人に守ってもらう必要のない男だぞ」

ケイがテーブル越しに手を伸ばし、一瞬ためらってから彼のこぶしを握った。白くてほっそりと華奢な、学者の手だ。ニックの手ははるかに大きく、浅黒く焼けて、風雪に耐えてきた、という感じがする。つまり闘う男の手だ。手をつかまれたまま、彼女が自分を守るとはどういう意味か、説明を待った。

「週末にDCで会う約束をしたことがあったわよね、覚えてる?」

あたりまえだ、忘れるもんか。アトランタにあるCDCで働くケイがDCまで来るというので、当時FBIにいたニックは、週末をずっと一緒に過ごそうと懸命にスケジュールを調整した。本来、その週末には研修が入っていたのだが、他の捜査官と順番を替わってもらい、ケネディ・センターでのクラシック・コンサートだかのチケットまで買った。すると直前になって彼女からDC行きそのものをキャンセルするという連絡があり、どこにもぶつけられない怒りを抱えて、ふてくされることになった。ケイにいいようにもてあそばれた、と思った。しかし、約束のすっぽかしはその後も続いた。

ケイは握った手に力をこめ、まっすぐに彼の目を見た。「DCに向けて出発する前日、親友からアトランタにあるグランド・パークで会おうと言われたの」

「親友？」

彼女の瞳が悲しそうにほほえむ。「プリヤンカ・アナンドよ。CDC職員で生化学者。もう亡くなったけど。彼女の運転する車が、道路から飛び出したの。飲酒運転だったって。でも、あり得ない話よ。彼女、絶対にお酒は飲まないの。アルコールに対してアレルギーがあるから。彼女のアレルギーを知っている人は、ほとんどいないわ」

何と、大変な話になってきた。ニックは自分の手を彼女の手の甲に重ねた。彼女の手が冷たく感じられた。

「ちょっと前から、彼女とは行き違いが多くて、あまり話もしていなかったのね。それで、CDCから遠く離れた公園でお昼休みに会おうと連絡が来たときは、新しい彼氏ができたとか、スタンフォード大学での教授職を受ける決心をしたか、という話になると思っていた。彼女、すごくたくさんのヘッドハンティングの会社からいつも声をかけられていたわ。天才的な頭脳の持ち主なの——だったのよ。一緒にいると楽しくて、親切な人でもあった」

彼女の瞳が涙で潤み、がくっとうなだれた。テーブルにぽつっと涙が落ちる。彼女はナプキンでテーブルを拭き、反対の手で目元を押さえた。そして顔を上げる。

ニックは視線を動かさなかった。「続けて」

ケイはひと息吐いてからまた話し始めた。「友だち同士が気軽に会うだけ、と信じて出かけた私に対して、プリヤンカはぴりぴりしていたわ。不安そうで怯えていた。グランド・パークを選んだのは、セキュリティカメラがないからだって言って。そこで私も初めて、これは相当深刻な事態なのだと認識するようになった」

「プリヤンカはCDCでどういう研究をしてたんだ？」

「元々の専門は生化学なんだけど、生物兵器の専門家よ」

大変だ。ニックは思わず感想を漏らしかけたが、口を閉じた。

「気持ちはわかるわ」ケイも首を振る。「プリヤンカが心配するのなら、私だって不安になる。そこで、詳しくたずねたのよ。彼女の話では、同じ部署で働く研究員の態度がおかしい、って。ウィリー・モレルっていう男性で、元々すごく変な人だから、今さら態度がおかしいって、どういうことなのか、私にはよくわからなかった。ほら、学者によくいる、他人のことまで気が回らないタイプというか、元々、コミュニケーション能力に問題のある人だったから」

「だったから？」

「彼も死んだの。でも生前の彼のことは知ってる。プリヤンカから話を聞いたとき、私は最初、考えすぎだと思った。ウィリーはプリヤンカに偏執的な好意を寄せていたの。彼の歪んだ精神のどこかで、プリヤンカなら自分に似合いだと信じてたのね。ウィルスの遺伝学について、世界最高峰の知識を持つ二人は、結びつく運命だったんだ、みたいな論理が彼の中でできていたわけ。まあ、セックスが目的なんだけど。プリヤンカは目の覚めるような美人で、ウィリーほど醜い人類なんていないから、まったく釣り合わないの。あの男は美容整形と審美歯科で一年間かけて外見を変えてもらい、ジムで徹底的に体を絞らなきゃ、プリヤンカにデートさえ申し込んじゃいけないぐらいなのよ。おまけに、ふけだらけで不潔そのもの。とにかく、性格は最低、外見は最悪。しかも人に威張り散らす、男性としての三重苦を抱えてるみたいなものよ。プリヤンカはウィリーのことが嫌で嫌でたまらず、研究室の偉い人たちに苦情を申し立てたんだけど、どうにもならなかったみたい」

「そんなやつは解雇すべきだな。ＦＢＩでは、セクハラ、パワハラの申し立てがあった職員は、すぐに解雇される」

「問題は、ウィリーの頭脳は最高だったことよ。プリヤンカでさえ、そのことは認めてたわ。とにかく、事態が急展開したのは、ウィリーが突然、お金持ちになった頃だった」

「金回りがよくなったのか？」

「そう」

「なるほど、新車を購入し、ブランドもののスーツを着始め、南の島にバカンスに行くようになったんだな？」

皮肉をこめたニックの言葉に、ケイがうなずく。「さらに、超高級コンドミニアムの最上階のワンフロアすべてを買ったのよ。高層ビルが並ぶ街の中心部に位置する派手なビルなんだけど、一介の研究員の身分じゃ、買えるはずがない。どう考えたって破綻するわ」

「大リーグ級の巨額の金が懐に入ったんだな。親戚の誰かが亡くなり、相続したとか？」

「ウィリー本人は、そう説明してたわ。でもプリヤンカは、ものごとを斜めから見るようなところがあって、そう簡単に騙される人じゃないから――ああ、もう、人じゃなかった、から信じなかった。彼女のそういうところも私は好きだった。彼女、ウィリーの家族を調べ上げたのよ。どこを捜したって巨額の財産を遺すような親戚はいなかった。ウィリーの母親は生活保護を受け、ただひとりの兄は、薬物使用で刑務所に入っていた。ウィリーは科学者としては天才だったけど、まともに社会生活が送れなかった。突然大金を手にした理由を考え出すことさえできなかったのよ。コミュニケーション能力に欠け、きちんと考えてしゃべれなかった。ウィリーの金遣いが突然荒くなったことを、研究員全員が気づいていた。プリヤンカはそれを心配したの。何せ彼の研究内容を考えると、危険この上ないことだから。あの研究を売ったのなら、大変なことになるって、彼女は言ってた」

生物兵器の研究を専門にする頭のいかれた科学者が、研究内容を売って金を稼ぐ――どう見ても、最悪のシナリオだ。

「それで、ウィリーってやつが研究してたのは何なんだ?」たずねたニックも、答を聞くのが怖かった。SEALとして海軍にいたときも、FBI捜査官となってからも、生物兵器についてはじゅうぶん講義を受けた。幸いなことに、彼自身が生物兵器による攻撃対象となったことはない。彼が経験したのは、銃弾と爆薬で、これなら何とかなる。ただ敵よりも大きくて性能のいい銃と爆弾を持てばいいだけだ。

しかし講義で学んだ、サリン、リシン、炭そ菌などの怖さはしっかり頭に残っている。その恐怖には身がすくむ思いがする。過去にいちどだけ、最高レベルの化学防護服を着用したことがあった。その現場で生物兵器が使われた可能性があったからだ。実際には生物兵器は使用されていなかったが、自由の効かない防護服の中で汗をかきながら、動きを制限され、非常に不快な思いをした。すると仲間のひとりが、もし本当に生物兵器が使われていた場合、針先ぐらいの穴が開いたり、目に見えないぐらいの小さなかぎ裂きができたりしているだけでも、むごたらしい死に方をするんだぞ、と思い出させてくれた。さらにその仲間は、軍の装備品てものは、入札でいちばん安かったメーカーが供給してるんだからな、とも付け加えた。

人生最悪の数時間だった。二度と体験したくない。

銃で撃たれたり爆弾が破裂するのは構わない。しかし、目に見えない分子として空中に散布される物質のせいで嘔吐し息ができなくなるのは――勘弁してもらいたい。

「ウィリーが研究していたのは、H1N1亜型、いわゆるインフルエンザA型のウィルスよ」

ニックはきょとんとした。インフルエンザ？　てっきりエボラ出血熱とかラッサ熱とか天然痘だとか、そういう危険なものだと思っていたが、インフルエンザなら、そう問題でもないような。

ケイは彼の表情で察したのだろう。「インフルエンザなんて、くしゃみと熱が出るぐらいのものだと思ってるんでしょ？　H1N1亜型ウィルスが初めて確認されたのは一九一八年、これがスペイン風邪と呼ばれるパンデミックを起こしたの。世界的な大流行で、たった一年のあいだに一億人近い人が亡くなったと言われている。十四世紀、四年にもおよぶペストの大流行で死んだ人の数より多く、第一次世界大戦の死者数をも上回るのよ。スペイン風邪のあと、平均寿命はいっきに十二年も短くなった。ウィリーが研究していたのは、南極で凍死した人の死体の肺から取り出したウィルスだった。特殊なウィルス株でメカニズムは解明されていないはずだったんだけど、ウィリーは解明したのかもしれない、とプリヤンカが言ってた。さらにDNAの配列を組み替え、恐ろしく致死性が高く、感染してすぐに発病するものに変えたんだろうと。そうなれば、恐ろしさはスペイン風邪どころではない」彼女がぶるっと体を震わせた。

「とんでもない話だな。スペイン風邪が一億人の命を奪ったとしたら……」

「ええ」

可能性を考えると、恐ろしいことになる。「ただ、一九一八年なら、抗生物質も発見されていなかったわけだろ――」

「ウィルス感染症であるインフルエンザに有効な抗生物質はない。H1N1亜型ウィルスそのものを攻撃する抗ウィルス薬も見つかっていないわ。また、いちど体内で増殖が始まると、それを抑制する効果のある薬剤もない。ともかく、私があなたと会う約束を直前にキャンセルしたのはそういう事情だったの。プリヤンカが私のアパートメントに来て、彼女が集めた情報を一緒に見よう、ということになって」

「君は嘘がへただからな」ニックは口をはさんだ。「急にキャンセルした理由は、他の男とデートでもするからだろう、と俺は思った」

実際、彼女の嘘は見えすいていた。しどろもどろで理由を説明したのだが、あり得ないような理由だった。その後三度キャンセルが続いたが、どんどんその理由は真実味を欠いていった。最初のキャンセルのときはスカイプで話をしたのだが、彼女がピノキオならどんどん鼻が伸びていっているところだな、と思った。ニックはFBIで行動科学の訓練を受けたが、まったくの素人でも、彼女の嘘は見破れただろう。顔が真っ赤でおどおどと目が泳いでいた。

彼女が会いたくないのなら、まあそれも仕方ないか、と思うようにはしたが、通話を切る直前に、フェリシティに会うため翌週末にポートランドに行く、と彼女が口を滑らせた。

ニックのほうも、おう、すごい偶然だな、俺も来週末はポートランドに行くことになっているんだ、と言ってもよかったのだが、彼の場合は思ったことを表情に出さないのは得意だ。彼の心の内を読める者は誰もおらず、彼自身そのことは知っていた。仲間うちでポーカーをするとジョー・ハリスの次にニックもほらを吹くのがうまい。それにジョーに負けるとは言え、厳密には、ポーカーで相手を欺くのは、嘘をつくのとは違う。

その当時、ニックはＡＳＩ社に参加することを真剣に考え始めていた。考えれば考えるほど、魅力的なオファーだと思えるようになっていた。まず、昔からの仲間と一緒に仕事ができる。第二にＦＢＩで上司に恵まれなかったこと。軍やＦＢＩなど、彼はおとなになってからすべての時間を公務を果たして過ごしてきた。彼に命令を下すボスの中にはすばらしい人もいた一方、とんでもないやつもいた。ＦＢＩに入ってからのボスは二人連続して、保身を第一に考えるやつだった。後ろにふんぞり返って現場には出ないやつ。軍隊では机の上で戦争するやつ、とも呼ばれるが、悪人をつかまえるより、自分の昇進に関心のあるやつらだ。

ＡＳＩ社のトップ二人は、そういうのとは正反対のタイプで、〝ミッドナイト〟として知られるジョン・ハンティントンも〝シニアチーフ〟と呼ばれるダグラス・コワルスキも、正義感に燃えるすばらしいボスだ。二人とも自分ができない仕事を部下に押しつけたりはしない。二人は最高の人材を社員として採用し、すばらしい会社を作り上げた。そしてニックに、ＦＢＩ特別捜査官の給料の倍の金額を最初の給料として提示した。オレゴン州ポートランド市というのは非常にいいところで、首都のワシントンＤＣより暮らしやすい。

だからＡＳＩ社への転職をほとんど決めかけているときだった。参加してくれるなら、いつでも歓迎するとミッドナイトとシニアチーフに言われ、彼は最終的な面談の場で決心を伝えるつもりだった。翌週末に二人と約束が取れていたのだが、もしケイもポートランドに来るのなら、会えるはずだと思った。ところがニックが来ると知ったケイは、予定より早くポートランドを飛び立った。

「自分がうまく嘘をつけないのはわかってるわ」ケイは自分に対してあきれているようだ。「仕方ないわよ、職業病みたいなものだから。科学者って、事実を歪めたくないものなの。真実の追求が私たちの本分だから、嘘は苦手なのよ。あなたと違って、スーパークールな捜査官みたいなことはできない」

ニックはふっと本音を漏らした。「まあ、それにしても見えすいた嘘だった」

ケイがまっすぐに彼の目を見る。ああ、何てきれいな瞳だろう。大海原の上に広がる空の青。まぶしいぐらいに鮮やかで、きらきらと輝く。

いや、彼女の瞳の話ではなかった。「それで?」

「私はあなたを守ろうとしたのよ。プリヤンカが調べを進めていくと、ウィリーのやっていることが明らかになってきた。きわめて致死性と増殖力の高いウィルスを開発中、もしくは完成させたんだと。プリヤンカのコンピュータに誰かが侵入しようとしたこともあったけど、彼女はお兄さんに頼んでハッキングに備えていたから、盗まれたのはまるで無関係なファイルだけだった。本ものの情報は、うまく隠してあったの。そうこうしているうちに、ウィリーが殺された」

「え?」ニックは眉をひそめた。「そいつも殺されたのか? いつ?」

「路上強盗だって話だったけど、そうじゃないわ。おそらく金を払ってくれなければ秘密をばらすぞ、とか誰かを脅迫したからよ。最悪の場合、彼の役目は終わった、ということかもしれない。ウィリーの研究内容をプリヤンカが突き止めたときには、彼のオフィスはすっかり片づけられていたわ。コンドミニアムも空っぽ、パソコンもどこにも見当たらなかった。何も残っていなかったのよ。ウィリー・モレルという人間なんて存在していなかったことになった」

ふうむ。深刻な事態だ、とニックは考え込んだ。これはまずい。人が三人も殺されているとは。それなのにケイは、自分を守ろうとした？　意味がわからない。

「さっきも言ったけど、プリヤンカは抜け目のない人だから、お兄さんにウィリーのファイルをコピーしてもらい、クラウドにアップロードしておいたのね。膨大な資料のいくつかを調べた彼女は、それをもとにマイク・ハマーに連絡を取った」

「こんな問題を抱えながら、俺から逃げようとした君の気持ちがわからないな。俺に相談してくれればよかったのに」

彼女は一瞬目をそらし、また視線を戻した。「あなたはＦＢＩ職員よ」ぽつりと告げる。反論しようとした彼を制するように彼女が言い添えた。「当時は、そうだった。プリヤンカがＣＤＣの内部告発者になろうとしているのは明らかで、私は彼女を応援する気でいた。私もできるかぎりのことをするつもりだった。ただ内部告発者となると、その組織では……おまけに政府の職員なのよ。わかるでしょ？　そしてプリヤンカは殺された」

彼女は深呼吸をして動揺を鎮めようとしていた。美しい顔に苦悩がよぎる。「自動車事故と最初聞いたときは、嘘だと思った。あんなに生き生きとして輝いていた人が命を落としたとは信じられなくて。すると、死体から高濃度のアルコールが検出された、飲酒運転だったと言われた。私も検死報告書を読んだわ」彼女がごくっと唾を飲み込み、細くて長い首が大きく動いた。「頼んでも見させてもらえなかったから、フェリシティに頼んで検死局のネットワークにハッキングしてもらったの。フェリシティもプリヤンカと会ったことがあって、すごくショックを受けていたから。検死官は買収されたに違いないわ。プリヤンカがお酒を飲むことはないから。高濃度のアルコールが血中から検出されたのなら、強制的に体内に注入されたとしか考えられない。その場合、注射の痕が鎖骨下に残っていたはずなの。点滴みたいにして直接静脈にアルコールを注入することは可能だし。どういう方法が使われたにせよ、本当に体内からアルコールが検出されたのなら、そうするしかなかったはずよ。方法はさておき、プリヤンカは死んだ。まだ三十二歳で、聡明で美しくて誰もが友だちになりたがる人だった。なのに、簡単に命を奪われた」

また彼女はうなだれ、その白い頬を宝石のような涙がきらきらと輝きながら滑り落ちた。ケイはニックにすがりついて、親友の死を悼んでいる。ああ、それでいい。好きなだけ、必要なだけいつまでも、俺にすがりついて構わないから。

するとと彼女が顔を上げた。「しばらくして、彼女からのメッセージが届いたの」

ニックは驚いた。「墓場から?」

「まあ、そういうことかしら」彼女が押し殺したような笑い声を立てる。「いかにもプリヤンカらしいやり方だわ。最後まで意志を貫く人なの。彼女は七歳のとき、研究員になろうと決めたのね。白衣がかっこいいと思ったからなんですって。こうと決めたら最後までやり抜き、ものごとを順序立てて解決していく能力が彼女ほどすぐれている人には会ったことがないわ。ウィリーを調べる際にも、彼女はじゅうぶん危険を承知し、彼女なりの警戒措置をあらかじめ用意していた。三日間決められたコードを入力しない場合、自動的にファイルが私に転送されるようにしておいたの。よく考えた策でしょ」

よく考えた策ではある。ニックは言いたいことを我慢した。プリヤンカという女性は、ケイの親友で、状況的には他の方法がなかったのかもしれないが、ファイル転送により、ケイを悪者の標的にしてしまったのだ。ケイは友人を責める言葉を聞きたくはないだろうが、実際にはそういうことだ。

そのことについて、ニックは腹を立ててはいたものの、気持ちを顔には出さなかった。出せなかったというほうが正しいかもしれない。ケイもまた、大切な親友が自分を窮地に追い込んだというふうには考えていないようだ。ケイはそういう女性なのだ。

ワイングラスの縁をなぞりながら、彼女が続けた。「それではっきりしたのよ。私が内部告発者にならなきゃならないんだって。私の科学者としてのキャリアが終わるのはわかっていた。だって内部告発者は、非常に厳しい取り調べを受けるでしょ。法的なハラスメントとさえ言える。それだけではなく、その友人たちも徹底的に調べられるわ。FBI捜査官としてすばらしいキャリアが目の前に広がっているあなたを巻き込むわけにはいかなかったのよ。それだけは絶対にだめだと思った」

ニックは奥歯が砕けるぐらい、ぎりぎりと顎を嚙みしめた。「まさか、そんなことを考えたのか?」危険が迫り、恐怖におののきながら、俺の将来の心配をするなんて。政府職員としてのキャリアに傷がつくことを恐れるとは。そんなばかげた話があるか、と彼は思った。

彼の手の中で彼女の手が震えた。

「頭の中で、何度も何度も、いろんなシナリオを考えたわ。でも、どこをどう考えたって、あなたの人生を台無しにしてしまうようなまねはできないと思った」

がつんとみぞおちを殴られた気分だった。空いているほうの手で、彼は胸のあたりをさすった。「ケイ、君が俺の人生を台無しにすることはない。絶対に。あのとき俺は、君を求めていた。今も君が欲しいんだ」

「わかってるわ」うっすらと涙ぐんだおかげで、彼女の瞳がさらにきらめいて見える。本当にきれいだった。「私がそれを知らないとでも思ったの？　私はただ、あなたに迷惑をかけてはいけないと決めただけ。でも結局——」新たにこぼれる涙を彼女が手で拭った。

ああ。ケイは涙さえきれいだ。泣くと普段よりさらにきれいに見える女性がいるなんて、ニックは思ってもいなかったが、ケイは初めて出会うそんな女性だった。触れたら壊れてしまいそうな繊細さを感じる。

しかし同時に、彼女の芯の強さも伝わってくる。だからこそこれほど美しいのだろう。友人が倒れると、その遺志を継ごうとした。そうすることで、自分がこれまですべてを懸けて築き上げてきたキャリアを終わらせることになると知りながら。それなのに、彼女が気にしたのはニックのことだった。彼のＦＢＩでのキャリアなんてつまらないものだったのに、彼女は傷をつけてはいけないと思ってくれた。

そう、彼女は芯の強い人なのだ。

「そのあと、どうなった？」

「フェリシティに頼んで、マイク・ハマーに連絡を取ってもらった。彼女がいつも使っているダークネットを通じてのマイクとのやり取りで、かなりの事情はすでに伝わっているのがわかった。それで、ポートランドで開かれる会議に出席する予定だから、彼もこちらに来られないかとたずねたの。ＵＳＢメモリはそのときに渡すことになったんだけど、面会後はしばらく人目につかないところにいるようにとマイクから言われたわ。できるだけ早くプリヤンカが集めた情報を公表するけど、その後一、二週間、できればもっと長く隠れ家で身をひそめているほうがいいって。でも言外に……一生、逃亡生活を送らなければならなくなるかもしれないけど、いいんだね、と私の決意のほどを確認している感じだった」

彼を見つめるケイの瞳に、強い感情が浮かぶ。「マイクとの面会の前に、あなたはＦＢＩを辞職し、ＡＳＩ社員になった。ＡＳＩ社であれば、私との関係が知られてもキャリアに影響はないだろうと私は判断した」

「正しい判断だ」ニックは断固とした口調で応じた。「影響はない。だが、ＦＢＩ捜査官だったときでも、俺は堂々と君との関係を主張した。そのことはわかっておいてほしい。あれこれ厳しい尋問を受けたとしても、恐れはしなかった」

「ねえ、ニック」彼女が穏やかに言う。「この話をめぐって、殺された人がいるのよ。あなたの経歴に傷がつくだけでは済まずに、あなたの命まで危険にさらすことになると思うと、私には耐えられなかった」

命の危険ぐらい、何だ、とニックは思った。これまで多くの善良な人々が悪人の手にかかって命を奪われるところを、自分の目で見てきた。戦地でテロリストに殺されるだけではない。アメリカの地で欲に突き動かされたやつによって、命を落とす人もいる。少し前に、副大統領候補だった男が、〝ワシントン大虐殺〟として知られる事件を起こし、何百人もの人たちを殺した。金と権力を求めたから、ただそれだけの理由で。だから……「俺なら、自分の身の守り方ぐらいわかってる」

ケイは目元を押さえた。「ええ、わかってるけど……まあ、さっきのところまで話を戻すわ。あなたがこっちで働くようになり、私は姿を消すことを決心し、だから……最後にいちどだけ、あなたをひと目見ておきたいと、と考えたの」そこで硬い表情になる。「でも、あなたと体の関係を持つつもりではなかったのよ」

「可能性は考えていたはずだ」それは断言できるとニックは思った。

彼女は首をかしげて彼をじっと見る。「ええ」そしてかすかにほほえんだ。「そうなってもいいとは思っていたわ。だって、自分のキャリアを棒に振るんだから、ちょっとしたご褒美は許してもらおうと」

彼はわざと怒った顔をしてみた。「ちょっ、ちょっとしたご褒美?」

まだかすかなほほえみだったが、彼女の笑顔から無理をしている感じが消えた。

「わかった。すごいご褒美ね」

「すごく、豪勢なご褒美だろ」

「最高のご褒美よ」

　笑顔で見つめ合っているうちに、ニックの心が明るくなった。今直面する問題が何にせよ、これから何が起きるとしても、二人で乗り越えよう。それにASI社の仲間が二人を助けてくれる。公には口にできなかったが、現実にこういう状況であれば、FBIよりASI社のほうが頼りになると思っている。

「大丈夫だよ、ケイ」やさしい言葉で伝える。「どういうことなのかを突き止めよう。状況は深刻だし怖いけど、俺たちで解決しよう」

　彼女が手を引き、テーブルには彼の手だけが残った。即座に喪失感を覚える。彼女はフォークを手にして残りのラザニアを平らげてから、椅子にもたれた。「ぜひ、解決したいわ。プリヤンカとマイクの死を無駄にしたくない。ウィリーが死んだのだって残念よ。関係のないあなたまで巻き込んで、申しわけない。本当に悪いと思って――」

　ニックは彼女の唇に人差し指を立てた。彼女の唇がふっくらとやわらかく、この唇が自分の腹部をどんどん下へと滑っていくときの感覚を思い出してしまった。そして彼の体を強い熱が貫く。そのすぐあとの場面が頭に浮かんだからだ。彼のものがこの唇の中へ入っていき……。

当然、脚のあいだにいっきに血が集まった。

瞬間的にあたりにセックスの気配が漂い、彼女もそれを感じたのだろう。大きく目を見開くとつぶやいた。「ニック」彼の指が彼女の唇の動きを感じる。

ああ、何と返事すればいいのだろう？　声が出ず、呼吸さえ止めているのに。脚のあいだのものは釘を打ちつけられそうなほど硬くなっている。

彼女の唇の感触だけで。

こういうのはまずい。困った事態だ。時と場所を考えるべきだ。彼女に安心感を与え、計画を立てなければならなかったのに。セックスばかりして体を酷使させるべきではない。

二人はもうすぐ始まるセックスを期待しながら、しばらくその場で動かずにいた。互いの体が斜めに向き合い、互いの視線をとらえたまま。すばらしい食事を終え、その皿が二人のあいだにある。

そう、これでいいんだ、と彼は思った。おいしい食事のあとのセックス。心の傷を忘れるのには最高の組み合わせだ。この二つさえあれば、活力を取り戻せる。

すぐに寝室に戻ろうとニックが立ち上がりかけたとき、携帯電話が鳴った。衛星電話のこの呼び出し音を聞き間違えるはずがない。会社本部からだ。

彼はケイの目を見据えたまま言った。「たぶんフェリシティからだろう」

彼女がはっと背筋を伸ばす。セックスの予感で少しばかり赤く染まっていた彼女の頰が、いっきにまた青くなった。

彼女の反応を見て、ニックは自分が恥ずかしくなった。今は言わば、ミッションの最中だ。ミッションに集中できていないとは、何ごとだろう。これまでいちどもこんなことはなかったのに。彼は常にミッション完遂に集中する人間だった。注意力散漫では、SEALにはもちろん、FBIの人質救出チームにだって入れない。

ただ、ケイの存在につい、我を忘れてしまう。優先順位を整理して、今すぐ優先順位の高いことに集中しよう。今は非常に危険な人物を相手にしているのだ。相手はすでに何人もの命を奪い、おそらく生物兵器を手にしている。そんな敵がケイを狙っている。この敵を追い詰められるのはケイだけで、彼女にしかできない仕事をするあいだ、ニックは彼女の身の安全を確保しなければならない。

よし、これで自分のミッションが明確になった。順序立てて考えると、頭もすっきりする。ケイの身の安全の確保、これが最優先事項だ。誰かを守るのは得意だ。重要人物の護衛任務をまかされたことも数えきれないぐらいある。彼が選ばれた理由は、するべきことを心得ていて、なおかつそれを実行できるからだ。

ケイの身に危害がおよぶことはない。自分が守るかぎり、絶対に。

護衛として最善の策は、対象者を自分の近くに置いておくことだ。よし、ごく近くにいよう。そう思って、彼は彼女の肩を抱いた。呼び出し音がまた響いた。ケイを見つめたまま電話に出る。「これから指令室に行く」

9

いちばん広くて長い通路を抜けて、二人はとあるドアの前に立った。脇にあるキーボードのパッドに、ニックがコードを打ち込むとドアが滑るように開いて電気がついた。背中に置かれた彼の手に促されるまま、ケイは中へと進んだ。

はっとして目をみはる。そこは指令センターになっていた。戦争映画に出てくるアメリカ大統領の緊急時戦略指令室みたいだが、今までに観たどんな映画のものよりもSF的だ。壁には大きなモニターがずらりと並び、いたるところにキーボードやワイヤレスのヘッドセット、スピーカーなどがある。

「ここに座って」ニックが差し出したのは、金属メッシュの椅子だった。いわゆる人間工学に基づいてデザインされたいかにも高価そうなもので、腿をゆったり伸ばしてくつろげる。ドリンクホルダーまで付いているので、コーヒーをゆっくり楽しめそうだ。座ると雲に腰かけたような感覚だった。どこのメーカーのものかはわからないが、あとで聞いて、自分のオフィスにもこれを置こう、と彼女は思った。

思った瞬間、冷や水を浴びせられた気分になった。そうだ、自分にはもうオフィスはない。おそらく二度と。

「よし、フェリシティとつながっている」ニックが自分の携帯電話を親指で操作すると、フェリシティのかわいい顔が壁いっぱいに映し出された。

「やっほー」フェリシティが呼びかけてくると、まるで彼女が同じ部屋にいるように思える。フェリシティがケイにほほえみかけ、ケイの顔も壁の右下のモニターに映し出されていた。フェリシティの背後にメタルがいて、どっしりと、恋人を支えている感じがする。こんなに頼もしい人ならびくともしない、という感じがする。メタルの大きな手がフェリシティの肩に置かれていた。

右下の小さな画面ではケイの背後からニックも顔を出し、同じように彼女の肩に手を置く。

「フェリシティ」笑顔で問いかける。「解読が――」

「終わったかって？　ええ。結構、大変な作業だったわね。この私でさえ、迷うところがあったぐらいだもの。ただ、それよりも量が多くてね。解読すると、それがクラウドに置かれたファイルへのリンクになってたりして」

ああ、フェリシティとこうやって話ができるのはうれしい。彼女はただものすごく頭がいいだけで、ニックやメタル、その他のＡＳＩ社の人たちのような歴戦のつわもの、という感じではないから。威圧感のない人としゃべるとなんとなくほっとする。「プリヤンカのお兄さんが暗号化したらしいから。仕事でもないのに働かせてごめんなさい」

とんでもない、というようにフェリシティがほっそりとした腕を顔の前で振る。「謝る必要なんてまったくないわよ。楽しかったから。最近じゃ、自分のスキルを会社のつまらない仕事にしか使えなくて飽きてたところ——何?」メタルが不服そうに鼻を鳴らすので、フェリシティは彼のほうを見上げた。「データ用にアルゴリズムを制作するのって、あんまり楽しい仕事じゃないわよ。嘘はつけないでしょ。ケイから頼まれた作業は、私のスキルへの挑戦だったから、楽しかったの」

彼女の後ろで、メタルはうれしさとあきらめを同じぐらいにじませた顔をしていた。彼が体を倒して何かを耳打ちすると、フェリシティの真っ白な肌がピンク色に染まった。ああ、よくわかるわ、とケイは思った。ケイとフェリシティは同じような薄くて白い肌を持っているため、顔にかっと血がのぼったり、逆に血の気が引いたりしても、すぐに周囲の人に悟られてしまう。今のフェリシティは、メタルにちらりと艶《つや》っぽい流し目を送っているから、幸せなのだろう。

「内容は?」ケイははやる気持ちを抑えきれずにたずねた。「あなたも読んだ?」

「冗談でしょ」内なる声に耳を傾けるかのように、フェリシティがいちど軽く首を横に倒してすぐに戻した。「私に理解できるわけないわ。情報量が膨大なのは知ってたと思うけど、ファイルの多くが生化学、ウィルス学、遺伝子学に関することだった。プリヤンカのビデオ・メッセージ、マイク・ハマーとのやり取りのコピーなんかは、研究ファイルとは別にしておいた。さらに、プリヤンカはマイク・ハマーに関する調査もしていて、その情報も含まれていた。彼の環境問題に関する記事とか、ウェブマガジン用に制作したドキュメンタリー映像とかも。映像にはマイク本人は姿では登場せず、ナレーションしているだけ。聞きやすいながらも、声紋特定できないようにうまく声質を変えてあったけど。デジタル世界では同時進行でいろんなことができても、私の体はひとつだから、映像のすべてを観たわけじゃない。ただ巨大企業が環境汚染を引き起こしているというかなり突っ込んだ内容のものばかりみたい。ひとつ、インフルエンザの予防ワクチンに関する疑惑もあったわ。効果がないワクチンを売り出してた会社の話」

その話なら、ケイもよく知っていた。とある製薬会社が一千万ドルを投じて新型インフルエンザの脅威をあおり、三千万本以上ものワクチンを市場に出した。そのワクチンは何の効果もなく、死者は百五十人にもなったが、売上は七十億ドルにもなった。会社はその金をすぐにパナマの口座に移した。

疑惑ではない。はっきりとした詐欺事件で、因果関係は証明できないとしても、死者まで出た。

「解読した内容を、私に送ってくれる？」

ケイの頼みに、フェリシティは一瞬、ぽかんとした顔をした。「あの……実は――」

「もう送信済みだよ」メタルが答えてくれた。「社内ネットワークを使って。もちろん、セキュリティ対策は万全だから、ハッキングされる恐れはない。受信ボックスをチェックしてみてくれ。画面の上にアイコンがあるはずだ」

教えられたアイコンをクリックすると、フェリシティとメタルが映る画像はさっと小さくなって、自分とニックの顔が見える四角い枠の横に並び、データが大画面上をスクロールし始めた。

「おお」後ろでニックがつぶやく。「マトリックスみたいだな。まったく意味不明じゃないか」

ケイはじっと画面を見ていた。「いいえ、ちゃんと意味はあるわ。これはウィリーのハードドライブにあったデータね。何年分にもおよび、最初のものには一般的な研究内容が記されている。ところがここ――」彼女はタップ用のペンで画面を示す。「それから、ここと、それにここ、ここ」心配ないわ、という笑顔をニックに向ける。「これらは暗号化されていたファイルよ。ここに彼が秘密裏に研究していた内容があるはずなの。ここまでくれば、内容は比較的簡単に読み解けるはず。さらに読み解きやすいように、プリヤンカがファイルを調整してくれているから、あとは時間の問題ね。もう道筋は見えた、あとはそこを歩くだけってところかしら」

「ふむ、君がそう言うんなら」ニックはまだまるで納得がいかないようだ。「それにしても、膨大な量の情報だな」

「これが私の仕事だから。CDCではこういうことばかりするのよ」私の仕事だった、と心の中で言い直すと、彼女の心が痛んだ。私はこういうことをCDCでしていた。自然科学の研究とは、無限とも思えるような量の小さな事象を記録し、人間に悪い影響を与えるものを見つけ出し、その脅威を取り除くことだ。

　ところがCDCの内部に、そのデータを悪用して人に危害を加えようとする者がいた。その事実を思い出すたびに、ショックを受ける。

「わかったわ、あとはあなたの仕事よ、ケイ」フェリシティの顔が四角い枠の中で険しくなる。「このデータがどういう意味を持つのか、突き止められる人がいるとすれば、それはあなたよ。さ、頑張って」

「ええ、もちろん」ケイは静かな声で約束した。プリヤンカとマイク・ハマーはいい人だった。このファイルの内容のために、二人の善人が命を奪われたのだ。絶対に内容を突き止めてみせる。その後は、ASI社の人たちにまかせよう。彼らが適切な対処をしてくれることは確信している。おそらくFBIもかかわってくるのだろう。ニックはFBIの本質的な公正さを信じているに違いないが、現時点では、ケイはどんな政府機関も信用できない気分だった。

「よかった。実は――」フェリシティの顔が歪む。

「フェリシティ？」

フェリシティの顔が、蒼白になった。普段は白い肌がバラ色に輝いているのに、一瞬にして、死体に近いような土気色に変わったのだ。うっと口元を手で押さえ、フェリシティは画面から消えた。どこかへ走って行く様子が画面の後ろのほうに映っている。

「大変！」ケイはびっくりして叫んだ。「メタル！　フェリシティは大丈夫なの？　病気か何か？」

「もうみんなに知らせたのか？」背後でニックがたずねた。

ケイは驚いて振り向く。「どういうこと？」

「ああ」メタルの非常に大きな体が息を吸い込んで、胸がさらにふくれ上がる。そしてふうっと息を吐いた。「みんなに言った」

「どっちなんだ？」ニックが質問を重ねる。

どっち、って何が？　いったい何の話？

「実は」メタルの顔にさっと笑みが広がった。「双子なんだ。俺たちの予想では男の子だな。次回の超音波ではっきりする」そこで笑みが消える。「だが、つわりがひどくてね。見てるこっちが辛くなる」

生物学で博士号を持つのに、理解できずにいたケイも、そこまで聞いてやっとわかった。ぼう然としながら、確かめる。「フェリシティ、妊娠したの？　お腹に赤ちゃんがいるの？」

「ああ、妊娠中だ。お腹の赤ちゃんたちはどんどん大きくなってるみたいだぞ」メタルの口元がまた緩む。「子どもが欲しくて、ずいぶん努力してたんだが、やっと授かった」

「子どもを授かるためには、さぞかし大変な努力が必要だろうな」ニックがひやかす。

「だが、誰かがやらなきゃならない仕事だからな」

フェリシティがもうすぐ母親になると思うと、ケイもうれしくなった。フェリシティはずっと孤独な暮らしをしてきた。彼女と比べれば、ケイは自分がどれだけ恵まれていたかと思う。両親を失ったのは十代になってからだから、思い出はいっぱいある。フェリシティの両親はソ連から亡命してきて、家族は証人保護プログラムに守られながら、正体が知られることがないよう、他人とかかわりを持たずに生きてきた。両親が亡くなってからも、ケイは祖父の愛をいっぱいに受けたが、フェリシティは、本当の意味で彼女を愛し、いつくしむ人の存在を知らないままに育った。

しかし今の彼女には夫となる人がいる。噂では、メタルはフェリシティに毎日のように結婚しようと言い、フェリシティのほうもイエスと答えるものの、日取りだけが決まらないらしい。そして今、双子の親になろうとしている。本ものの幸せな家族ができるのだ。「子どもの性別にかかわらず、ずばぬけたＩＱを持って生まれてくるのは間違いないわね」

フェリシティの父親はノーベル物理学賞を受賞した科学者で、フェリシティ自身のＩＱも天才レベルだ。

「おう」メタルは笑顔を作ろうとするのだが、大きくてごつい顔に、心配の色が影を差す。

「つわりで気分が悪いだけなんだろ？」ニックが言った。

「朝と言わず昼と言わず、さらには夕方でも夜中でも、吐いてばかりなんだ」メタルが答えた。「とても見ていられない」

ケイははっとして声を上げた。「ああ、どうしよう。そんなに体調が悪いのに、私のために解読作業をしてくれたのね。妊娠中だとわかっていたら、絶対に――」

「とんでもない」メタルがケイを制した。「フェリシティを止めることなんてできなかったはずだ。実際、解読に夢中になっているあいだは、何時間も吐き気を感じていなかったぐらいだから。つまり、逆に君に感謝しないといけないんだ。俺がやめさせようとでもしたら、蹴飛ばされていたはずだ。結局、君のおかげで、フェリシティも俺も、数時間は辛い思いをしなくて済んだ」

　メタルの体は半分後ろを向き、椅子の背をつかむ手の節が白くなっている。フェリシティの様子が気になって仕方ないのだ。

「彼女の様子を見に行ってあげて」ケイはやさしく声をかけた。「あとはもう、私の仕事だから。何かわかったら、すぐに知らせるわ」彼は安堵の息を漏らして、フェリシティのところへと向かいかけた。「メタル！」最後にケイが呼びかけると、彼は駆け出そうとしている足を、必死で止めた。早くフェリシティのそばに行きたい様子が、画面からも伝わる。「社長の都合がよければ、話したいと伝えて」

　うなずくと、メタルは部屋を走って出て行った。

　しばらくするとジョン・ハンティントンの顔が画面に映し出された。彼個人用のオフィスにいるようだが、画面から伝わってくる圧倒的な優雅さと静けさは、まるで教会の中みたいだ。

　彼は……威圧感のある男性だ。そうとしか形容できない。鋭い面立ちは整っているのだが、いつも険しく冷たい表情を浮かべている。彼の部下は全員、彼を崇拝しているが、ケイ自身は少し――ほんの少しだけれど、ジョン・ハンティントンのことを恐れていた。

彼が正義の味方であるのは知っている。自ら創設した警備・軍事会社を世界有数の企業へと発展させ、やさしくて非常にクリエイティブな美貌《びぼう》の妻を持ち、その妻は今でも彼に夢中。目の中に入れても痛くないぐらいかわいがっている二人の娘への彼の溺愛《できあい》ぶりも有名だ。

それでもなお、ケイはこの男性のことが怖かった。

「ハドソン博士」ハンサムな顔が、いつもの冷たい深刻な表情で画面を見る。第三次世界大戦が勃発した、とでも言われたような顔だ。

「ハンティントンさん」彼が軽く会釈する。彼はポートランド市の中心部にいて、こちらはフッド山のふもとにいるのはわかっているのだが、それでも自分の頭の中が彼にはすっかりわかっているに違いない、とケイは思った。「久しぶりだね。元気そうで何よりだ」彼の暗い瞳が、ケイの背後を見つめる。「彼女が無事でいられるよう、おまえが責任を持て。頼んだぞ、ニック」

「はい、まかせてください」ニックはものすごくジョン・ハンティントンを尊敬しているが、ケイが感じているような畏怖《いふ》の念は抱いていないらしい。

「どうやら、深刻な事態らしいな」ジョンが言う。

「はい、かなり深刻です」

ケイはそっと片手を持ち上げ、ニックがその手をつかんでくれた。ボスに対して、二人がカップルなのだと宣言するジェスチャーなのだと思われるかもしれないが、実際のところ、ジョン・ハンティントンと話をすると彼女はどぎまぎしてしまうのだ。

「マイク・ハマーの死体は回収され、検死解剖が行なわれた。解剖を命じられていなかったら、自然死として気にも留めなかっただろうと検死官は言っているそうだ。一見したところ、不審なところはなかったから、と」そこで彼は眉をひそめて言葉を切った。

「実際は、路地裏での溺死という、説明のつかない死に方だった」

ハンティントン氏が軽くうなずく。「そうだ。ハマーの肺には液体がいっぱい溜まっていた」

「水ではなくてね」ケイは恐ろしくなって首を振った。「滲出液《しんしゆつえき》」

彼はちらっと手元の書類を見た。「ああ、それだ」

この分野の話題なら、自信を持って臨める。自分の専門だから。「サイトカイン値が高かったことも、正式に確認できたんですね?」

彼がまた、軽く頭を垂れた。「ああ、目盛りを吹っ切るぐらいの高レベルだった。それはいったい、何を意味するんだ?」

これまでの情報が示唆することを説明したほうがよさそうだ。もう隠していても仕方ない。「非常に重大な意味があります。友人のプリヤンカ・アナンド博士が残したファイルを調べないと決定的な判断は下せませんが、誰か——おそらくウィリー・モレルという名前の生物学者が、Ｈ１Ｎ１亜型ウィルス、一般的にはインフルエンザＡ型として知られるウィルスを用いて、生物兵器を作り出したんでしょう」

ハンティントン氏が身震いする。「つまりスペイン風邪を全世界に大流行させたウィルスだな？　一九一八年に、第一次世界大戦による死者より多くの人を殺した、そのウィルスか？」

「まさにそのウィルスです。ただ、今回問題にしているウィルスはスペイン風邪よりはるかに危険なんです」ケイは画面の彼と目を合わせたままうなずいた。「攻撃力を劇的に高めた結果、ウィルスは感染者の体内で爆発的に増殖します。もちろん空気感染もする。私が自分で目撃したことを考え合わせると、今回、兵器化されたウィルスは培養液ごとドローンで目的地まで運ばれ、そこで空中に噴霧された」

彼の表情が強ばる。「とんでもない話だな。パンデミックの発生源となるわけか」

「ええ、きわめて病原性の高い伝染病の世界的大流行を引き起こすことになる。ただ、別の要素があるようにも思えます。一般社会への影響としては低いけれど、同じように危険な状況が作られようとしているんじゃないかと」

彼が身を乗り出す。「別の要素とは？」

ここで彼女は、これまで疑念として頭に思い浮かべていたことを初めて言葉にした。

「ウィルスには、特定のＤＮＡを埋め込んであると考えているんです」

　彼は言葉を失い、ただケイを見つめていた。

「別の言い方をすると、兵器化されたウィルスは、特定の個人を攻撃する、ということ。マイク・ハマーを殺したウィルスには彼のＤＮＡが埋め込まれていて、私のＤＮＡはなかった。結果としてマイクは死に、私はこうやって元気でいる。マイクが会おうとしている人物が誰か、敵には知られていなかったからでしょう。だからマイクを殺すウィルスしか用意できなかった。彼のＤＮＡはどこからかひそかに入手したに違いないわ。ヘアブラシの髪、飲みもののグラス、食器みたいな彼が使ったものからでも採取できるし、あるいは手を切って軽く出血したとか、手に入れるのは簡単です」

　ハンティントン氏はぼう然としていた。「そんなことが可能なのか？　特定の人間を即死に近い形で殺し、他の者にはいっさい影響を与えないウィルスだなんて――そんなものを作るには、最先端の研究施設が必要なはずだ」

「ＣＤＣそのものが、最先端の研究施設なんです。内部にはＣＲＩＳＰＲ《クリスパー》-キャス９と呼ばれる装置があり、それを使えばゲノム編集ができます。ＤＮＡの二本の鎖を切断してゲノム配列の任意の場所を削除、別のＤＮＡを挿入して置き換えられる遺伝子改変技術なんです」

「うむ。しかし、そんなことをすれば――」

「理想の凶器になりますね。これを使えば完全犯罪も可能です。特定の人のDNAが組み込まれたウィルスを、ドローンでその相手のところに運べばいいんだから。基本的には自然死です。死亡診断書には、死因は、アレルギーによるショック死、脳卒中、あるいは心臓麻痺だと書かれるでしょう。犯人は遠く離れたところから、タブレット端末でドローンを操作し、いちばんいいタイミングを見計らってウィルスを散布する。これまでに何人が殺されたことか、見当もつかない」

「深刻な事態だな」ハンティントン氏が表情を引き締める。「それなら――」

「それならどうすべきか？　突然死した人のうちサイトカイン値が高かった人の状況を調べ直す？　だめなんです。ほとんどの遺体は解剖さえされていないはずだから。サイトカインの代謝は速い上に、そもそも全米で起きる突然死に特定のパターンがあると注目し、調査するのは、本来CDCの仕事なんです。ところが――」喉が詰まって次の言葉が出ない。考えただけでも、ナイフで心臓をえぐり取られるような痛みを感じる。ケイはぐっと唾を飲み込んでから、また口を開いたが、ささやくような声しか出なかった。「CDC内部で、ウィルスの兵器化が行なわれたんだと思います。だからCDCに相談したって無駄なの。モリソン警視は人に知られないように全米で起きた突然死について調査することはできないでしょうか？　彼はあなたの友人で、信頼できるんですよね？」

ハンティントン氏の目つきが鋭くなり、顔の凄《すご》みが増した。「ああ、まかせてくれ」

「特定のDNAを組み込んだ兵器化ウィルスなんて、ものすごく危険です。大人数をターゲットにすることだってできるから。個人を狙うだけじゃなく、その親戚、さらにはどこかの部族全体を抹殺することだって可能なんです。ところがターゲットのすぐそばにいても、DNA配列が異なれば、何の影響も受けない。殺人兵器としては、理想的と言えます。何としても犯人を突き止めないと。これが中東のとある民族の虐殺に、もしくはワシントンのとある家族を皆殺しにするために、あるいは群衆の中の特定の人を暗殺するために使われたら、と想像したら、本当に恐ろしい」

「犯人には必ず裁きを受けさせる」彼の低く太い声が響いた。

またぶるっと身震いしそうになるのを、彼女は懸命にこらえた。ハンティントン氏には恐怖を覚える。ニックやメタルそれにジョーやジャッコの持つ恐ろしさとは異質のものだ。会社の共同経営者であるダグラス・コワルスキ氏にもこの種の怖さがある。彼も元SEALで、みんなから当時の役職であった〝シニアチーフ〟と今でも呼ばれている。おまけに振り返って確認したくなるぐらいものすごく醜い外見の男性だ。

二人とも、部下全員に慕われている。

そして、二人ともやさしくて上品で芸術的才能にあふれた妻を持ち、どちらの女性も夫を深く愛している。

それだけで、二人がどちらもどれだけ立派な男性かがよくわかる。

また個人的な感情はさておいても、ハンティントン氏とコワルスキ氏の二人は、自分たちの会社が有するすべてを、ケイとニックに自由に使わせてくれている。考えたらかなりの金額になるはずだ。彼女の身の安全のためには労を惜しまず、真相を突き止めようとする彼女に手を貸してくれる。彼にとって、ケイなんて何の意味もない存在のはずなのに。彼の会社に勤める社員の友人のひとりというだけ。フェリシティはかけがえのない社員なのかもしれないが、ケイはフェリシティの姉でもなければ、親戚でさえない。ここまでしてくれるのはニックのためなのだろうか？　ニックは、俺にとってはケイの安全がいちばん大切、とはっきり宣言しており、この会社の誰もがそれについては納得しているようだ。

これだけのことをしてもらった恩義を感じる。だからできるだけ早く問題を解決して、恩を返したい。ＡＳＩ社の人たちは、できるかぎりのことをしてくれた。いや、できる以上のことを。ここからは自分が頑張らなければ、とケイは思った。大丈夫、これが自分の本職なのだから。戦士として闘うことはできないし、ＩＴの達人でもないけれど、これならできる。

「わかりました、ハンティントンさん――」

「ジョンだ」彼の唇が斜めにずれた。彼にしたら、ほほえんでいるつもりなのだろう。

「あの……」

「対等の立場で話してくれ」

彼女の笑みが強ばる。「え、ええ。それはもう」うわあ、どうしよう。ローマ教皇フランシスコをフランキーとでも気安く呼ぶような感じ。ただ、こう言われた以上、彼女のほうも同じ言葉を返す必要がある。「それなら私のこともケイと呼んで……ね。それから、今の段階では、さっき話したことはまだ私の推測にすぎないけど、間違ってはいないと思う。解読されたデータを調べれば、推測が正しかったか確認できるわ」

「君たち二人はしばらく姿を隠しているほうがいい。俺は市警のモリソン警視と緊密に連絡を取り、捜査の結果わかったことがあれば、すぐに知らせる」

ケイは画面に体を近づけた。「マイク・ハマーの殺害には、ドローンが使われた。そこから何か追跡できないの？」

「うむ、ドローンについては調査中だ。フェリシティが周波数を調べたところ、道路上に操縦用の無線があったことまではわかった。つまり、誰かが車に乗ったままドローンを操作し、その後車で立ち去ったんだ。もうすぐ操縦者についてはわかるはずだ。結果がどうであれ、この事件の決着は間もなくだ」

間もなく決着する。ＡＳＩ社は早く解決したがっているようだ。「ニックを長いあいだ仕事から遠ざけてはおけないものね」

ジョンの顔に氷のベールがかかったかのように見えた。急に冷たい顔を向けられ、ケイはびっくりした。今の顔つきとの対比で、これまでの彼は、温かくてやさしい態度を取ってくれていたのだとわかった。今の彼は、これから人殺しをするといった、冷酷な顔つきだった。「違う、そういう意味じゃない。もちろんできるだけ早くニックには職場に復帰してもらいたいとは思う。しかし、彼には今いる場所で働いてもらうのが最善の策だ。うちの会社は、善良な人々への脅威や、ましてや生命を脅かすような行為を絶対に許さない。さらに、生物兵器が開発され、危機的状況が世界各国へと広がる可能性まで見えてきた。俺たちはみんな、そういうことを阻止するために生まれてきたんだ。だから間違いなく阻止する。じゃ、またあとで」

モニターがさっと消えた。

巨大なエネルギー源のスイッチが切られたように思える。ケイはぐったりして椅子にもたれかかった。

「すごい人だろ？」ニックがうれしそうな顔でたずねた。この部屋は指令センターのはずで、たくさんの電子機器が熱を帯びることがないように、室温をかなり低く設定してある。そうでなければ、今頃全身汗びっしょりになっていただろう。ジョン・ハンティントンという人物は、存在するだけでエネルギーを放つ人なのだ。

「実にそうね」彼女は話題を変えようと、ニックのほうを向いた。「ところでフェリシティの妊娠を、あなたはいったいいつ聞いたの？」

「二、三日前かな」

「彼女、落ち着いて状況を受け止めていた？」祖父の誘拐後、ケイは何度かフェリシティと会い、またスカイプでもおしゃべりした。妊娠はよく話題にのぼった。メタルが早く子どもを欲しがっていること、大家族を作りたくてたまらないと考えていること、フェリシティとしても子どもは欲しいが、彼女自身はメタルと違って家族のあふれるような愛情に育まれたというわけではなかったので、親になる覚悟ができていないこと、など。彼女は、メタルがいい父親になれると確信していたが、自分を信じられずにいた。

メタルが最高の父親になることは、ケイも断言できた。彼の父は、父親とはこうあるべき、という理想像であり、親戚じゅうみんなが幸せな家族生活を営んでいた。一方、フェリシティの両親は冷淡で隠しごとが多く、我が子であるフェリシティでさえ自分たちの世界からはシャットアウトしていた。だから、自分が母親となったとき、ちゃんと温かく子どもに接してあげられるのか、彼女は不安に思っていた。

「ああ、だがメタルのほうがおろおろしっぱなしだな」

「メタルが？　フェリシティの話では、彼は父親になる心構えもすっかりできてて、あとは子どもが生まれるのを待つだけだって」

「うーむ」ニックが眉をひそめたまま笑みを浮かべる。「子どもを持つためには、フェリシティが妊娠しなきゃならないことまで考えていなかったんだな、あいつは。彼女のつわりがひどくて、それを見ているといてもたってもいられないらしい。自分の子どもの母親はフェリシティしか考えられないのに、彼女が妊娠するのは嫌なんだ」

「ちょっと解決しがたい問題よね。出産するためには、妊娠する必要があるわよ」

「ま、そのうち解決するさ。何ヶ月後かには子どもが生まれるんだから。いちどに二人だぞ。さすがはフェリシティ、超効率的だよな」そう言ってから彼は、ケイの座る椅子の肘掛けに手を置いて体を近づけてきた。「このファイルに関しては、俺が手伝えることはない。ただ、君が快適に作業するのに役立つものは持ってこられる」彼はケイの体を起こして、彼女の髪を撫でた。「君はここで作業を続けてくれ。ここのコンピュータがグランジの中ではいちばん処理能力が高い。音楽だって流せるぞ。ただヘビメタだけは勘弁してくれ。ああいううるさいのを聞くと頭がおかしくなりそうなんだ」

なるほど、何ごとにも動じないニック・マンシーノも、ヘビメタだけはだめなのね、とケイは興味深く思った。普段はオフィスにニューエイジ系の音楽を流しているが、今は大量のファイルに全神経を集中させて取り組む必要がある。どんな音も邪魔になりそうだ。

「ええ、私もヘビメタは好みじゃないから。本当に。正直に言うと、何の音もないほうがいいわ」

彼は彼女の頭のてっぺんにキスをした。「了解。他に欲しいものは?」

「ここは電子機器が多いから、部屋の温度設定が低くしてあるのは当然だと思うの。ただ、私はこれからしばらくずっと椅子に座ったままになるわけで、そうなるとこのままじゃ寒いわ。肩にはおるものと靴下が要る。ついでに頼めるのなら、お水とちょっとつまめるようなフルーツが欲しい。ポットに紅茶を入れてもらえると、すごくうれしいわ。ハーブティーなら、どんなフレーバーでもいい。イザベルが食料を準備したのなら、きっとハーブティーもあるはずよ」

「さあ、どうかな。俺はコーヒーが好きだから。でも、食料庫を見てみよう。すぐに戻る」

さて、と。ケイは心の中でつぶやき、USBメモリの中身を自分の目の前の画面に呼び出した。データそのものは、頭上の大きなモニターに映し出す。画面をスクロールし、いったん止め、またスクロールしていく。ファイルはいくつかのフォルダーにまとめられていた。ひとつはウィリーの通常の仕事を記録したもので、二年分が収められている。CDCで普段から使われているロックがかけられており、他のフォルダーのロックも同様のものだった。ファイルのまとめ方はケイのものとほとんど変わらず、やっている研究が異なるだけ。フォルダー構成も似ているので、調べるのは楽だ。

彼女はデータのひとつを選んで、別のモニターに映し出してみた。

彼はスペイン風邪を研究し、その感染症を引き起こすH1N1亜型ウィルスについて、膨大な量のデータベースを抱えていた。論文の多くはケイも読んだことのあるものだったが、それとは別にまとめてあるサブフォルダーがあり、彼女はその中身をさらに別のモニターに映し出してみた。

H1N1亜型ウィルスについての基礎研究とゲノム操作について。これは四つ目のモニターに出す。

仕事関連のメールを五つ目のモニターに。

おやおや。見慣れないロックがかかったファイルがある。彼自身が暗号化し、CDCのメインサーバーには保存されないもの。つまり彼の個人的なメールだ。

その個人用メールを開いてみた。やっぱり！　件名を見ていくうちに、腕から首にかけて鳥肌が立った。

ちょうどそのときニックが戻って来た。手にしたトレーから、水の入ったピッチャー、ポット、ガラスのコップを机に並べていく。さらに、ぶどうと皮をむいたオレンジを載せた皿、全粒粉パンのサンドイッチが机に移されていた。

そのあと分厚いセーターを彼女の肩にかける。ケイは首を横に向けて息を吸った。

清潔なウールの匂いがした。

ニックはほほえむと、しゃがみ込んだ。

一瞬、彼が何を始めたのかが、ケイには理解できなかった。ああ、なるほど。

彼は、ケイが履いていたスリッパを脱がせて、やわらかな生地の暖かそうなソックスを履かせてから、またスリッパに彼女の足を入れた。ウィリーのメールフォルダーに神経を集中していたので、寒がっていたことも忘れていたのだ。

「これでいいか？」ひざまずいたまま、彼が笑顔で見上げる。

女性の足元に膝を下ろしている格好は、ぶざまに見えてもおかしくないのだが、ニックの場合はものすごく男らしくて、超セクシーだ。従属的なところなど微塵もない。上から彼の体を見ると、肩幅が非常に広く、腿の筋肉が発達しているのがよくわかる。まるで王の前に控える騎士みたい。ドラゴン退治に出陣せよとの命令が下されるのを今か今かと待つ騎士の姿だ。

彼が片側だけ口元を緩め、セクシーな眼差しで彼女を見る。瞳がきらりと光ると、彼女の全身に熱が広がる。もちろんセーターやソックスとは無関係だ。薄くて白い肌のせいで、自分の感情がすぐ顔に出てしまうので、彼にも気づかれているはず。これではまるで〝発情期のメスです〟と書いた紙を額に貼っているようなものだ。

「だめよ。今は控えて」

「うむ、この姿勢は控えていると言えるけどな」ニックはそう言ってにやりとした。「女王さまの前で、いかなる命令にも従います、と控えているんだ」

確かにそうだ。

ケイは広げた指で彼の顎を撫でた。伸びてきたひげがちくちくする。無機質の室内にいると時間の感覚がなくなってくるが、もう夜になるのだろうか。どのモニターにも時刻は表示されていない。画面の右下のボタンを押すと、時刻が表示される。ＡＳＩ社は世界各国に活躍の場を広げているので、異なる時間帯でもすぐにわかるようにしてある。

彼の肌が、手のひらに温かい。ニックがひざまずいたまま、二人の目が合う。ゆったりと彼女のくるぶしに添えられていた手に力をこめ、彼が足首をつかんだ。このまま視線を少しずらせば、きっとむくむくと大きくふくらむものが目に入るはずだ。ほうっと息を吐くのもためらわれる。二人とも、もうほんの少しでも刺激を受けたら、理性を抑えておけなくなるからだ。ニックは足首をつかんでいた手を緩め、そうっとふくらはぎを撫で始めた。

彼女は目を閉じて、その快感に酔いしれた。節くれだった彼の手が、脚のやわらかな肌に触れる感じが気持ちいい。ホテルの部屋でも、こうやって愛撫された。あのとき、彼の手はそのまま腿へと上がり、やがてそのあいだへと進んだ。彼を強く求めて、熱く濡れた場所へ。

今も。

しかしここはホテルの部屋ではない。人目を避けた隠れ家だ。

「ニック……」それだけ言うのが精いっぱいだった。

彼の手がびくっと動きを止め、暗い瞳がまっすぐに彼女の顔を見つめる。「今はだめか？」低い声がかすれている。

声が出なかった。息をするのもひと苦労だ。胸の鼓動が大きい。彼女はそっと首を振った。

動かすのが痛いかのように、そろそろとニックの手が彼女の脚から離れる。彼の手の感触を失うと、いっきに寒さを感じる。

「ああ、わかった。わかったよ」うっと顔をしかめて、ニックが立ち上がる。彼が顔をしかめた理由は明らかだった。ジーンズの下で、大きくなっているものが見えた。

「痛って感じ？」彼女は笑みを浮かべてみせた。

「痛いよ」そう認めてから、彼はケイの額に口づけした。「このまま足を引きずりながら出て行くが、まだあきらめずに部屋で待つよ。ハーブティーを飲んで、サンドイッチを食べるんだ。俺が守っているかぎり、飢えさせることはないからな」

彼女はにっこりと応じた。「ええ、そうね」

ニックは黒っぽいガラス素材を机に置いた。近代的でおしゃれな雰囲気のものだ。「何かあったら、それに向かって怒鳴ってくれ。怒鳴っても俺が来なければ――」彼の指が黒いガラスの表面をスワイプすると、画面が明るくなった。赤い大きなボタンが見える。「これを押すんだ」

ケイはその端末を手に取り、裏返しにして見た。「これ、携帯電話なの？」

「違う」ニックの顔いっぱいに笑みが広がる。「忠実なしもべを呼ぶときにだけ使う機械さ。さ、君は仕事に取りかかって」彼の顔から笑みが消える。「データを調べるのにどれぐらい時間がかかるのか、俺にはわからない。だが、かなりの長期戦になるんだろ？　それだけの量の情報を調べるんだからな。だが、そのためには、君に元気でいてもらわないと。食事もして、ときには休憩も必要だ。君がきちんと栄養をとって体を休めるよう、俺が気を配る。君に倒れられたら、どうしようもないからな。君は元気でいてこそ、みんなの役に立てるんだぞ」

実は働きすぎて自分の体調を忘れてしまうのは、ケイの欠点だった。確かにニックの言うとおりだ。ここで自分が倒れてしまったら、誰の役にも立たない。「わかったわ、ニック。ちゃんと食べて、体も休ませる」

彼は立ち上がったまま、しばらく彼女の目を見ていた。「ああ、そうしてくれ。さ、俺はもう出て行くから。ときどき、様子を見に来るよ。この周囲の安全を確認したり、会社に連絡を入れて状況を教えてもらったりしておく。何か進展があるかもしれないから」

「フェリシティがどうしているのかも確認しておいてくれない？」

「よし、わかった」銃口を向けるようにして、彼女を指差す。「君がどうしているかも、確認しにくるからな」それだけ言うと、彼は部屋をあとにした。

その後、実際に彼は何度もケイの様子を見に来ていた。ときどき、腕を伸ばして凝った筋肉をほぐす際、ふと見ると、ピッチャーには水が注ぎ足され、皿には別のフルーツと新鮮なサンドイッチが置かれているのに気づくのだった。彼が食べものを取り替えてくれていたことにも気づかなかった。作業に没頭し、周囲の状況が見えなくなっていたのだ。

昼なのか夜なのか、もうさっぱりわからない。だが、どうでもいい。ファイルを隅々まで調べ、プリヤンカとマイク・ハマーとウィリー・モレルの命を奪うことになったものの正体を探るのだ。そして、ウィリーを操っていたのが誰なのかも。

仕事用のフォルダーを丹念にひとつずつ調べていく。じゅうぶん読み進んでこれは関係がないと断言できたところで、そのフォルダーを閉じる。全部で数千ものフォルダーがあり、それぞれが興味深い内容だ。面白くてつい読みふけってしまいそうになる自分を、無理やり目の前の問題へと引き戻さなければならない。

量も膨大だが、質の高さにもケイは感嘆した。ウィリーの研究だけではなく、世界じゅうのすぐれた研究機関が発表した論文が次々と出てくる。世界保健機構の感染症データベースセンター、オックスフォード大学疫病対策研究所、パリのパスツール研究所、長崎大学大学院グローバルヘルス研究科、などなど、各国のあらゆる研究者たちによる論文が際限なく収められている。

ルートディレクトリは、著者別、引用元別という形に整理されているのではなく、研究対象別になっている。ウィリー自身、インフルエンザに関しては著名な研究者だった。インフルエンザウィルスというものは、世界でもっとも広く研究されてきた病原体でもある。その研究をすべて印刷すれば、大きな大学の図書館を、もしかしたら複数の大学の図書館をいっぱいにしてもまだ納まりきらないだろう。

彼女は手を止め、目をこすった。

ほんの表面をざっと見ていくだけだが、フォルダーが何千もあるので大変な作業だ。ただ他の人に頼むわけにはいかない。ウィルス学の専門家でなければ、何を捜せばいいのかもわからないから。キーワードによる検索も無理だ。膨大な資料のほとんどがH1N1亜型ウィルスに関するもので、キーワードを入力しようにも、キーワードとなり得る言葉を含む内容はほぼすべてのファイルに含まれているからだ。検察要員として訓練したとしても、役に立つまで鍛えるには何日もかかるだろうし、それでも見落としは出てくる。

　インフルエンザに関する情報でいっぱいのダムが決壊し、いっきにケイのところに押し寄せた感じがする。実際、よく考えれば、膨大なファイルはウィリーの目くらましのようにも思える。墓場の中から、彼女に目隠しをしているような。

　ああ、悔しい。彼女は背筋を伸ばして、眠気を振り払おうとした。ここまでのところ、何も見つけられていない。何時間も費やしたのに。

　ここにあるファイルはすべて、煙幕でしかないのだろうか？

　彼は違法なことをしていたのだ。よりにもよって生物兵器の開発を。アメリカ合衆国連邦法だけでなく、生物兵器禁止条約という国際条約にも違反している。そういうことは、当然こっそり行なうはず。

　ファイルの中にさらに隠された部分があり、それを見落としているのかも。

　そう考えた彼女は、またルートディレクトリに戻って、隠しファイルがありそうな場所を丹念に調べてみた。ファイアウォール、すなわちドラゴンが炎を噴いている後ろにあるのかもしれない。隠された箇所がないかとファイルリストを丁寧に見ていく。

しかし何もない。

　よく考えてみよう。ウィリーは自分のパソコン上にあるファイルすべてを暗号化していた。そんなことをするのは、何かを隠したい人だけだ。ＣＤＣで普段使っているロックも非常にすぐれたシステムで、それに頼らないということは、彼がやっていたのはCDCで正式に取り組むべき研究ではなかった、ということだ。

つまり……つまりそのあたりが鍵になるのか。彼の秘密研究は、通常勤務の職員が帰り、夜勤スタッフだけになってから行なわれたのだろう。人に見られる心配のない時間帯に。

ケイ自身、急ぎの仕事があるときは、夜のあいだにラボにこもることもあった。彼女のオフィスにある肘掛け椅子は、非常に寝心地が悪いが寝台代わりにもなった。もう思い出したくもないが、何度となく徹夜で仕事を片づけ、ほんの数時間寝台代わりの椅子で横になったこともある。

六時を過ぎると建物は静まり返り、邪魔されることなく研究に没頭できる。静寂の中で、研究所が持つコンピュータの処理能力を独占でき、また最先端機器も好きなように使える。

法に触れることをするのであれば、ウィリーだって当然、通常勤務の時間外にしたはず。そして――もしかしたら、バイオセーフティ・レベル4の実験棟を人知れず利用できる方法を考え出したのかもしれない。レベル4の研究施設のほとんどは、政府によって管理運営されている。アメリカ全土でも、CDCを含めてわずか十ヶ所ほどの国立研究所が設置を許されているだけ。レベル4の認可を受けた私的研究機関の施設もあるが、基準としてはレベル4を満たしていながら、認可申請をしていないところも数ヶ所あると言われている。

ＣＤＣで勤務時間外にバイオセーフティ・レベル4の実験棟を使うのは、基本的には不可能だ。しかしウィリーは基礎研究をＣＤＣで行ない、作り出した兵器化ウィルスを認可されていない実験施設で完成させたのかもしれない。じゅうぶん可能であり、それなら厄介な使用申請書を提出する必要もない。

あるいは理論研究だけを彼が行ない、認可外の私的実験施設の研究者にデータを手渡したか。ＣＤＣの予算は年々カットされているため、実際に実験を行なうまでには厳しい審問を経なければならないが、私的研究施設には資金の豊富なところもある。兵器化ウィルスとなれば、無尽蔵に研究予算を出す悪人はいっぱいいるだろう。

ケイや同僚研究者たちが、多くの人々の命を救おうと、日夜努力しているのを横目に、ウィリーは効率的に多くの人を殺す方法を考えていたのだ。世界じゅうの人々を病で苦しめる方法を。そうすれば……莫大なお金が稼げるから。確かに、Ｈ１Ｎ１亜型ウィルスを兵器化できれば、何十億ドルでも払おうという悪党が出てくるだろう。生物兵器の使用は軽々しく考えられがちだ。それでも取り扱いを慎重にすれば、たとえばこの兵器化されたＨ１Ｎ１亜型ウィルスをごく限られた地域で使用し、その場所が自分たちのいるところから遠く離れているのであれば、きわめて有効な武器となるはずだ。数週間で生存者はほとんどいなくなるが、ウィルスは不活化するので、無傷のインフラをそのまま自分たちで利用できる。

そんなことをするのは、ヒトラーみたいな狂人だけ。ケイはそう思っていた。ただ理論的には可能だ。

だめだ、悪魔の行為を許してはならない。

悲劇を想像して、彼女の全身が怒りに震えた。彼女はルートディレクトリに戻り、この一年間に作成され、保存時刻が十八時以降のファイルを見ていった。プリヤンカが、ウィリーの不審な行動は八ヶ月前ぐらいからだと言っていたので、一年前から調べればじゅうぶんだろうと考えたのだ。

ファイルが次々と画面上に映し出される。全部で二十ファイルだ。ファイル下部のタブを見ると、それぞれのファイルは五十ページ程度。千ページか。大丈夫、千ページなら何とかなる。最初は数十万ページを調べるつもりだったのだから、それに比べればずっといい。

四つ目のファイルを読み始めたとき、これだ、と彼女は思った。

ウィリーはＨ１Ｎ１亜型ウィルスに関する最新情報を彼なりにまとめていたのだが、最近のロシアでの研究に非常に興味を持った。北極圏の永久凍土の中で百年以上も凍ったままだった死体から発見されたウィルスが特殊だったのだ。それから数時間、ケイは内容を読み進めた。ウィリーの興味の中心は、この突然変異のH1N1亜型ウィルスが、きわめて増殖力が強く、さらに不活化するのも速いことだった。

なるほど。兵器化ウィルスというのは、そこらじゅうに核爆弾を落とすようなものだ。地球上すべての地域がパンデミックで混乱する事態を望む者はいない。ところが現代は、移動手段の発達を受けて多くの旅行者が行き交い航空機で別の大陸へも移動する。いわゆる大量交通時代だ。おまけに、毎日のように四千万人以上の難民が、他の国の海岸へと押し寄せる。何の検疫も受けずに流入する難民が感染症を起こす病原体を保有していたら、そこが導火線の着火点となり、野火のように世界に広がっていくだろう。

今回問題となっているウィルスは、ゲノム編集により特定のDNAを持つ個人、もしくは集団を殺すように作られている。

ケイはしばし画面から目を離し、まぶたをこすった。

非常に難しかった。頭脳を駆使しすぎて、痛みさえ覚えるほど。難しい理由は、本来の医学系研究者の心理とはまったく逆の方向に考えなければならないからだった。研究者というのは、病気による影響を最小限に抑え、できることなら病原体を死滅させる方法を捜すものだ。そう訓練され——非常に厳しい訓練を受け、病気から人を救おうとする思考回路が脳の中にでき上がる。そして人類が天然痘に対して成し遂げたのと同じこと――地球上からその病気をなくすことを、すべての感染症に対しても成し遂げようと努力する。

長年にわたる研究者の努力により、人類最大の恐ろしい敵に打ち勝つことができた。ところが今のケイは、恐ろしい敵をさらに強くしようと考える人間の思考プロセスをたどらなければならない。増殖力を高め、致死性を上げ、いっそう危険な病原体に作り替える。

そういうのは彼女の信念と対極に位置する考え方だ。これまでの彼女の生き方を否定し、そして科学の意義をゼロにする。

ケイはＦＢＩ特別捜査官である祖父と多感な時期を過ごし、ＡＳＩ社の多くの人たちを知るようにもなった。彼らもまた、公僕として市民を守るよう訓練された人たちだ。祖父はまだ特別捜査官になりたての若い頃、人質に取られた二人の子どもを炎を上げるビルの中から助け出したことがある。犯人が逮捕されるより死を選び、立てこもっていたビルに火を放ったからだ。祖父の活躍で、二人の子どもは無事救出された。炎の中に飛び込む勇気なんて、どうしたらわいてくるの、とたずねたことがあった。すると祖父は、ぽかんと彼女を見つめるだけだった。

それが自分の仕事だから。祖父は疑問すら抱かなかったのだ。

ニックも同じだ。メタルもジョーもジャッコも、ＡＳＩ社の人たちもみんなそう考える。

テロリストからの攻撃を受けたとき、怖いからと身を縮こまらせておこうとは考えない。今、ケイがしようとしているのは、そういうことだ。彼らがテロリストの攻撃から逃げないのと同じように、彼女も病原体の増殖力や致死性を増すような行為は考えられない。

それでも、今はそう考えねばならない。

彼女はまた体をモニターに近づけ、手元のサンドイッチを頰ばった。いつの間にか、新鮮なサンドイッチが置かれていたのだ。

それから何時間も、彼女はウィリーが時間外に行なっていた研究を調べ続けた。

彼が最初にしたのは、ウィルスの致死性を高めることだった。しばらくのあいだ他の情報を消して、ウィルスの効果だけに集中する。とあるページにはウィルスを３Ｄで再現した映像があった。黄色の部分がウィルスに攻撃を受けた人間の体だ。そのページにはさらに変異させていない元々のウィルスも映し出される。黄色い部分は小さく、ぽつぽつと点在するだけだ。

新しく作られたウィルスは、免疫システムを即座に攻撃するように設計されている。言うなればロケットランチャーみたいなものだ。即効性があり、多大な被害を広範囲に与えられる。増殖が速いので、培養期間もほとんど必要ない。

ウィリーと、彼の協力者は、人間の免疫力をほぼゼロにしてしまうウィルスを開発した。そして狙われた人は、肺の中に溜まった滲出液によって、溺れ死ぬ。

ああ。マイク・ハマーの死に顔が頭に浮かぶ。息ができなくなって喉をかきむしり、路地裏で死んでいくところ。あのとき、何とか肺に空気を送り込もうと、彼の胸が大きく上下していた。けれどそのときにはもう、肺の中は液体でいっぱいになりかけていた。一分半のあいだに、彼の顔はショックから恐怖へと変わっていった。

マイクをそんなふうにさせたウィルスを作った者がいる。マイクにそういう死がふさわしいと考えた者が。

彼女は疲れきって、体を動かす力を使い果たし、ただ額を手のひらに載せた。マイクが直面したような恐怖を体験する人をなくすため、彼女はずっと努力してきた。同僚の多くがそうだったと思うが、高校生の頃には病気を根絶する研究者になろうと決め、おとなになってからは人生のすべてを研究に捧げてきた。今目の前の画面でうごめくウィルスが大気中にばらまかれ、何千、何万、いや何百万もの人たちの命を奪う……呼吸ができなくなって苦しむ子どもたちを思うと、胸が張り裂けそうだ。

現在、このウィルスは特定の個人を殺すために使われているようだが、脅威はそこにある。いわば、エンジンをアイドリング状態にして、旗が振られるのを待っている状態だ。いずれ全世界はパンデミックによる大混乱に陥る。人類破滅の危機にもなりかねない。

そんなウィルスを作った研究者がいたことが信じられない。

どっしりした手を肩に感じ、彼女は顔を上げた。

「とりあえずそこまでだ。体を休めないと」ニックが彼女の椅子をくるりと回した。椅子の両側を腿ではさみ込み、彼女の正面を自分に向ける。両手で彼女の顔を包むと、彼は眉をひそめた。「どうしたんだ、ハニー？」

心の中を寒風が吹きすさぶような気分だ。きっとそれが顔にも出ているのだろうと彼女は思った。彼の手首をしっかりとつかみ、ニックという善良な存在とのつながりを確かめる。目には涙があふれたが、それは悲しみよりも激しい憤りによるものだった。

「私たちが何と闘わなければならないのか、教えてあげる。しつこいようだけど、スペイン風邪は第一次世界大戦よりも多くの人を殺した、これはわかってくれたわよね？　つまり、兵器化されていないH1N1亜型ウィルスでさえ、世界各国を巻き込む戦争よりも恐ろしいものなの。さらに今回作り出されたウィルスは、まず免疫システムを混乱させる。感染した人は抵抗力を失うだけでなく、その人の免疫システム自体が本人を攻撃するようになる。つまり、免疫力の強い人ほど、致死率は高くなるの。通常のインフルエンザは、子どもやお年寄りの命を奪うことが多いけど、このウィルスは壮健な若者にとって危険なの。元気に暮らす普通の人たちは、買いものに出かけたり、人と会ったり、お葬式に出席したりすることさえできなくなる。これだけ調べてもこのウィルスについては、まだわからないことだらけよ。ただこれを作ったのは、私が働いていた研究機関にいた人物であることは間違いない。増殖力が強く、致死性の高い原種を見つけてきて、それをさらに強力なものに変えた。潜伏期間はまったくなく、感染すればすぐさま発症し、死に至る。ずっとここにあるファイルを調べているんだけど、気持ちを集中させるのが大変よ。目をそむけたくなる内容だから。ウィルスに関する専門家が、その豊富な知識を悪用して、人類を攻撃する兵器を作り出した。その知識だって、人間が何千年もの時間をかけて積み上げてきた貴重な研究成果なのに……そんなことを思うと、とても平静ではいられなくて」

まだ憤りをすべて吐き出したわけではないが、涙を流したら気持ちが落ち着いた。

ニックが親指で彼女の頬を拭う。「そうだな、わかるよ」

「どうしても……怒りが収まらなくて」

「その気持ち、俺にも経験がある。だからすごくよくわかるんだ」

ケイははっとして彼を見た。「似たような経験があるってこと？」

「どこにもぶつけられない怒りだな、ああ」彼はキャスター付きの椅子をもうひとつ足先で引っかけ、自分のそばへと引き寄せた。腰を下ろして彼女の両手を握る。暖かなもこもこしたセーターとソックスのおかげで、部屋の寒さは気にならなくなっていたが、手先が冷たかった。ファイルに没頭していたため、そのことにも気づかなかったのだ。今ニックの大きくてごつごつした手が、手先を暖めてくれる。そして彼女の心を温もりで満たしてくれた。彼の手が熱と力強さを与えてくれたのだ。

彼女は首をかしげてニックを見た。「こみいった話があったのね」

「そのとおり。複雑かつひどい話さ」彼は顔を近づけて彼女の頬に口づけした。「今話しておくほうがよさそうだな。実は、俺たち二人だけでグランジにいるのもあと一週間ほどなんだ。新しくASIに入社したやつが、ここに滞在する予定だから。マット・ウォーカー中尉――元海軍中尉だ。すごくいいやつなんだが、最低野郎を怒らせてしまって」

ケイは全身の神経を集中させて、ニックの話に耳を傾けた。彼の表情は深刻さを帯び、悲壮感すら漂う。また感情を声に出さないよう、抑揚をつけずに話す。ただ、彼は気づいていないが、彼女の手を握るこぶしに力が入っていた。彼女に痛い思いをさせないよう、細心の注意を払っているようだが、そうでなければ痛かったかもしれない。つまり、それほど強い感情をこらえているわけだ。

これは彼にとって大事な話なのだ。だから、ケイにとっても重要な内容だ。

ウィリー・モレルがしていたことを読み解くのは、足元の地面がぽっかりと口を開けたようなものだった。足を踏み出すと迷宮の暗い闇に落ちていく気がする。以前はしっかりと踏み固められた大地があったはずなのに、今はあちこちに亀裂《きれつ》が入り危険な状態だ。そしてこれこそが、ニックの日常なのだ。悪人どもが悪事を働く世界。

こんな世界で生きていくにはまともな人に足元を照らしてもらわないと。闇と狂気が支配する世界では、悪者どもができるだけ多くの人を殺そうとするのだから。

そんな世界を彼女はまだきちんと理解できているわけではなかったが、ニックにはわかっている。

「その人も、SEALにいたの?」

「ああ、俺と同じだ」彼の頬の筋肉が波打ち、彼女の手を握るこぶしにさらに力が入った。「マット・ウォーカー中尉は伝説の人だった。アフガニスタンとイラクに計三度赴任し、アラビア語やパシュトゥン語も日常会話程度なら話せる。常に前線に立って自分の部隊を率い、いつ、どんなときでも、彼より勇敢な者はいなかった」

彼が過去形で話すことが、ケイには気がかりだった。「その人……亡くなられたの?」

「いや、だが海軍を辞めざるを得なくなった」

「何があったの?」

「マットの部隊がアフガニスタン南部のヘルマンド前線基地に駐留しているときだっ

た。前線基地っていうのは――」

「駐留地ほどじゃないけど、戦闘のある地域で多くの人が基地として利用するところね。ええ、あなたたちの会話を聞いているうちに軍隊用語もいろいろ詳しくなったの」

「兵隊仲間の汚い言葉まで耳にしたのでないならいいんだが」

「うーん……ま、少しはね。ジャッコはすごく独創的な言葉を発明する人だもの。私は大学院まで行っていろんなことを学んだけど、彼のボキャブラリーの華やかさには感嘆するわ」バイク好きのジャッコが、自慢のバイクを修理しているときにエンジンに問題を見つけたことがあった。ケイもその場にいて、かなり多様な種類の罵《ののし》り言葉を聞けた。にこにこしながら彼女が後ろに立っているのに気づいたジャッコは、はっと口を閉ざしたのだった。

ニックが、しまった、という顔をする。

「気にしないで」ケイは身を乗り出した。「それより、そのヘルマンド前線基地での話」

その瞬間、彼の表情ががらりと変わった。さっとタオルで拭き取ったら、面白がるような顔が消えて、まったく異なる表情が出てきた感じ。その顔に入り混じる彼の気持ちのすべてを判別するのは不可能に思える。

「マットの部隊はいつも基地周辺のパトロールをまかされていた。正確に言えば、アフガニスタンは現在戦争状態にはない。だが、いまだに多くの兵士が殺されている。それはさておき、この基地にとあるCIAの人間がやって来た。人を見下げて居丈高に命令ばかりするやつで、まだ機密扱いになっているから本名は言えないんだが、現地ではジョン・スミスと名乗っていた。ま、どこにでもある名前にしたかったんだろ。とにかく救いがたいクソ――」彼がちらっと視線をそらし、またケイを見た。汚い言葉で形容せずにはいられない。「とにかくそいつが、マットにミッションを命じた。まあ、現地ではよくある仕事で、その地方の民兵組織の将軍のボディガード、ただし、いつもとは違うことがひとつあったんだ。何があっても、その将軍の機嫌を損なうな、最上級のもてなしをしろ、とマットは言われたんだ」

今度はケイが顔を曇らせる。「民兵組織の将軍って、情け容赦のない人が多いと聞いたことがあるわ」

「はっきり言って、ほとんどがけがらわしいとしか言いようのない連中だ」ニックが認める。「その中でもこの将軍は最低の部類に入るやつだった。無教養で粗暴、こいつと会ったあとは、たっぷり時間をかけて体を洗わないとこっちまで穢《けが》れた気分になるとマットは言ってた。ある日、将軍と話し合わないといけない用件ができたマットは、パトロール当番の合間に住まいを訪ねた。普段とは異なり、訪問予定を伝えずに、クソ野郎――」彼がまた、ちらっと眼をそらす。「失礼、その将軍の家に到着した」

ケイは、大丈夫、と伝えようとうなずいた。「私は科学者よ。どんなことでも正確な表現を使うように心がけてる。ここまでの話から判断すると、その将軍を表現するのにぴったりの言葉をあなたは使ったんだと思うわ。それで？　マットが突然現われて……？」

「そうだ」ニックはふうっと息を吸い込んだ。「あいつは敷地の中で将軍がオフィスとして使っている建物に入った。オフィスと言っても、壁の漆喰《しっくい》はぼろぼろこぼれ、地面を踏み固めただけの床にはノミだらけのカーペットが敷いてある場所だ。悲鳴が聞こえてきたので、マットが将軍の部屋に駆けつけると――」ニックが唾を飲み、のどぼとけが上下に動いた。「少年がテーブルにうつ伏せに押しつけられ、その将軍にレイプされている最中だったんだ。荒っぽくめちゃめちゃに。少年は泣き叫んでいたが、将軍は顔を上げてマットを見ると不機嫌そうにパシュトゥン語で言った。『てめえ、いったい何してやがる』自分の体の下で泣きわめく少年のことなんて、一向に気にする様子はない。実はアフガニスタンにはバッチャ・バーズィーと呼ばれる制度があるる。性的行為のために思春期ぐらいまでの少年が地元の有力者などに売買されるんだ。公式にはもう存在しないことになっているが、実際にはまだまだそういうことが行なわれている」

「マットはその現場を見たわけね。どうなったの？」少年への蛮行を目撃したマットという男性の苦悩が想像できる。

「マットは、その将軍の顔を殴り、顎の骨を折った。少年を自由にして、体を洗わせた。すると少年は、マットを近くの納屋に連れて行った」ニックがまた、ごくっと唾を飲む。「そこには、二十一名もの少年がいた。年齢は六歳から十歳、全員が足首を鎖につながれていた。恐怖のあまり、叫び声を上げることもできなかったんだ。棒で叩かれた傷痕が残る少年もいたそうだ。マットは全員を解放し、軍の輸送車一両に載せてから、建物内に戻り、将軍のまたぐらを思いっきり蹴り上げた」

ケイは本質的には暴力反対の立場を取る。暴力では何も解決しない、というスローガンは何度も耳にしている。しかし最近、暴力が解決することだってないわけではない、と思うようになってきた。

「偉い！」彼女はそう言ってマットを称えた。

「しかし、話はそこで終わらなかったんだ。悪い方向に展開した」ニックがぐっと顔を引き締める。「基地に戻ったマットは、救出した子どもたちを国際的な援助組織の手にゆだねようと、手配に忙しくしていた。そこへ、スミスと名乗る例のＣＩＡの男が、マットの上官を連れて現われた。スミスは、我々の大切な味方である地元有力者との関係が、マットのせいで台無しになった、すぐに有力者に所有財産を返却しろと、わめき立てた」

ケイの胸にショックが広がる。「所有財産?」

「そうだ」ニックが厳しい表情でうなずいた。「少年たちは、将軍に所有されているモノにすぎないんだ。そう言われたマットは、アメリカ合衆国は百五十年前の南北戦争終結を機に、人身売買を禁じた、合衆国政府は子どもを所有物扱いすることを認めない、と言い返したんだ」

「ジョン・スミスだか何だか、そのCIA職員って、最低ね」

「その最低野郎の説明では、もっと深い事情があるが、マットごときが立ち入る問題ではなかったんだそうだ。マットは壮大な計画の妨害をした、だから子どもたちを返して、将軍に謝罪してこい、と。怯えた小さな子どもたちをまたモンスターのもとに戻せば、肉体的にも精神的にも拷問のような生活を強いることになるのに」

ひどい。「それって軍務上の命令なの? 彼の上官もそう命令したの?」軍務規定の厳しさはケイも理解している。もし上官からの命令に従わなければ、軍務違反であり、場合によっては反逆罪に問われることもある。

「そのあたりがちょっと微妙なんだ。CIAスミスが口頭で命令し、横にいたマットの上官はただうなずいただけだった。スミスに反対はせず、うなずきはしたものの、上官の口から命令が発せられたのではない。しかしマットはすっかり頭に来ていたから、何も言わずに輸送車両に戻り、子どもをそのままカブールにある援助団体の事務所に連れて行った。車の後ろから、CIAスミスは、今基地を離れたら、痛い目に遭わせてやるからな、と叫んだ」

「マットが非難されたの？」ケイは驚いた。

「マットはSEAL全員から支持されたんだが、CIAスミスが〝同盟関係にある現地の重要人物に怪我を負わせた〟としてマットを軍事法廷に告発したんだ。マットが感情をコントロールできなくなって、乱暴したように書き立てて。その重要人物がバッチャ・バーズィー行為をして、少年を何十人も奴隷にしていたことになんて、ひと言も触れずに。民兵組織との協力関係を重視するCIAはそのことで頭を悩ませていたんだ。軍関係者の中には、民兵組織の将軍を殴ってやりたいと考える者は非常に多かった。そこでCIAはマットを見せしめにしようとしたんだ。CIAスミスはマットを軍法会議にかけろと、口角泡を飛ばしたらしい。それでもマットは軍にとって英雄だ。数えきれないぐらいたくさんの勲章を獲得している。そんな英雄を軍法会議にかけたい者は、軍にはいない。また不名誉除隊にするのもあんまりだと軍は考えた。CIAとの協議の結果、マットはその場で軍務を解かれ、除隊が決まった」

「名誉除隊になったの？」

「いや、非名誉除隊。懲戒解雇ではないぎりぎりのところ、普通除隊よりも下だ」

「ひどい！　そんなの信じられないわ」国のために懸命に働き、自分の命も顧みず闘ってきたSEALのメンバーが、不行跡をにおわせるような形で軍を去らなければならないなんて。ケイは自分の耳を疑った。

　ニックがケイの肩をやさしく押し、体を起こした彼女の唇にキスした。

「ああ、そうだ。ひどい話さ。だが、ASI社の全員、マットがどういうやつかを知る者なら誰もが、彼の味方だ。俺たちみんなで、非名誉除隊の決定を破棄させようと頑張っている。あきらめはしない。君が闘い続けるのと同じだ。何かのために闘うか、あきらめるか、どっちかだからな。君も俺も、俺の仲間も、君の友人たち――プリヤンカやマイク・ハマーも、命を懸けて闘った。俺たちはあきらめないし、くじけたりもしない。しかし、今のところは少し休もう。休まないと闘い続けられないからな。このままでは君が倒れてしまいそうだ。そうだろ？」

　彼に瞳の奥底を覗かれている気がした。これでは嘘はつけない。ケイとしてはこのまま調べ続け、科学の世界に泥を塗った犯罪者を突き止めたいと思ったが、疲れきっているのも事実だ。犯人を突き止めたくても、こう膝が震え、脚に力が入らなくなるほど気力も使い果たしていたのでは無理。今体を休めなければ、倒れてしまう。ニックが指摘したとおりだ。

「あなたの言うとおりね」嘘をついても仕方ない。あと三十分このまま続けたら、キーボードに突っ伏して寝ていただろう。ここまで必死で作業を続けてきたが、ついに体のほうが悲鳴を上げたのだ。これ以上頑張っても無駄だ。「今、何時?」

「四時」

「午前、午後?」

ニックは不思議そうな顔でケイを見た。「午前四時だ。つまり君は二十四時間近くノンストップで働いたんだ。さすがに休まないとな」

彼女はこくんと頭を垂れた。

「よーし、いい子だ。何時間寝ればいい?」

ケイはふと彼を見上げた。強そうで頼もしい男性が自分の答を待っている。彼女がどう返事をしようが、必ずそのとおりにしてあげようという決意が彼の顔にみなぎっている。ニックという人についての理解はこの数日で非常に深まった。彼が自分を守ろうとしてくれている、ときには過保護と思えるほどに気を配っているのは知っている。アルおじいちゃんと同じ。そして今のニックが、彼女にたっぷり睡眠を取らせたいと考えているのは明らかだが、それでも無理強いはしてこない。彼女は自立したおとなの女性であり、どのぐらい眠ればいいかは自分で判断できるはず、と信頼してくれている。どんなことに関しても、彼が自分の意見を押しつけてくることはなく、彼女自身が判断するまで待ってくれる。彼女はそれを彼に伝えればいいだけ。

広い通路を進み、いろんな部屋の前を通り過ぎて行くと、彼女は方向感覚を失ってしまった。ニックがいなければ迷子になっているところだ。

「四時間も眠れば、じゅうぶんだと思う」

彼の視線が彼女の瞳を射抜く。それでも彼は反論しなかった。「では、四時間後に、コーヒーと何か食べるものを用意しておこう」

「セックスの神様が、料理もできるなんて。すてき」

「あんまり買いかぶられると困るな。セックスの神様は、うむ、まあそういうことにしておこう。だが料理はみんなイザベルと彼女の助手が作ってくれたものだから」

二人は広々とした寝室に入った。ケイは振り返って正面から向き合うと、彼の首に腕を巻きつけ、つま先立ってキスした。キスに熱がこもってきた時点で、体を離す。セックスすればすばらしいのはわかっているが、疲れきってしばらく身動きもできなくなる。

ニックがシーツをめくった。「さ、入って」この数日の疲労が――恐怖や不安などの精神的なものも含めて、どっと彼女の体に襲いかかってきた。動くのもやっとの状態でベッドに上がる。ニックがすぐにシーツへ入って来るのを感じた。後ろから彼女を抱きしめる彼の体が温かく、壁のように自分を守ってくれている気がした。

ニックが手を伸ばすと、どういうシステムになっているのかはわからないが、部屋がどんどん暗くなっていった。闇とまではいかない暗さの中、彼の太い腕が彼女の胴体に回される。彼はさらに膝を折って体を丸めた。人間毛布みたいだ。ただし、巨大に勃起したものが彼女の背中のくぼみに当たっていた。

「ニック、私——」大きなあくびが出てしまった。

「しーっ」彼の唇を耳に感じる。彼の低い声が背中から伝わりお腹に響く。「君はすごく疲れている。俺はただ、君が眠りに落ちるとき抱きしめていたいんだ。昨日、もう少しで君を失うところだった。だから、ケイ、君を抱きしめていないと不安なんだ」

彼女は、ほうっと息を漏らした。すごく気持ちよかった。欲望はあるが、疲労によって遠くに押しやられた感じ。またあとでいい。そう思った彼女の意識が薄らいでいく。どんどん眠りに落ちていくのだ。けれど、ニックがいてくれるのはわかっている。

「おやすみ、ダーリン」ごく低い彼の声が耳にささやく。その瞬間、彼女は深い眠りに落ちた。

＊　＊　＊

「ケイ、助けて。あなたしかいない」

「プリヤンカ！」

ケイは目をみはった。プリヤンカが戻って来た。きれいで頭がいい、私の親友。

「会いたかったわ。さびしかったのよ」

プリヤンカがふっとほほえむ。「ええ、わかってるわ。何もかも知ってるのよ」

「何もかも知っているのなら、教えてちょうだい。こんなひどいことをやめさせるには、あなたの助けが必要なの。マイク・ハマーは私の目の前で死んだのよ」

「ケイ、私だって死んだわ」

「ああ、わかってる。殺されたのよね。あなたが飲酒運転するはずがないもの」

プリヤンカは悲しそうな顔をした。艶やかなブロンズ色だった肌が、灰のようにくすんだ白になっている。「ええ、お酒なんて飲んでいない。飲酒運転だったことになったの？　私、死んじゃったから反論もできないわ」

ケイは改めて、深い悲しみに包まれた。プリヤンカの死を最初に聞いたときと同じように、悲しみが全身を貫く。「でも今はここにいるじゃない。ここにいて。私の前から消えないで」ケイは必死だった。「一緒に解決しましょう。あなたが必要なのよ、プリヤンカ。私ひとりじゃ、無理」

プリヤンカは一瞬下を向き、すぐに顔を上げた。その顔を見て、ケイは息をのんだ。目のあったところが、空洞になっていた。温かなチョコレート色の瞳があったのに。

人生を謳歌《おうか》し、知性がきらめいていた目はなく、そこにはただ穴が開いているだけ。

「あなたを助けることはできないの」彼女の声が小さくなり、聞こえなくなっていく。

プリヤンカは背を向けて、歩き出した。どこからともなく冷たい風がぴゅっと吹きつけ、プリヤンカの長い髪が揺れる。

嫌よ！　プリヤンカ、ここにいて。あなたがいなくてさびしかった、あなたが必要なの。あなたなら、大量のファイルの中から必要な情報を難なく選び出せるでしょ？

プリヤンカの向かう先にドアが見えた。プリヤンカがドアを開けると、さらにドアが……際限なくドアが続く。ドアを通り抜けるたびに、プリヤンカの姿が小さくなる。

ケイはプリヤンカを追って走り出した。しかし足が前に出ない。動けないのだ。体の自由が利かない。懸命にもがくがどうにもならない。全身が何かに押さえつけられているような。硬くてびくともしないものの中に閉じ込められているみたい。

地平線のかなたに、プリヤンカの後ろ姿が小さな点になっていた。無限に続くドアをどんどんと通り抜けて。

ケイはつんのめるようにして、前に進もうとした。声をかぎりに叫んでみたが、音が出ない。動けない！　話せない！

無限のドアの向こうに、プリヤンカが消えていこうとしていた。最後に振り向いた彼女は、そっとつぶやいた。遠くにいるはずなのに、耳元に直接聞こえる。

「たくさんの人たちが死んだ。むごい死に方だったわ。でもあなたは助かった。理由はわかるでしょ？　死んだ人が教えてくれる。死んだ人は縮こまっていく《クリスパーになる》」

「えっ？」

「クリスパーよ。みんなクリスパーになるの」そして声は聞こえなくなり、向こうに見えていたプリヤンカらしい小さな点が消えた。

　あたりを凍らす冷たい風が、プリヤンカのいなくなった世界で吹きすさぶ。

「クリスパー！」突然プリヤンカの大きな声が、ケイの耳の中で響いた。怒りと恐怖に満ちた声だった。その場に倒れ込むケイをごうごうと風ともプリヤンカの悲鳴ともつかぬ何かが襲った。

＊　＊　＊

　はっと飛び起きたケイの心臓は、大きな音を立てていた。まだ耳には悲鳴が残る。ニックが片方の腕で彼女をしっかりと抱き寄せ、反対の手には黒くて大きな銃を握っていた。闇の向こうを見つめ、視線の先に銃口を向けている。

　彼女は汗びっしょりで脈も速く、ニックの全身には力が入り、緊張が伝わってきた。先に緊張を解いたのはニックだった。体の力を抜き、銃をナイトテーブルに置く。

こんなところに彼が銃を置いていたとは知らなかった。

「ごめんなさい」強ばった声でつぶやく。「夢をみたの」

「いいんだよ、ハニー」ニックはそう言って、頭のてっぺんに口づけしてくれた。「だが、俺もびっくりしたよ。すごく悪い夢だったんだな?」

彼女もリラックスして、ベッドに起き上がった。彼女の側のテーブルには水のボトルとコップが置いてあった。銃よりはこっちのほうがいいわね、と彼女は心の中で思った。震える手で水を注ぐと、ニックがコップを持つ手を自分の両手で支え、彼女の口元まで運んでくれた。ごくごくと水を飲む。

「ひどい夢だった」彼によりかかると、岩のようなどっしりした感じが頼もしかった。悪夢のせいで全身が凍りついたが、背中から伝わる彼の体温が徐々に彼女の体を温めていた。「悪夢というのとは違うのよ。ただ、悲しくて辛かった。プリヤンカが去って行くの」

ああ、そういうことだったんだな、とケイは思った。プリヤンカの霊がこの世を離れていったのだ。ケイを助けようと、しばらく地上に留まっていたのだろう。終わりのないドアを抜けた先には、あの世が待っていたのだ。ケイはまた喪失感を覚え、ぶるっと震えた。思い返してみれば、確かにプリヤンカの死後も彼女の存在を感じていたような気がする。プリヤンカはケイを助け、導いてくれていた。けれどもう——ケイは完全な虚無感に包まれた。

　プリヤンカはいない。永遠に戻って来ない。

「彼女はもういないんだ」ニックがケイの心の内を口にした。非常に低い声で、耳で言葉を認識するというより、体に伝わる振動で感じ取った。

「ええ」胸が詰まる。「わかってる」言葉にするのが辛かった。

　言葉。プリヤンカとの会話はいつも楽しかった。リラックスすると、彼女はとてもおしゃべりになった。仕事中は完全に集中して無駄口など叩かないのに、普段の彼女は懐の深い、魅力的な女性だった。そう言えば、夢の中の彼女の最後の言葉が奇妙だった。クリスパー。

　夢の中の光景がケイの記憶に強烈に刻まれている。最後の悲鳴もはっきりと耳に残っている。

　クリスパー。

　ケイは、はっと体を強ばらせた。

「どうした？」ニックが少し体を離して、顔を曇らせて彼女の様子をうかがう。

「ク、ク、クリスパーよ」

「何だ、それ？」

　彼女はニックのほうを向いたが、彼の姿は目に入っていなかった。遠い目で記憶をたぐる。

「ケイ?」

「クリスパー」彼女の頭の中で、その言葉が行ったり来たりする。ああ、そうだ。プリヤンカはあの世に旅立つ前に、謎を解く鍵を渡しに来てくれたのだ。

クリスパーとは、CRISPR‐キャス9のことだったのだ。ウィリー・モレルには遺伝子学についての知識がない。CRISPRを使ってゲノム編集をする方法を知らなかった可能性が高い。しかし、別の人間が彼女の頭に浮かんだ。心当たりのあるその遺伝学者なら、ゲノム編集によって別のDNAをウィルスに埋め込む技術を持っている。

しかし……ああ、そんな。

ケイはニックを押しのけるようにしてベッドから出た。愛用するようになったジャージの上下を着て、さっき作業していた部屋へと走り出した。興奮でじっとしていられない気分だ。

大きな広場になっている場所に出たところでニックが追いついた。「ケイ、クリスパーって何だ?」彼が眉をひそめてたずねる。

「CRISPR‐キャス9という装置のこと。これを使えば、DNAの二本の鎖を切断して、ゲノム配列の任意の場所を削除、置換、挿入し、遺伝子を改変できるのよ。

ＣＤＣにこの装置があるって、ジョンに説明してたの、覚えてない？　さっきの部屋に行きたいんだけど、どっちに行けばいいの？　プリヤンカがヒントをくれたのよ」

「こっちだ」死んだはずの女性からヒントをもらった、という話をばかばかしいと詰問することもなく、ただ彼女を案内する。彼にキスしたいところだが、興奮しすぎてふらふらするので、それもできない。廊下の角をいちど折れ、別の通路に進むと、ニックがドアを開けた。ああ、ここだ。さっきまでここにいたのだ。立ち去ったときのままになっている。

　彼女はまっすぐにコンピュータの前まで行き、椅子に座り、ルートディレクトリを開いた。

「Ｈ１Ｎ１亜型ウィルスに特定の個人のＤＮＡを埋め込むには、ＣＲＩＳＰＲ‐キャス９を使う必要がある。ただそれは、ゲノム編集技術のある人にしかできない作業で、ウィリー・モレルにはそんな技術はなかった。彼はウィルスの専門家で、遺伝子学者じゃないのよ。ＣＤＣのＣＲＩＳＰＲ‐キャス９の使用記録を調べれば、誰がゲノム編集をしたかがわかるはず。ただ、調べなくてももう見当はついてるの。それは――」

　あとの言葉は、グランジ全体を揺るがす大爆発の音にかき消された。

10

「ケイ！」ニックは叫びながら、できるだけ彼女の体に衝撃がないようにと、飛びかかるようにして彼女に覆いかぶさった。グランジの床が揺れるのだから、相当の破壊力だ。ここは技術の粋をつくして、頑丈に作られているのだから。

揺れは収まり、頭上から落ちてくるものもない。ただ、また爆発があるのだろうか？

彼はケイを引き寄せて立ち上がり、彼女の手をつかんで走り出しながら、もう一方の手で携帯電話を操作した。ＡＳＩ社員すべての携帯電話から、二人のボスをすぐに呼び出せるようになっている。ジョン・〝ミッドナイト〟・ハンティントン、あるいはダグラス・〝シニアチーフ〟・コワルスキは、いつなんどき、何をしている最中であろうが、この番号にかかってきた電話にはすぐに対応するようにしている。ちょうど今、シニアチーフは出張でいないので、ニックはミッドナイトに電話した。

一回呼び出すかどうか、というタイミングでミッドナイトの声が聞こえた。「ニック、状況報告」

確かに、世間話みたいなことで呼び出す番号ではない。

「グランジが爆撃されてる。敵の正体は不明、使用されている武器もわからない。これからケイを避難室に匿い、俺は地上に出る」

「一分後にこちらから連絡する」ミッドナイトはそれだけ言うと、電話を切った。

ニックは壁のとある場所までケイを案内した。「ハニー、ここだ」

何の変哲もないただの壁を見て、ケイが目を丸くする。「ここって？」彼女がパニックに陥っているのでは、過呼吸になってはいないかとニックは心配したが、大丈夫そうだ。よーし、いいぞ。頭がいいだけじゃないんだな、と彼女の度胸のよさを誇らしく思った。

壁の秘密の場所に手を入れると、引き戸が音もなく開いた。同時に壁の向こう側が照明で照らされる。ここがどういう場所なのか、ニックにはわかっている。かなり広くて快適な空間であり、独立した電力が供給され、換気も他とは別系統で、食料と水、その他の日用品などが用意してある。また他とは別の武器庫もある。

ここがどういうところなのかを説明している暇はない。彼女ならすぐに理解できるだろう。その間、彼女の身の安全を確保するのが彼の責任だ。

何も言わずに彼女を中へ入れようとしたが、やはり簡単に話くらいはしておくべきかと思い直した。「ここは避難室なんだ。ドアを破ることはできないが、出るときには、ドアの横の操作パネルに2001と打ち込めばいい。ただし、俺がドアの向こうに迎えに来るまでは、外に出ないでもらいたい。俺は外に出て様子を探る」

「私に何か、お手伝いできることはない？」

ぶるっと震えそうになるのを、ニックは懸命に抑えた。ケイを攻撃にさらすだなんて、とんでもない。「いや、まったくない。ここでじっとしていてくれればいい。この内部なら安全だ。俺たちには君の頭脳が必要だ。俺はただ力仕事をするだけだから」

「わかった」彼女はニックの目を見つめ、言外の意味を読み取っている。「あなたの邪魔はしたくないわ。ここでじっとしてる。だから私のことは心配しないで」

何てすばらしい女性だろう、と彼は思った。出会えたことが奇蹟のような、絶対に放してはならない人だ。これまでの生活のすべてを失い、親友を亡くし、目の前で信頼した男性が殺されるところを目撃した。それなのに、自分の心配はしないでと訴える。ニックは彼女にキスし、銀行の金庫室のような扉が閉まるのを待った。壁の引き戸を出ると、いちばん大きな武器庫へと駆け出す。

携帯電話が鳴った。会社からだ。「おう」

フェリシティの声が聞こえたが、テレビ電話ではなく音声のみだった。「上空にドローンが一機。マイクを襲ったクワドコプタージゃなくて、もっと大きいの。通信衛星の映像を借りてるだけだから、画像できれいにとらえられていなくて、タイプまではわからない。ただ、ミサイルを搭載しているみたい。あなたの頭の上に落としたのは、そのひとつじゃないかと――」

これがフェリシティでなければ、いや、言われなくてもわかってるよ、と言い返すところだが、これまで懸命に力になってくれたフェリシティに対して、そんなことは言えない。ニックのためにも、他のみんなのためにも、彼女はいつだって献身的に働いてくれているのだ。

入口のエレベーター前を通ると、煙が下りてきていた。

「そのミサイルで、ジョンの山小屋とあなたの乗って来たSUVが跡形もなく消えちゃった。敵が何者かはわからないけど、かなり手ごわいやつらね」

「うむ」それ以上は言いたくなかった。敵に回すと手ごわい相手が、ケイの命を狙っていると思いたくない。「あと何発ミサイルが残っているか、わかるか?」

「不明」フェリシティのがっかりした声の背後に、メタルの太い声がくぐもって聞こえる。「ドローンの下部が見えないからはっきりしないけど、うちのダーリンが言うには、大きさから見てもう一発残っているんじゃないかって。断定するだけの根拠はないけど、こういうことに関しては、メタルはたいてい正しい。私は素人だから、何とも……あ、ニック、メタルがね、自分の判断が間違っていて、そのせいでニックを危険にさらしたら申しわけない、って言ってる」

「俺はメタルを信じる。ドローンはフリアーを装備してそうか？」フリアーとは前方監視型赤外線のことで、つまり遠赤外線を感知し温度差によって敵がどこにいるかを捜索する装置だ。ニックが森の中に隠れても、周囲との温度差で居場所を知られてしまう。

メタルの声がしっかり聞こえた。「こういうタイプのドローンは、俺も初めて見る。英国陸軍が使う〝ワッチキーパー〟より少し小さいかな。動きを見てると、フリアーを装備してそうだな。その場合、逆にこっちに有利だ。武器庫には対フリアー用のボディブランケットがあるから」

「高度は？」

キーボードを叩く音。「約千メートルの上空を、反時計回りに旋回中」

ニックは頭の中で計算してみた。かなり難しいが、不可能ではない。「速度は？」

また、カチャカチャと音がする。「時速約百三十キロ」

武器庫に入ったニックは、通信用のヘッドセット、対フリアー用ボディブランケット、ケブラー板補強の防弾着、さらに50口径ボルトアクション式対物ライフルのマクミランTAC－50を手にした。装備品の管理はジャッコが担当する。どんなときも。

だからこのライフル銃も完璧なコンディションにあるはず。ニックは何の疑いも抱かなかった。

ドローン・ディフェンダーをSUVの中に置いたままにしていたのが、悔やまれる。あれさえあれば、ドローンをこちらの思いどおりに操れるのに。

失敗だ。

ニックは手りゅう弾をつかみ、武器庫を出た。

「これから北側非常口に向かう。山小屋が破壊され、メインの入口は使えない。ドローンが通りすぎた瞬間に出るから、教えてくれ」正確なタイミングを見計らわなければならない。

「了解」メタルが言った。

地上までエレベーターで上がったニックは、ドアを開かずにメタルの報告を待った。

「北北西、百五十メートル」メタルが教えてくれる。「俺の計算では、次に上空に来るのは四分後だ」

ボタンを押すとドアは静かに開き、ニックは外へと出た。グランジのセキュリティは非常に複雑で、出入口のカムフラージュには特別の配慮がなされている。まさかと思うような場所に、まさかと思うような警報システムが設置してあるのだ。

山小屋周辺半径四十メートル内は、ただの踏みならした土のような地面だが、実はここにはモーションセンサーが張りめぐらされている。意味もなく立っているだけに見える棒からは、レーザー光線が出ていて、それをさえぎるものがあれば、ＡＳＩ社本部に通報される。

さらにその外周四十メートルは、上空からは一見普通の空き地としか思えないだろうが、カムフラージュ用ネットに覆われている。そのため、地上にいるニックからは上空をはっきり観察できるが、彼の姿をドローンがとらえることは不可能になる。したがって、彼はそのネットのあるところまで対フリアー用ボディブランケットで体を隠して移動すればいいわけだ。

ノー・プロブレム。

ニックはさっとネットの下へと駆け出した。軍用の精密な双眼鏡で上空を捜す。いたぞ！　小さな金属の物体、おそらく機体の大きさは十メートルぐらいか。光を反射しないように表面にマット加工が施されてはいるが、それでもニックには見えた。しっかり捜さないと見逃してしまいそうな機体。間違いなくあれだ。レーダーでは探知できないようにしてあるのだろうが、肉眼ではとらえることができる。ステルス攻撃機とはそういうものなのだ。もちろん夜間であれば、肉眼でも見えない。しかし今は西に傾きかけた太陽がさんさんと輝いている。ドローンはゆっくりと東に向けて旋回する。いいぞ。逆光になっても地面の映像をとらえられるように、カメラは自動的に露出調整をするだろうが、その結果若干焦点がぼやけるはずだ。

　ネットの下でうまく身を隠せるところを捜す。彼の感覚では、ドローンが上空に来るまであと三分を少し切ったところ。いいだろう。三分間で安全に身を隠せるところが見つけられなければ、爆弾を落とされるのはわかっているが、それも仕方ない。

　急ぎ足で南に回り、森と空き地の境界を調べた。するとすぐに理想的な場所が見つかった。巨大なオークの古木があり、その幹にぴったり体を寄せていれば大丈夫そうだ。稀《まれ》に見るほど高くそびえる木だった。

　太く伸びる根から地面に向けて薄いウレタンシートを広げ、その上にTAC‐50を置く。ライフルのすぐ右側には弾薬を丁寧に並べる。脚を組んでシートに座り、頭から対フリアー用ボディブランケットをかぶった。

「すごい」ヘッドセットを通じて耳にフェリシティの感嘆の声が届く。「ニックの姿が確認できなくなったわ。ごく小さな熱源はとらえてるけど、これなら小動物だと思われるはずよ。たぶん、鼻先がブランケットからのぞいてるのね。でも、完璧」

「必ず仕留めろよ」メタルが威嚇的な声を上げた。

「了解」ニックは、背中に当たるものがないように気をつけながら、姿勢を決めた。

　そこでじっくり周辺を観察する。山小屋は吹き飛ばされ、ぽっかり穴が開いて一面黒焦げだ。穴から小さな破片が飛び出していて、ブラックホールが星くずを発しているみたいに見える。

　乗ってきたＳＵＶは横転し、その姿は傷ついた動物を思わせる。ただ、これはＡＳＩ社の車なので、非常に強力な装甲がなされている。まっすぐに戻すことさえできれば、まだ運転できるかもしれない。底部は補強され、シャシーも硬い金属、タイヤはパンクしてもそのまま走れる。遠くからドローンを操ってここを襲った敵は、中にいた者をミサイルで殺し、もし生き残った者がいたとしても、逃げる手段をなくしたと思っているはずだ。ふん、驚くなよ、と彼は心でつぶやいた。

　彼はライフルを構えたのだが、ふと眉をひそめた。何の音だ？　葉っぱが風でこすれるような——しかし、今は無風状態だ。それに、一定のリズムがある。いったい何が——。

　メタルの声がヘッドセットから大きく響いた。「ニック！　逃げろ。このドローンには、スナイパー機能が備ってるぞ。今すぐ、その場所から離れろ！」

「できない」ニックは静かに告げて、ライフルを肩に載せた。

「くそ、いいから俺の言うことに従え！　大型のドローンだから、機銃掃射ができるんだ。狙いを定めなくても、その近辺一帯に雨みたいに銃弾をまき散らせば、おまえに当たる可能性は高い。当たればすぐに失血死するぞ」

「グランジの中にはケイがいる。もういちどミサイル攻撃を受ける可能性があるのに、おまえならフェリシティを残してこの場を離れるか？」

沈黙。「わかった。おまえの言い分はもっともだ。とにかく撃ち落とせ」

「了解」ニックはライフルのスコープを覗いた。ケイを狙っているやつは、権力も財力もあるようだ。つまり大勢の人たちに危害を加える能力があるということだ。ニックはこれまで、そういう悪党どもをやっつけることを仕事にしてきたわけだが、今回の相手は大きな間違いをしでかした。ケイを殺そうとするなんて。ケイを殺すなら、その前に俺をやっつけないとな、と彼は思った。そして、ASI社の全員が、ニックに手を貸してくれるのだ。

もし自分が殺されても、ASI社がケイを守ってくれるのはわかっていた。今回の問題も、いずれASI社が解決するはずだ。そもそもケイは、フェリシティの友だちで、アル・グッドカインドの孫だ。ケイの身に危険がおよぶことはない。

そうだとしてもなお、ニックは自分でケイを守りたかった。彼女と一緒に人生を歩んでいきたい。この攻撃に負けずに生き残り、二人で悪者をやっつけたい。そいつが持つすべてを、俺が――。

よし、来たぞ。

大きなワシみたいに、ドローンはゆっくりと旋回し、ニックのいるほうへと戻り始めた。ニックが狙いを定めようとしたその瞬間に、ドローンがぴょこんと跳ねて、彼の頭上に移動した。スコープで見る映像は鮮明だった。スナイパーとしての彼の脳は射撃に備えながらも、分析官としての脳はドローンに関する情報を記憶していた。

スコープに録画装置がないのが残念だ。あれば本部に戻った際に、ドローンの底部をじっくり調べられるのに。まあ、いい。目視で確認する時間しかない。ミサイルは二基搭載できるらしく、一基はまだ発射できる状態だ。

突然、またダ、ダ、ダ、という音が聞こえてきた。ドローンが、あたり一帯を機銃掃射しているのだ。ミサイルを発射するのは、機銃掃射のあとなのだろう。

ドローンを操作している敵の目には、生存者はいないと映っているはずなのだが、念のために、ということか。絶対にケイを殺しておきたいらしい。

この俺がいるんだぞ。そうはさせるか。

ニックは呼吸を整えた。落ち着いて指を絞る。力を入れすぎないように、引き金のばねを感じる。呼吸がゆっくりになると、脈も遅くなった。銀色の飛行物体が自分の頭上を旋回するところをスコープで追う。

来い、こっちだ。

鼓動がゆっくりと落ち着く。

スコープが画面いっぱいに、ドローンの姿をとらえた。機銃掃射はどんどん近づいてくる。オークの木の葉が飛び、地面では土煙が上がり、ＳＵＶの車体には穴が開けられていく。その音すべてをニックはシャットアウトした。掃射はいよいよ接近し、木の切れ端が体に当たる。

彼はさらに心拍数を落とした。どくん。一拍。どくん。

心臓が脈打ち、そのあと、一拍数えて、彼は引き金を引いた。対フリアー用ボディブランケットが吹き飛ぶのと、スコープの中でドローンが吹き飛ぶのは同時だった。TAC-50から発射された銃弾はおよそ３００Ｎｍの圧力で対象物に激突する。ドローンは飛行時間を伸ばすため、軽量の金属を使用するから、当たればひとたまりもない。

ニックはその後十秒間、木の幹に身を寄せ、破壊された金属片がすべて地上に落ちるのを待った。ただ、ボディブランケットも穴だらけで、もう使えそうにない。

「お見事」耳にメタルの声が聞こえる。「ＦＢＩに行っても、腕は鈍らなかったようだな」

返事より中に戻るほうが優先だが、ボディブランケットなしでは、うかつに動けない。「フェリシティ、ドローンはもういないだろうな？　ボディブランケットがないんだ」

「いない」一瞬の間のあと、彼女が付け加えた。「でも、敵が衛星映像で監視を続けている可能性はある。カムフラージュ用のネットからいちばん近い非常口は使える?」

ニックは足を止め、今いるところから山小屋の裏手にあたる方角を見た。そこまで行くとなると遠いが、使えそうだ。「そっちに向かう。至急ケイをここから連れ出す。地下トンネルを使うが、その後も上空から監視されにくい脱出ルートを捜してくれ」

カチャカチャ。「ルートの検討はメタルが今やってる。ジャッコと確認の上、そっちに連絡させるわ。私はこのまま上空を見張っておく」

一分後、メタルの声が聞こえた。「とりあえず、第二サーバファームの入口まで行ってくれ。そこにマットを待たせておく」

山小屋の裏側だった場所にある非常口には、車両も出入りできるようにらせん状のスロープが設けてある。エレベーターを待つより、スロープを走り下りたほうが速いと判断したニックは、いっきに四階分を駆け下りた。ケイを待たせている場所とはまったく異なるセクションに出たが、見取り図は完全に頭の中に入っているので、難なく避難室の前に移動した。壁に手を当て、引き戸を開ける。

「ニック!」室内に入ると、ケイはまだコンピュータの前で作業していた。それでも頑丈な扉が開いた瞬間に頭を上げ、ぱっと顔を輝かせた。さあ、今日はクリスマスで、イースターで、君の誕生日だ、とでも言われたように。死の恐怖と隣り合わせなのに、すべてを失ったのに、それでも彼女はニックを見たら、飛び上がらんばかりに喜んでくれる。

実際、彼女は椅子から飛び上がって、駆け寄ってきた。ニックは彼女を抱き留め、その体を引き寄せた。彼女の髪に顔を埋め、全身で彼女の体温を感じ取る。

もし万一、彼女を土に葬ることになったら、どんな感じなのだろう。この温かさや美しさ、そして知性が永遠に失われる感じとは……彼女の頭のてっぺんに顎を載せ、ニックは強く彼女を抱きしめた。

ケイを狙うやつは、抜け目がなく、一流の装備をそろえるだけの財力を持っている。だから、ここでぐずぐずしてはいられない。ただ、この一瞬だけはどうしても彼女を抱きしめていたい。

ケイのほうから体を離し、ニックを見上げる。

「無事に戻ってきてくれたのね！　よかった。上では何があったの？」

「ドローンだ。無人攻撃機と呼ばれる大型のもので、ミサイルが搭載されていた。おまけにスナイパー装備まであり、機銃掃射が可能だった」

彼女は顔を蒼白《そうはく》にして、目を大きく見開いた。「そ、それ、まだ上空にいるの？」

「いや、俺が撃ち落とした。フェリシティとメタルが、監視を続けてくれているが、別のドローンがまた現われるかもしれない。だから、すぐにここを出ないと。今すぐだ」

ケイは彼の瞳の奥を探っていた。そして納得したのか、うなずく。「私たち、またここに戻って来られる？」

「たぶん」そう言ってから、彼は考えた。今回の問題が解決したあとも、彼女をけっして放しはしない。これからずっと俺のそばにいてもらう。「いや、必ず戻る。さ、今はとにかくここを出よう。走るのは得意か？」

彼女がほほえんだ。「ええ。もちろん、元ＳＥＡＬと駆けっこして勝てるほど速くはないけど、足手まといにならないぐらいには走れるはずよ」

彼はただ笑顔を返した。感動で胸がいっぱいだったのだ。説明しようのない強い感情の波に洗われているみたいだった。すごい女性だ。これが俺の女なのだ、と実感する。文句も言わず、自分でできるかぎりのことをしようと、努力する人。

よし、俺だって、俺にできるかぎりのことをしよう、彼は改めて心に誓った。

「これから長いトンネルを抜け、サーバファームを二つ通過する。トンネル内はかなり暗いし、サーバファームは寒い。しかし、地下通路が長いので、ここからはじゅうぶん離れた場所に出られる。途中で仲間が出迎えてくれる。ほら、さっき話したやつさ」

「民兵組織の将軍の顎の骨を折ったＳＥＡＬのこと？　小児性愛者をやっつけた、マット・ウォーカーって人？」

「そう、まさにそいつだ。マットはしばらく現場仕事からは離れていたんだが、ＡＳＩ社が連絡を取り、入社することになった。マットが俺たちを待っていてくれるんだ。さ、準備はいいか?」彼は手を差し伸べた。

ケイは彼の手を取ったが、美しい顔には厳しい表情を浮かべていた。「ここから脱出したら、私はウィルスを兵器化した黒幕を追及する。誰なのか見当はついているんだけど、ファイルを最後まで調べられなかったの。私の考えるとおりの人物だったら、絶対に許さない。自分の手でその男の首を絞めてやりたいところよ」

おお、ケイにしては暴力的な言葉だ。

驚いた気持ちが顔に出てしまったのか、ケイは安心させるようにニックの手をぎゅっと握った。「さ、行きましょ」

確かに。もう行かなければ。彼は軽いジョギングのペースで走り出した。これから数キロ走らなければならないから、この段階で彼女を疲れさせてはいけないと思ったのだ。しかし、彼女が結構速いペースでもついて来るのがわかって、少し驚いた。

非常に広い居住区をいっきに駆け抜け、二人は壁の小さなドアの前に立った。ニックがコードを打ち込むとドアが開き、目の前に暗い通路が開けた。ドアを閉じてから、二人はまた走り出した。

本来このトンネル内は自動運転のカートで移動するようになっていたのだが、この部分にはカートはまだ設置されていない。照明も暗いが、埃や蜘蛛《くも》の巣だらけではないのが救いだ。自動掃除機が内部を毎週きれいにしているのだ。

トンネルの先にはサーバファームがあり、トンネル内や第一サーバファームは常時摂氏五度以下になるように設定されている。二人の吐く息が白く顔を包む。冬、雪の中でマラソンしている感覚だ。トンネル内をまっすぐに向こう側の壁まで走り続ける。ちらっと横を見ると、ケイは、はあはあ、と荒い息を吐きながらも、しっかりついてきていた。彼のほうは全力で走っているわけではないが、このスピードなら上等だ。早く到着できるだろう。

長いトンネルが終わり、壁に突き当たると、ニックはまたコードを入力し、ドアを開けた。すぐに走り出そうとするケイを、彼は押し留めた。

「ここから先は楽だぞ」ドアが閉まると、電動カートが通路の端にあるのが見えた。サーバファームは巨大で、通路の奥のほうは暗くて見えない。彼はさっと手を広げてカートを示した。「こちらに乗りものを待たせております。どうぞ」

乗り込むとすぐにニックはボタンを押し、エンジンをスタートさせた。運転する必要はない。カートはサーバファームの端から端までを往復するようにプログラムされており、五キロ近くもある距離を二人を乗せて自動的に運んでくれる。速くはないが、これだけの距離を走らずに済むのはありがたい。

室内は非常に乾燥し、寒い。コンピュータ機器には理想的な環境だが、人の体には辛い。だからサーバファームを訪れる人は少ない。

ケイは震える体をニックにすり寄せてきた。「ほら、これを」座席の後ろから薄くて暖かな毛布を取る。二枚あったので、一枚を二人の膝の上に、もう一枚を一緒に首にかけ、そのあと彼女の肩を抱き寄せた。

「ありがと」ケイがきょろきょろと前後左右を見回す。どこを見ても同じ光景だ。暗い照明の中で何の特徴もない通路が延々と続く。「ここは何なの?」

時間があるから、説明しておこう。まだ危険な状況を脱したわけではないが、電動カートが通路の終点に到着するまで、何もできない。

「フェリシティのアイデアで始まった新事業だ。さすがは、天才だよ。彼女は以前から、ASI社もクラウドコンピューティングのビジネスを始めるべきだと強く主張していて、そのサービスを利用するクライアントには絶対と言えるほどのセキュリティを供給できるようにしようと考えた。そのためにサーバファームを二つ作り、ひとつはエアギャップ、つまりインターネットとは接続しない独立したものにしたんだ。クライアントのファイルなどは第一サーバファームにアップロードされ、コンピュータウィルスがないか、ハッキングされやすい脆弱《ぜいじゃく》性はないかなど、徹底的にチェックされたあとで、大容量の記憶媒体に収められる。その記憶媒体は、三十分ごとにこの電動カートで第二サーバに運ばれる。第二サーバはインターネットに接続していないので、ハッキングされない。これまでも、今後もないはずだ」

ケイは笑いながら、首を振った。「フェリシティってすごいわよね。ASI社では好待遇を受けて当然よね」

ニックはほほえんだ。「ああ、お姫さま扱いだ。それにもし、彼女と接する際に尊敬と崇拝に満ちあふれた態度を示さなければ、メタルに鞭《むち》で打たれるだろうし。二人のボスも彼女には非常に感謝してる。彼女が生み出したビジネスだけで、年間一千万ドルの売上になるんだ。今もどんどん売上は伸びていて、来年は千四百万ドル超のビジネスになるはずだ。おまけに、彼女はオフィスで俺たちの仕事を完璧に支援してくれる」

「でも、子どもが生まれたらどうなるかしらね。双子で、おそらく男の子なんでしょ？」ケイは首を振った。「それだけでも、大変な仕事よ」

「フェリシティなら何とかするさ。それに、ボスたちは会社に保育所の設置を検討中なんだ」

ケイはびっくりした顔になった。「保育所？　ASI社に？　タフな男たちの場所に？」

「まあな。タフな男も、タフな面を隠すときがあるから。娘と一緒にいるときのミッドナイトの姿を君にも見せたいよ。ミッドナイトは俺が知るかぎり世界一タフな男だけど、娘の前だとめろめろだ。奥さんのスザンヌがタフな女性でよかったよ。それにシニアチーフの奥さんのアレグラも妊娠したらしいって話だし、ジョーのところも早く子どもが欲しいと言ってる。そうなれば、会社専用の保育所を作るのは合理的な話だろ？　そこに子どもを預けられるのなら、全員が安心して仕事に励めるんだから。会社内にはもうスペースがないだろうから、会社のある同じ通りに作ろうか、って話だった」

「そこも攻撃を受けても大丈夫な設備にするんでしょうね？　防御担当は誰？」

「メタルとジャッコだ」そう言ってから、ニックは横を見た。「ああ、冗談だったのか？」

「ええ、そのつもりだったんだけど、ほんとに攻撃に備えた保育所を作る気なのね。きっと保育士さんたちは格闘術の訓練を受け、全米一、いえ世界一安全な保育所になるんだわ。有史始まって以来の、どんな攻撃にもそなえた保育所ってとこかしら。CDCでも敷地内に託児所を作ろうか、みたいな動きもあったんだけど、何せ危険なウィルスを扱う場所だから、立ち消えになって……」

かねてから考えていた話題を持ち出すのに、いいタイミングだ。ただ、どう切り出すべきか？　自分の手に預けられた、彼女の華奢だがしっかりした骨格の手を見る。

この手が人の命を救うのだ。「わかっていると思うが」彼女の指をいじりながら口を開いた。「君はもうCDCには戻れない。あそこでの君のキャリアは終わったんだ」

単刀直入すぎたかもしれないが、これが事実だ。この生物兵器計画に関与した者全員を逮捕できたとしても、内部告発者はその組織では冷遇される。CDCにいるかぎり、彼女は同僚から常に警戒の目で見られる。彼女を信頼する者はいないだろう。最終的にはくだらない作業だけを命じられて窓もない部屋で仕事をすることになり、そのまま退職の日を迎える。それも、クビにならなければ、の話だ。

彼女はつないだ手を見下ろし、しばらく黙っていた。やがてため息混じりに静かに話し始めた。「わかってるわ。そうなることは、最初から覚悟していた」

それでもなお、彼女は内部告発者になる決意を固めた。自分の人生がめちゃめちゃになると知りながら。そこまで自分を犠牲にする人がいるとは信じられないが、彼女はそうすることを選んだ。彼女への尊敬の念が、さらに深まる。

「ちょっと聞いてほしいんだが」ニックは彼女の手を自分の口へと運び、やわらかな甲にキスした。「ASI社は今、生物兵器の取り扱い能力を高めようと考えている。実はこれまで、コンゴとパキスタンでの生物兵器絡みの仕事の依頼が来たことがあったんだが、断らざるを得なかった。必要な機器がそろっていなかったし、そもそもどういう機器を用意しておけばいいのか、相談する専門家がいなかったからだ。大昔に買った化学防護服はあるが、生物兵器に対してそんなものが有効だとは誰も思っていない。そこで、だ。君がコンサルタントとして働いてくれるのなら、ＡＳＩ社は大喜びで君を迎えると思う」

「ほんとに?」彼女がうっすらと笑みを浮かべる。

するとと彼の心臓が、どきっと音を立てた。「ああ、ほんとに。実際——」

電動カートががくんと止まり、二人の体は前につんのめった。ニックはさっと腕を伸ばしたが、そうでもしなければケイはカートから振り落とされていただろう。

またもや失敗だ。のぼせ上がっていてはだめじゃないか、と彼は自分を叱った。もしかしてケイがこのままポートランドにいてくれるかもしれない、と思うとうれしくて警戒を怠っていた。非常勤にせよ、ＡＳＩ社で彼女が働いてくれれば、そしたら一緒に通勤して……。

しかし、彼女が死んでしまってはそんなことは不可能だ。それを忘れていた。冷たい土に返したあとでは、おはよう、と言っても意味はない。

とにかく、カートは止まった。第一サーバファームの端に到着したのだ。

気持ちを切り替えたニックは、さっとカートから降り、彼女が降りるのに手を貸し、壁のドアを指差した。彼女がハンドルバーを押す。

ドアが開いた瞬間、彼女は声をかぎりに悲鳴を上げた。

ニックは心臓麻痺を起こしそうになりながらも、彼女の体をかばうようにドアの向こうへ突進した。

11

トンネル内を進むあいだ、ケイの頭の中で、いろんな思いが交錯していた。実際にどうするか、ということだけでなく、不安、喜び、恐怖、慈しみ、そういった感情がないまぜになっていた。そんな状態なら、どんな人間でも神経質になるはずだ。

ニックの言葉で、自分のこれまでの生活は喪われてしまったのだと改めて思った。友人として仲よくしていた同僚も、仕事も、彼女にはもうない。彼女にとっては美徳の象徴みたいだったあの職場では――みんなが人の命を救おうと懸命に働く場所だったはずなのに、実際にはおぞましいことが行なわれていた。血と強欲に穢されていたのだ。

自分にとってのCDCがなくなってしまったのは悲しい。同時に、激しい憤りを覚える。腐敗した男たちがCDC本来の崇高な使命に泥を塗った。その償いは必ずしてもらう。特に、そのうちのひとりには――まだ彼が黒幕だという確証はないが。

ただ、一方で、自分にはよるべきところがないのだな、とも感じる。自分がどこにも所属していないという感覚は不思議なものだが、実際に孤児みたいなものだ。両親が死んだという知らせを聞いたときにも、同じように感じた。自分の世界が突然足元から消えてしまう感じ。目の前には冷たくて暗い迷宮があるだけ。

自分が愛し、頼りにしていたものが消えたのだ。

そんな彼女に、ASI社が職を提供してくれるかもしれないよ、とニックが言ってくれた。外部コンサルタントとしてでももちろん構わない。仕事ができると思うと、希望がふくらんできた。会社にはきっと貢献できるはず。そして人の命を救う役に立つのだ。ASI社のエージェントにはほとんど全員会ったことがあり、みんな好きだ。スザンヌ、アレグラ、ローレン、イザベル、サマーといった女性たちも、みんな感じがよくて魅力的だ。

そして、フェリシティは今、いちばんの親友だ。

さっきまで、将来のことなんてまるで考えていなかった。未来というものの前に、大きくて灰色の壁が立ちはだかり、その向こうに何があるかなんて、まったく想像できなかった。今、現在の状況があまりにひどいから。けれど、ニックのおかげで、未来を考える余裕ができた。

ASI社で働く未来。悪くない。ニックと一緒の未来。すてき。

二十四時間後にも生き残っていたら、考えよう。ただ、生き残れるとはかぎらない。

悪者に命を狙われているのだ。敵は、ハイテクで殺傷能力の高い、テロリストが使うような武器を用いて自分を殺しにかかってきている。あきらめることなく、いつまでも狙ってくる。だからいつまで生きられるのか、わからない。

この向こうにもサーバファームがあるのだろうと思いながら、ケイはドアを開けた。すると巨大な人間の壁にぶつかった。壁の上についていた顔は、恐ろしい表情で彼女を見下ろした。

彼女の全身をアドレナリンが駆け抜けた。

ああ、どうしよう！　これで私の人生も終わりだ、と彼女は思った。悪者に見つかったのだ。

いっきに脈が速くなり、肺から空気が音を立てて抜けていくのがわかった。叫び声を上げながら踵《きびす》を返して逃げ出すと、ニックの腕が彼女の体を抱き留めた。

必死に彼の腕を振りほどこうとする。敵に見つかったのに、ニックは何をしているの？　どうしてこの場にじっとしたまま、私の体を抱き留めるの？　今すぐ逃げないと、殺される！

戸口にのっそりと立ちはだかる威嚇的な大男から逃げようと、彼女は足をばたつかせた。大男は目をすがめてケイを見ながらも、両手は軽く丸めた状態で脇にだらりと下ろしていた。つまり銃を手にしようとしているわけではないようだ。しかし、この大きな手なら、軽く人を絞め殺せそうだ。彼の体そのものが、武器なのだ。

恐怖で声がうまく出ない。「ニック！」かすれた声で訴えた。

彼はそっとケイの両肩に手を置き、軽くつかんだ。頭を垂れて耳元でささやく。

「大丈夫だよ、ハニー。こいつは俺たちの仲間だ」

ケイは大きく目を見開いた。まだ心臓がどきどきして、喉から飛び出しそうだ。

ニックの仲間？　こんなに怖そうな人が？

魔法が解けたかのように、彼女の恐怖が消えていった。戸口に立つ男性は、ぴくりとも体を動かさずじっと立ったまま。彼が襲ってくるつもりなら、とうに行動を開始しているはず。たぶん。それにニックのほうも攻撃態勢を取っていない。いつもなら過保護ぎみにケイを守ろうとする彼が。この巨大な男性が危険な存在なら、こうやってニックも立ったままでいるはずがない。今の彼は、ケイに寄り添うようにして、肩を抱いているだけ。背中に彼の鼓動を感じるが、しっかりと落ち着いたリズムを刻んでいる。

ケイはよりかかっていたニックからそっと離れ、まだ膝ががくがくしてはいたが自分の足できちんと立った。

「ケイ、紹介するよ。こいつがＡＳＩ社に新しく加わったマット・ウォーカーだ。俺とはもう十年来の友人だ。さっきから、マットのこと話してただろ？」

ケイの恐怖は鎮まってきたが、代わりに申しわけない気持ちでいっぱいになった。私ったら、とんでもないことを。マット・ウォーカーがここで待っているとニックからきちんと説明してもらっていたのに、すっかり忘れていた。

どうにか笑顔を作って挨拶する。「民兵組織の将軍を殴り倒した方ね」

マットは表情を変えずに、重々しくうなずいた。「顎の骨と歯を三本折った」

「すてき」ケイのほうもリラックスしてきた。「ええ、ニックからあなたの話は聞いた」一瞬ためらってから、握手しようと手を差し出す。ただ心の中では、手の骨が折れるほど強く握られなければいいけど、と思っていた。これからまだ調べなければならないことが残っているのだ。「初めまして」

彼はそっとケイの手を取り、軽く上下に揺するだけの握手をしてから、すぐに手を放した。

悪い印象を与えたままではいけないと、ケイは謝罪した。「ごめんなさい。過剰反応してしまった。許していただけるとうれしいわ」

マットは相変わらず無言で、わかった、というしるしに軽く頭を下げた。

もうすっかり落ち着いたので、改めて彼を見ると、最初に思ったほど巨大な人ではない。ニックよりは背が高いが、ニックの身長は一般男性としても平均的だ。体の分厚さもニックとそう変わらない。違いは、その雰囲気というか……マットには危険な匂いがまとわりついている。危険という表現は正しくないのかもしれないが、何かしら、正面から向き合うと、ついあとずさりしたくなるようなオーラを発している。

マットはケイの後ろに立つニックに話しかけた。「カートはすぐ乗れるようにしてあるから、この中は簡単に通過できる。サーバファームを出たところに車両が用意してある。装甲車両だ」マットの声も太くて落ち着いている。ただ、めったに声を出さないせいか、しゃがれた声だ。

「別のドローンは現われたか？」

「いや。ともかく今のところはいない。フェリシティが監視を続けている」

「俺たちを狙ったやつらは、必ず見つけ出してやる」ニックが言った。

マットが同意する。「ぶっ殺してやろう」ふとケイのほうを見た。「失礼」

ニックが彼女の手を取り、中へと進む。こちらの空間にもさっきと同じような荘厳さがあった。一列にずらりと棚が並び、通路の両側は完全に秩序だって整理され、はるかかなたまで同じ光景が続く。

ドアの横にはまたカートがあった。乗り方などはもうわかっているので、彼女は自分で前の座席に乗り込んだ。ニックが隣に、マットは後ろに座ったが、マットが乗ると彼の重みでカートがずっしりと沈んだ。危険な雰囲気だけでなく、誰よりも体にぎっしりと筋肉が詰まっている人なのだろう。

ニックは彼女の全身を毛布で覆い、自分にはかけなかった。カートが、どこに到着するのかケイにはわからないが、目的地へ進んでいくにつれ、ニックが緊張してくるのがわかった。彼は片方の腕を座席の背に置き、半分体をねじって背後のマットと話し始めた。

ケイも最初は、何の話だろうと耳をそばだてていたのだが、モーターの低い回転音と、ここまでの疲労のため、集中することができなくなっていた。しばらくすると二人の声が低いつぶやきのように聞こえ始める。思わずうとうとしてしまう。すると、カートが突然止まったので、はっと目が覚めた。

ほんの数秒しか経っていない気がした。あたりを見回すと終点に到着しており、自分が移動中ずっと眠っていたのだと知って彼女は驚いた。

サーバファームを出ると、らせん状のスロープがあり、何階分かを上がると、鋼鉄の扉があった。マットが扉を押し、彼女を通してくれた。

車寄せのような場所で、スロープの先には青い空が見えた。たくさん松が群生しているらしく、さわやかな木の香りがあたりに満ちている。サーバファームと電子機器の森を通って来たあとなので、特に新鮮に感じられた。

サーバファームの寒さと比較すると、外気は暖かかった。ああ、すてき。太陽の光ってこんなにあったかいんだわ、と思ったケイは、すぐさま外に飛び出そうとしたのだが、ニックに肘をつかまれた。

「悪いが」悪いと思っているようには見えなかった。ただ険しい表情で、マットと同じぐらい危険な雰囲気が漂う。「ドローンはいないという報告を受けてはいるが、慎重に行動しないと」

「え？」彼女は、憧《あこが》れにも似た視線を太陽光のまぶしい森へと向けた。

「車寄せから直接車両に乗ってください、博士」マットが言う。「そのほうが安全です」

「ケイ」彼女はマットの目をまっすぐに見た。ニックと同じように暗い色の瞳。ただ、ニックと違って冷たい眼差しが返ってくる。

「オーケイってことですか？」

「私の名前よ。ケイと呼んで、敬語はやめて」

「なるほど」彼は少し首をかしげて、ニックにタブレット端末を渡した。「ハドソン博士と呼ぶつもりだったが――わかった。ケイだな」

ニックはタブレット端末の画面をスワイプし、画像を次々と見ていく。どうやら地図らしい。やがて顔を上げると、言った。「よしわかった。行こう」ケイを車高のあるＳＵＶの助手席に乗せたあと、自分も乗り込んだ。

ケイは後ろを振り返ったが、マットの姿はもうなかった。横のニックに話しかける。

「悲鳴を上げたりしてごめんなさい。でも、すごく怖そうに見えたの」

「まあな。明るく温かな雰囲気がある、とは言い難い。でも、いいやつなんだ」

「子どもに性的暴行を働く悪人を殴って、顎の骨を折ったんだもの。最高の人のはずよ」

ニックはちらっと横目でケイを見た。口元がかすかに綻《ほころ》んでいる。「そう言ってくれてうれしいよ。マットに会うと、人は二種類の反応をする。普通除隊も認められなかった元軍人として接するか、あるいはあいつの本質を見抜けるか、のどちらかだ」

「世の中にはものごとの本質を理解できない人がたくさんいるのよ」

「そうだな」

スロープを上がって外に出るのだとケイは思っていたのだが、SUVは車寄せの反対側にある道へ入り、別のトンネルを進んだ。車のオドメーターを見ると、トンネルに入ってからでも、もう八キロ走っている。

「このトンネルも攻撃に備えて作られたわけ?」

「うむ」ニックは無造作に車を走らせているが、かなりのスピードが出ている。「サーバファームへの入口は、当然見つけにくくしておかなければならないし、今回ドローンで狙われていることを考えれば、空からも見えにくくしてあったのは、都合がよかったな」

「あなたたちって、ほとんど被害妄想と思えるぐらいに防御態勢を万全にしているのね」

「褒めてくれてるわけだな」

「まあ、そうかな。とにかく、その備えが役に立ったわけよね。これだけの防御態勢がなければ、私はとっくに死んでたわ」マイクが死んだあと、ニックに電話していなかったらどうなっていたか、考えなくても結末はわかっている。ドローンが頭上に旋回しているのに、どこにも逃げ場がないとしたら？

やがて地下部分は終わり、車は道を上り始めた。地上に出ると、そこは生い茂る木々に囲まれ、きれいに舗装された二車線の道路だった。

ニックがハンドルの真ん中あたりを指で叩く。「フェリシティ、メタル、応答を頼む。上空の監視状況はどうなってる？」

「何もなし」メタルが答えた。「さっきから、ドローンを操作する電波がどこから出ていたのかを特定しようとしてる。市警も知りたがってるんだ。殺人および殺人未遂事件が起きたわけだからな。住所はすぐにわかると思う」

「よし。乗り継ぎ地点への到着は一時間後、本部に着くのはその三十分後になるだろう」

「その頃までには電波の発信地ははっきりしているはずだ。バドもかなり怒ってる。

自分の管轄区内で派手な殺人事件を起こすやつを許せないらしい」

「了解、じゃ、また」

舗装路は郡道へとつながっていて、こちらの道路は保守管理がおろそかになっているのか、かなりでこぼこだった。SUVのサスペンションがよくなければ、かなり上下に揺さぶられていただろう。

「ポートランド市警の人も来るのね」

「ああ、相手の居場所がわかれば、殺人課の連中を連れて、警視がやって来るはずだ。バドは本当にいい人で、ミッドナイトやシニアチーフの大親友なんだ。あの人が指揮するのなら、犯人はきっと捕まる」

「犯人たちかもね」ケイは静かに告げた。

彼女の言葉をニックは考えていた。「つまり、これは大規模な計画の一部にすぎないってことだな?」

「そうとは言い切れないけど、一筋縄ではいかない計画だとは思う」彼女なりの考えを少し話す。「それより、この車の中にパソコンはないかしら?」

ニックがちらっと笑顔を彼女のほうに向け、また道路に向き直った。「車両にパソコンが積んでないなんて、ASI社ではあり得ないよ。それじゃ、テロリストに勝てないだろ?　後部座席を見てくれ。ドアポケットにあるはずだ」

ケイはシートベルトを外し、後部座席を捜してラップトップ・パソコンを手にすると、またベルトを締めてパソコンを開いた。処理能力を確かめてみたところ、最新式の非常に高性能なものだとわかった。これなら作業が続けられる。

「Ｗｉ－Ｆｉは？」

「おい、もう冗談はよせよ」

「はい、はい」わかった、というしるしに手を振り、彼女は作業を始めた。「しばらく、私なんかいないと思っててね、ニック」

＊＊＊

実際、いないのも同然だった。すぐ隣に座っているのだが、話しかけることもできなくて、不思議な感覚だった。画面にかわいらしい鼻先をくっつけるようにしたかと思うと、ぽん、と消えたようなものだ。手を伸ばせば届く距離なのに、月にいるのと変わらない。

よし、彼女が頭のいい女の子ならではの作業をするのなら、自分はタフな男ならではの仕事をしよう。フェリシティとメタルからは、もうドローンはいない、と言われていて、あの二人がそう言うのなら、本当にいないに違いない。それでも、ケイを狙うやつは、あきらめるということを知らない。兵器化されたスペイン風邪なら、何百万ドル、いや何億ドル出しても買うやつはいる。そんなやつらは、華奢な女性ウィルス学者をひとり抹殺することぐらい、何とも思わない。けれどやつらは、その女性科学者にはＡＳＩ社という味方がついていることを知らないのだ。

そいつらの名前は、ケイが突き止める。そしてニックやＡＳＩ社の仲間がそいつらをやっつける。そのあと……それから……。

二人の現在の関係が何にせよ、これからも続けていけるのではないだろうか。

ええい、まどろっこしい。くだらない言い訳はしなくていい。

俺はケイが欲しい。彼女がいいと言ってくれるなら、死ぬまでずっと一緒にいたい。二人で一緒に暮らし、結婚し、できれば子どもも欲しい。

いや、絶対に子どもは欲しい。

彼は横目で彼女のほうを見た。ものすごく頭のいい、金赤の髪のかわいい女の子か、それともマンシーノ一族らしいタフな男の子。どちらでもいい。いや両方欲しい。

ＡＳＩ社は今、出産ラッシュだ。ジャッコのところ、そしてメタル。ジョーとイザベルのところに子どもができるのもそう遠くはないだろう。サマーは若干の抵抗を感じているようだが、ジャック・デルヴォーも大家族を欲しがっている。ニック自身、イタリア系らしい大家族の出身だ。常に交流のあるいとこやまたいとこと、さらにはその子どもたちも集まると、五十名を超える。だからこちらでも大家族を作りたい。自分とケイの子どもは家族に囲まれる環境で育てたいのだ。ポートランドの家族は友情と信頼で結びついた者たち、東海岸には血のつながりのある親戚、と国の両海岸に大家族を持てるわけだ。

愛情あふれる大家族の中ですくすくと育った彼は、自分の子どもも大勢の人たちに見守られて育てたいと思っていた。

ケイも同じ考えだといいのだが、違うとしても説得すればいい。必要なら、卑怯《ひきょう》な手だって使ってやるぞ。手――アルにひ孫の顔を見せてやりたくないのか、とでも言えばいい。

彼女はとても祖父を愛していて、強く慕ってもいる。だから、この手は有効なはず。何にせよ、ケイを手放すつもりはない。彼女を失うなんて考えられない。今回の悪党に負けるつもりはないし、勝ったあとで彼女が自分から去って行くこともさせるものか。

ものごとがあるべきところに収まっていく音が聞こえるようだ。これまで付き合った女性と深入りしないようにしていた理由も、やっとわかった。セックスだけの関係、というほどではないものの、俺の家に歯ブラシを置いとかないでくれ、みたいな。彼女たちを好きでなかったわけではもちろんないが、心で感じるものがなかったのだ。

だからすぐに飽きた。

ケイは違う。

彼女はニックの心に触れる。もちろん性ホルモンを刺激もする。とにかく、彼女に飽きる日が来るなんて想像できない。唯一の不安は、自分みたいな男で彼女が満足してくれるか、ということだけ。彼女は博士号を持った科学者で、ウィルス学のエキスパートだ。まいったな、と思う。私とまともに会話を続けたいなら、生物学や化学やウィルス学を学んでちょうだいとか言われたら、どうしよう？　満足な知識と言えば、法律と銃に関することだけ。学生時代から数学は得意だったが、自然科学はまったく理解できない。

まあ、いい。ケイと結婚して子どもをもうける計画を立てたところで、彼女が死んでしまったら何の意味もない。今は彼女の身の安全を守ることに集中しよう。

ボタンを押して、ＡＳＩ社本部に確認を取ると、すぐに返事が来た。〝クリア〟まだドローンは現われていないようだ。しかし敵がフェリシティと同様に衛星画像にアクセスできるのなら、この車もいずれ見つかってしまう。

十五分後、今度は本部がニックを呼び出した。音声通話で、メタルの声がした。

「おう」

「電波の発信元がわかった」

ニックは全身を電気で貫かれたように感じた。ちらっと横を見ると、ケイは自分の作業に没頭している。「了解。乗り継ぎ地点まで誰か迎えに来てくれないか。彼女をそいつにまかせて、俺は家宅捜査に加わる」

当然だ。ケイを狙うやつが逮捕される場には、必ず立ち会いたい。だめだと言われたら、俺は元FBI捜査官だと言ってやる。必要なら、元という言葉はできるだけ聞こえないように発音してもいい。ワシントンDCからやって来た特別捜査官ということにしよう。

身分の詐称で処罰を受けても構わない。大事なのは、犯人が間違いなく逮捕されることと自分の目でそれを確かめることだ。犯人が社会復帰することがないように、ほんの少しでも社会に脅威を与える恐れがないように。いったん逮捕されれば、こいつは国家反逆罪と、生物兵器を使ったテロ攻撃と、殺人および殺人未遂の罪で、死ぬまで塀の外に出ることはないはずだ。

ただ個人的には、こいつの息の根を止めてやったほうがすっきりする、とは思う。まず、ステップその一だ。ケイを確実に安全に、さらに敵に気づかれないようにASI本部に送り届ける。ステップその二。彼女を狙った悪党をやっつける。

うむ、計画があるのはいいものだ。

車が十階建ての市営駐車場に入ったときも、ケイはまだ、眉をひそめてキーボードに何かを打ち込んでいた。手配したとおり、ジョーとジャッコが駐車場の二階で待っていてくれた。ジャッコはいつもながらの怖い表情。彼の笑顔は妻ローレンのためだけにとってある。ジョーは除隊直前のミッションで瀕死の重傷を負い、げっそり痩せてしまったのだが、また捜査官として仕事ができる体重を取り戻しつつあった。まあ、指折りの料理人である妻がいるわけだから、元気になるのも早いわけだ。

「ハニー」輸送用の白いバンにSUVを横づけすると、ニックはケイに声をかけた。彼女は何も聞こえていないのか、ひたすらパソコンの画面を覗いている。そこに宇宙の神秘を解く鍵でもあるのかと思うほどだ。ふむ、実際、あるのかも。「ケイ」今度はそう言って彼女の肩に触れた。

彼女ははっとして振り向いた。現実の世界に戻ってきたらしい。「ああ」あたりを見回し、駐車場であることに気づいて不思議そうな顔をする。「もう着いたの?」

「ここで車を乗り替えるんだ。君はASI本部に向かい、俺は……ちょっと片づけておかなければならないことがある。俺もあとで本部に行くから」

彼女がじっとニックを見る。暗い駐車場の中で、透き通るようなブルーの瞳がきらめいていた。「ドローンを操作してた人を見つけたのね? だからあなたはそこに行く、そうでしょ?」

いや、まいったな。彼女には何もかもお見通しらしい。まるで隠しごとができないから、一緒に住むようになったら、大変だ。「うむ。警察がその場所に向かっているので、俺も同行させてもらう。君は、君にしかできないことを本部でやってもらいたい。フェリシティの助けも借りられるから」

　彼女がうなずいた。「ええ、わかった。データ解析で手伝ってもらいたいことがあるの」

　何とすばらしい！　ニックは彼女にキスしたくなった。ケイは、あなたと一緒に行く、と駄々をこねたりはしないのだ。彼のするべき仕事は、あくまでも彼にまかせ、自分は自分にしかできないことをする。お互い、自分の仕事に関しては優秀だ。

　そして、これこそがチームワークというものだ。

　額に口づけしようとして、彼はふと考え直した。ええい、周囲を気にすることなんてないさ。そして体をぐっと近づけ、わざと大きな音を立てて唇にキスした。ほんの一瞬のことだったので、彼女が反応する暇はなく、ただ目を丸くしたまま彼を見ていた。肉感的な唇が、うっすら開いていた。

「今のは何？」

「何でもない」彼はごくさらりと言った。「ただ、俺は君を愛してるってことさ」

　ニックは車から降りて助手席側に回った。彼の手に助けられて降りるあいだも、ケイはまだぼう然とした様子だった。

ひどくとまどって、混乱しているのだ。いいぞ。彼女に初めて会ったときから、ニックのほうもとまどい、混乱してばかりだった。これでおあいこみたいなもんだ。

「今、何て言ったの？」彼女がなおもたずねた。

彼は、いわゆる〝謎めいた笑み〟に見えればいいが、と思いながら、笑顔を彼女に向けた。「聞こえてたはずだよ」彼女の腕に手を添えながら、ジョーのほうへと歩く。紳士としてのマナーというだけでなく、単純に彼女に触れていたかった。自分の手で彼女の警護をジョーの手にゆだねる、という感じがして、安心だった。非常に貴重な品を手渡しするみたいな感覚。ケイは貴重な存在だから。世界でいちばん尊くて重要な人だ。

ニックはジョーを氷の眼差しで射抜いた。アフガニスタンで一緒に闘ってきた二人は、言葉を交わすことなく完璧に意思の疎通ができる。

彼女のことは頼んだからな。彼女に万一のことがあれば、おまえに責任を取ってもらう。

ああ、大丈夫だ。俺にまかせろ。

ケイは二人のやり取りを見守っていた。ニックの表情をうかがったあと、ジョーの顔に視線を移す。

「場所はわかってるよな？」ジョーがたずねた。

「ああ」わかっている。正確な住所表記を携帯電話で受け取り、さらに地図アプリに印もつけてある。近辺の詳しい地図とともに、警察のSWATチームがどこに配置されるかも知らされている。

ジョーに促されてケイはバンに乗り込んだ。もう一台のSUVのほうに歩いて行くニックを見ている。こちらの車の運転席にはジャッコが座っていた。SUVのほうが車高が低く、防弾性能の強化など、さらに厳重な装甲化がなされている。

ケイの唇が動くのが見えた。私も愛してるわ。

ニックはうなずき、ジャッコが車を出した。心を鬼にして、振り向きたい気持ちを抑える。最後にもういちど、彼女の姿を見ておきたかった。

「ケイなら大丈夫さ」ジャッコの太い声が響く。

「ああ」

「それでも辛いけどな」

「ああ」

ニックとジャッコは車中ずっと無言だった。ニックはここまでわかっている情報を端末で読み、ジャッコは知らされた住所へと車を走らせる。ASI社員はすべて運転がうまい。SEALの新人訓練のときに、戦闘的運転術という講義で高度な技術を習得するからだ。その上ジャッコはポートランドに住み始めて長いので、まだ日も浅いニックよりも通りのことをよく知っている。そういうわけで、ジャッコが運転を担当している。

「バドは銃撃戦も辞さない構えだ」十五分の沈黙のあと、ジャッコが口を開いた。車は軽工業地区を抜けているところで、周囲は倉庫だらけだが、使われていないものがほとんどだ。ときおり、建物の隙間からその先の川がちらちらと見える。灰色がかった水面が寒そうに見えた。

気温がいっきに下がり、風も強くなってきた。

天候なんて、どうだっていい。気にもならないさ、とニックは思った。天候に関して唯一考慮しなければならないのは、ライフルで遠くから狙いをつけなければならない場合だけだ。風の強さによって弾道計算を変更する必要があるから。

警察官には禁止事項がいっぱいあるが、ニックにはない。

犯人は必ず捕まえる。逃げようとするなら、俺のスナイパーとしての腕を見せてやる。

12

ＡＳＩ本部ビル

ＡＳＩ本部に到着してやっと、ケイはこの建物がどれほど美しいかを思い出した。まあ、当然だ。ジョン・ハンティントン夫人のスザンヌは非常に才能のあるインテリア・デザイナーなのだから。この建物は元々靴工場で、結婚当初の二人は、ここに住んでいた。しかしビジネスの成功とともに会社の規模も大きくなってくるにつれ、スペースが必要となり、ハンティントン夫妻は本部からすぐ近くのところに住居を購入した。

本当に美しい住宅なのだが、フェリシティの話では、そこをジョンはハイテクの要《よう》塞《さい》みたいな場所にしたいらしい。ＡＳＩ本部自体が超ハイテクだが、それでもすべてが洗練されたおしゃれな雰囲気でありつつ、穏やかな色調とさりげない気配りで、建物に入るとほっと気持ちがやわらぐ。

ここで働くことをフェリシティはとても喜んでいる。恋人も一緒に勤務しているので、愛社精神が強いのは当然ではあるが、それでも、気の遠くなるような報酬を用意して彼女を引き抜こうとする会社はたくさんある。どんなヘッドハンターから声をかけられても、彼女はいっさい拒否する。これまでいちども、ほんの一瞬でも、転職を考えたことさえないそうだ。

フェリシティはここでの仕事が気に入っているのだ。一緒に働く人たちや二人のボス、そしてその妻たちのことが大好き、そしてショーン・〝メタル〟・オブライエンを愛している。人見知りのオタクっぽい天才が、ＡＳＩ社で働き始めて、自信に満ちたおとなの女性へと変身していくところを、ケイ自身の目で見てきた。

そんなフェリシティを、ほんの少しばかり羨ましく思うときさえあった。

ケイにとってもＣＤＣの研究員であることは喜びだった。かつては。こんな問題が始まるまでは。それでも、ＣＤＣ職員たちが、互いに仲よくしたり、勤務外の場所でも協力し合ったりすることはなかった。ＡＳＩ社では全員が、その家族も含めて、みんなが友だちだ。仕事の外でもしっかりとした絆で結ばれる、生涯の友なのだ。

さらに仕事そのものも――フェリシティが会社のために稼ぎ出す金額はとてつもない。たとえば彼女のアイデアであるサーバファームのビジネスだけを取っても、莫大な売上になるとニックが説明していた。しかし、フェリシティがあの会社で大切にされている本当の理由は、多大な売上に貢献したから、というだけではない。

フェリシティの待つオフィスに向かい、プリヤンカの資料を一緒に調べ始めると、ＡＳＩの社員たちが次々に現われた。ただハローと声をかけるだけの人、フェリシティに困ったことはないかとたずねる人、体の具合は大丈夫かと心配してくれる人。彼女の妊娠が公になったからだ。全員がこわもてのタフな男なのに、フェリシティの足先をさすりましょうか、と言わんばかりで、おかしくもあった。

邪魔だから、どっかに消えてくれる、とフェリシティは冷たい言葉であしらった。すると今度は、みんなケイのほうに注意を向ける。どこからどう話が伝わったのかは不明だが、誰もがケイはニックの大切な人で、今後コンサルタントとして、もしくは常勤の正社員としてＡＳＩ社に加わるらしいと考えており、下にも置かないほどの歓迎ぶりだった。ひっきりなしに、お茶を勧められ、すべてに応じていたらお腹がちゃぷちゃぷになるところだった。椅子の周囲はクッションだらけになり、エージェントが二名、お薦めのガスマスクはどれ、とケイの意見を聞きに来た。もちろんひとり残らず、自己紹介しようと彼女がいる部屋に全員が顔を出したのは言うまでもない。

今、振り返ってみると、ＣＤＣでの勤務初日を、ケイは自分のオフィスで独り過ごした。

ときに人生というものは、そっと未来への忠告を与えてくれるのかもしれない。

またあるときは、前に大きく踏み出すようにと、どんと背中を押してくれるのかもしれない。今は、強く背中を押されている気がする。

現在彼女の人生は、根底からひっくり返された状態だ。職場は非常にまずいことになっている。彼女が絶対的に信頼していた人たち、誰もが健康に生きていく世界を実現させるべく絶え間なく働いているはずの人たちが、周囲の信頼を裏切っていたことは、もうはっきりした。その目的は？　お金のため、権力のため、その両方のため？　わかるはずはない。

彼女にわかるのは、もう毎朝決まってCDCに通勤するという生活は終わったこと。車で敷地に乗り入れると、ああ、自分はここでの仕事を通じて社会の役に立っている、と誇りを感じていたのに。このあとどういう結末になろうと、彼女にとってのCDCはもうなくなった。高校生のときからCDCで研究員になるのが夢だった。それが悪夢になろうとは……。

彼女は現在、追われる身だ。確かに、すばらしい男性と彼の働くすばらしい会社によって守られてはいる。会社が大きな傘《かさ》を掲げて、保護の対象を彼女にまで広げてくれたから。この保護の傘を突き破るのはちょっとやそっとのことでは無理だろう。

それでもなお、邪悪さの権化のような人物が彼女をこの世から抹殺しようとしている。命を狙われていることに違いはない。だからこれまでの生活は完全に失われてしまった。戻るべき職場はないし、自分のアパートメントにも帰れない。巻き込んでしまう恐れがあるから、祖父のところに行くことさえできない。そう思うと、絶望感に打ちひしがれた。

しかし、ここにきてようやく、未来への展望が見えてきた。期待してもいいように思える。

そのためにはまず、やらなければならないことがある。

「気になる部分があったわ」フェリシティが言った。「他と違う数列があるの。でも、数列に関連づけられているセルがないから、それが何かの意味を持つのかどうかがわからない」

「ちょっと見せて」フェリシティの示すものを見て、ケイは暗澹《あんたん》たる気分になった。予想どおりだが、最悪だ。再確認していくにつれ、脈が速くなるのを彼女は感じた。

フェリシティの発見と、ケイが先に探り当てたアトランタのCDC本部のCRISPR－キャス9の使用記録を重ねると……。

彼女は何度も何度も、確かめてみた。自分の間違いを正してくれ、とフェリシティに頼んだ。これが、自分の仮説を否定する証拠だと思いたかった。しかし、間違いではなかった。

最終的に、二人はぼう然と椅子にもたれ、互いを見つめ合った。

「どうしても信じられない」胸がむかつき、ケイは絞り出すように声を出した。

「ううん、信じてるはずよ」フェリシティが悲しそうな顔で言った。「あなたの顔を見ればわかる。驚いていないもの。本当だとは思いたくなかっただけよ。でも本当だったのね」

ケイはうなずいた。

フェリシティがそっと彼女の手に触れる。「私がこの男を調べるわ。ハッキングすれば、こいつの資産状況もわかる。突然大金がどこかから振り込まれているはず。この男がしたことを考えれば、すごい報酬を得たに違いないわね。最後はいつも、お金がすべてなのよ」

「私は違う。あなたもお金には関心ないわ」

「ニックやメタルも、それにジョーやジャッコ、ＡＳＩ社で働く人たちは誰も、お金がすべてだなんて思っていない。いくらお金をもらったって、こんなことはできない。良心を失い、国を裏切る行為なんだから。ただ、この男はそういう考え方はしないのね。魂を悪魔に売り渡し、その代償として巨額のお金をもらったんだわ」

ケイは口を開き、何も言わずにまた閉じた。じっと座っていると、怒りが大きくふくらんでくる。全身に怒りが満ち、爆発寸前だった。「この男、私のボスだったのよ」声に出すと、燃え上がった怒りが喉を焼きつくしていくような気がした。

「知ってるわ」フェリシティがケイの肩にそっと手を置く。「フランク・ウィンストン博士。CDCの所長よ」

フェリシティがうなずく。

ケイは身動きできなくなっていた。呼吸するのもやっとだ。

CDCの所長は、アメリカ合衆国民の健康を守る責任者だ。病気と闘い、バイオテロの脅威——まさに、今のような状況から人々を守る仕事の中心人物。CDCには公衆衛生のために人生を捧げ、ときには自分の命を犠牲にする崇高な職業意識を持つ研究者が大勢いる。

特定ウィルスによる疾病対策課という部署は、ラッサ熱やエボラ出血熱のアウトブレイクが起きている地域へしょっちゅうスタッフを送り込んでいる。派遣されるスタッフは誰も文句を言わず、ただ苦しむ人を助けたいという思いだけで、危険な地域へと出向く。

ケイの全身の細胞が、脳のすべてのニューロンが、CDCの所長がH1N1亜型ウィルスを兵器化することに手を貸し、ゲノム編集によって殺人の凶器にしたという事実を否定したいと訴える。彼女がこれまで信じていたすべて、彼女のこれまでの人生さえも否定することだから。

彼女は表情を硬くした。こんな邪悪な計画は聞いたこともない。もちろん世の中はきれいごとだけでは済まないのはわかっている。祖父が元ＦＢＩ捜査官だったのだから。おじいちゃんは孫娘を世間の厳しさにさらさないように気をつけてくれていた。それでも、暗く汚れた部分があることぐらいは、彼女にも想像できた。

世間の暗い部分は、実際には無知によって起きるものだ。それに対し、長年科学を研究し、その知識を使って人を殺そうと考えるのは、世間一般の暗部とは異なる、純粋な悪だ。おまけにその間、人の命を救う国家機関の長を務めているとは。

彼女は、所長に裏切られた気分でいっぱいになっていた。人の命を救おうとＣＤＣで働く数千もの職員を、彼は裏切ったのだ。さらに言えば、自分たちの安全を守ってくれるとＣＤＣを信頼していた何千万人ものアメリカ人すべてを裏切った。

これほどまでにひどい裏切りが、歴史上あっただろうか？　そう思うと、彼女はしばらく動けなかった。

フェリシティがちらりとケイを見る。「あなた、すごく怒ってるよね」

ケイはフェリシティのほうを向いた。「もう、かんかんよ」

「悲しみを乗り越えて、怒りの領域に入ったわけだ」

肯定するかわりに、くぐもった声を漏らす。

「それで、どうする気？」フェリシティが首をかしげて、ケイの様子をうかがう。

ケイは、はっとした。そうだ、私はどうする気なんだろう？　そう考えたあと、座ったまま背筋を伸ばした。ええ、ええ。もちろん反撃するわ。

これまで科学の発展のため、人類は多大な努力を積み重ね、ときには解決のつかない問題を追究して、何世代にもわたって多くの人が自分の命を犠牲にしてきた。その蓄積は神聖なものだったはず。フランクはそれを奪い、穢れたものに変えたのだ。危険で汚らしい、人類を苦しめるものに。

お金のために。

このままにしておけば、彼女が大切にしてきた科学というものへの冒とくに他ならない。そんなことはさせない。しかし、どうすれば……。

「証拠は何もないわ。少なくとも、法廷で証拠として採用されるものはない」

フェリシティも座ったまま、しばらく考え込む。やがて彼女なりの結論を出すと、口を一直線に結び、眉をひそめた。「確かにないよね。あなたの言うとおり。そもそも、この男が何をしたか、私はわかってるつもりだけど、それはあなたが説明してくれたからだもん。法廷ではすべてが状況証拠となる。ちょっと有能な弁護士なら、簡単に言い逃れをして、陪審員を煙に巻くはず。ましてやこの男なら、超やり手の弁護士を雇えるだろうし。私が検事なら不自然な入金を追及するけど、このお金だってきっとすぐにケイマン諸島あたりの銀行にでも移されるはず。結局、決定的な証拠は何ひとつない」

問題はそこだ。膨大な量のデータがあり、フランク・ウィンストンの関与を強く示唆してはいるが、これを検察が証拠として使えるのだろうか？　内容が専門的すぎる。ケイの全身で、何とかしなければ、という気持ちがふくらむ。フランクが何の罪にも問われないと考えるだけで吐き気がする。この先さらに邪悪な犯罪を重ねていくに違いないのだ。フランクはケイの親友を殺し、別の研究員を殺し、立派なジャーナリストを殺した。そう、ケイだって殺されかけた。またゲノム編集によって特定の人だけが感染するようにしたＨ１Ｎ１亜型ウィルスにより、多くの人々が殺されたはず。その数は今のところわからない。

フランクは自分の都合に応じて、今後も殺人を続けるだろう。彼を止められる者はいない。

私の他には。

非常に危険なアイデアが浮かんだ。成否はフェリシティのハッキング能力と、ケイの演技力、そしてフランクがどれだけ貪欲かで決まる。それでも、成功する可能性はある。

「フェリシティ、あなたにやってもらいたいことがあるの」

フェリシティのかわいらしい顔が真剣になる。「何でも言って」

「危険で、おそらく違法だと思うんだけど」

「この男を止められるのなら」

ケイはほほえんだ。「もちろん」止められる。絶対に。運がよければ、二度と立ち上がれないように。

「具体的に、私は何をすればいいの?」

ケイが説明すると、フェリシティの顔から血の気が引いた。

ああ、どうしよう。妊娠初期のフェリシティには、気持ちのいい内容ではなかったようだ。「ごめんなさい。できるかしら? やってくれる?」

「もちろんよ。私にまかせて」フェリシティは、うっとえずくと手で口を押さえた。

「気持ちのいい話じゃないわよね。想像して吐き気がするんでしょ? 許して」ケイはそっとフェリシティの腕に触れた。

「あなたのせいじゃない。ただのつわり」そう言うとフェリシティは、だっとトイレに駆け込んだ。

＊　＊　＊

「三人だな」SWATチームの指揮官、ランド・ウィルソン警部補はそう言うと、現場用のタブレット端末の画面を傾けて、ニックに見せた。

熱源がはっきり見え、男が三人いることを示す。ニックはうなずいて感謝の気持ちを伝えた。ウィルソン警部補は縄張り意識の強すぎる男ではないらしく、情報を進んで共有してくれるのでありがたい。もちろん、ニックとじゅうぶん協力し合うように、と上からの厳しい指示があったからだろうが、その指示を恨んでいる様子はまったくない。得た情報は、すべてそのままニックにも教えてくれる。

兵士同士は、こういうものだ。ウィルソンは元陸軍レンジャーで、彼の部下のうち二人は元SEALだ。さらにひとりは元FBI捜査官だった。

そういう事情もあり、ニックはすんなりとこのSWATチームに溶け込めた。ただチームがどういうメンバーで構成されていたとしても、ニックはここに来ていただろう。事件の黒幕の逮捕には、絶対に立ち会いたい。あの金属の壁の向こうにいるやつが、ケイを殺そうとした。その正体が何者であろうが、結末を見届けなければ気が済まない。

バド・モリソン警視は、通りを隔てたところにある別の倉庫内に設けられた臨時作戦本部に陣取っている。彼の指示と監督の下、全員がパソコンを前にヘッドセットで通信を確かめる。この通信システムはASI社が、いや正確にはフェリシティが完成させたものだ。彼女の話では、アジアのどこかにいる彼女の仲よしのハッカー集団が、ちょっとばかり助けてくれたようだ。その集団の全員が天才レベルのIQを持つが、社会性がきわめて低いらしい。ＡＳＩ社でも、この集団のメンバー全員を雇おうとしたのだが、彼らは自分たちの〝巣〟を出たくないらしい。〝巣〟はシンガポールだか、台湾だかにあるという噂だ。

とにかく今、ニックは必要な情報を得ていた。間もなく目標とする倉庫内が停電する。携帯電話の電波も、上空のドローンからの情報も、すでに届かなくなっている。タブレット端末にドローンが映し出される。情報を送信しているのだが、倉庫内の犯人たちにはいっさい伝わっていないはずだ。一方、警察所有のドローンも上空を旋回し、前方監視型赤外線《フ リ ア ー》によって、倉庫内外の人たちがどこにどういう姿勢でいるかを教えてくれている。倉庫のすぐ外の低い位置にある熱源はしゃがんでいるＳＷＡＴチームを示し、倉庫内の三人は立ったままのようだ。三人の他には倉庫内には熱源はない。

中には音が伝わらず、彼らから何の合図も発信できず、すぐに映像も見られなくなる。

ウィルソンは部下たちと、姿勢を低くしたまま突入に備える。間違って味方を撃つことがないよう、それぞれのヘルメットには赤外線テープが貼られている。テープは暗視・赤外線ゴーグルを通せば、非常に目立つ。

テクノロジー万歳だ。ただ、人類の黎明期《れいめいき》から、基本は同じなのだ。原始時代は、より大きな棍棒《こんぼう》を持つ男が勝った。現代は、どちらがよりハイテクな道具を持つかで勝敗が決する。

もうひとつの闘いの基本は、より勝ちたいと思ったほうが勝つ、ということ。

ウィルソンのチームや全体の指揮を執るバドには、ニックは敬意を払っている。彼らは皆、勇敢で、よく訓練されており、きちんと仕事をこなす。しかし、彼らにはニックのような強い意志はない。倉庫内の男たちは、ケイの命を狙ったのだ。ニックが人生を懸けて愛する女性、つまり彼の未来のすべてを奪おうとした。SWATチームの誰にも、ましてやバドには言ってはいないが、この三人を倉庫から歩いて出してやるつもりはニックにはまったくなかった。

犯人側のリーダーが誰にせよ、そいつは頭がよくて、財力もコネもあるやつだ。そういうやつなら、監獄の中からでも復讐を実行することができる。これから常に悪いやつらがケイの命を狙っているのではないか、あるいは誘拐しようとしているのではないか、と背後に気を配り、びくびくしながら生きていくのなんてまっぴらだ。

そんなのはごめんだ。絶対に。

SWATチームがドアを蹴破ったらすぐに、SWATチームのメンバーには怪我をさせないようにしながら、大急ぎで悪人三名を殺す、というミッションがニックにはある。確実に殺して、死体はストレッチャーで運び出す。

その方法について、ニックの頭の中では幾とおりもの筋書きができていた。しかしすべては成りゆき次第みたいなところがある。だから神経を研ぎ澄ましたままにしておかねばならない。三人のうち誰かが生きたままここを出て、監獄でのうのうと暮らすような事態は阻止するのだ。

簡単でないのはわかっている。しかしこれまでの彼の人生で、簡単なことなんてなかった。おまけに、昔はここまで命懸けではなかった。

「三で突入する。一」ウィルソンがカウントダウンを始めた。彼が〝三〟と言い終えた瞬間、電気が消え、暗視ゴーグル着用のＳＷＡＴチームがドアを蹴破ることになっていた。

犯人の逮捕完了まで、ニックは外で待つようにと言われていたが、ＳＷＡＴチームが中に入る際には、そのすぐあとからついていくつもりでいた。チームが緊急に助けを必要とするかもしれないから。

いや、彼らが助けを必要とすることはないだろう。チームメンバー全員の動きをチェックしたところ、誰もが適切な行動を機敏に取っているのがわかった。全員が身体能力の高い者特有の滑らかで優雅な身のこなしを見せ、こういう状況に慣れているらしく、言葉を発することなくお互いにコミュニケーションを取っている。その場になじまない動きをするメンバーはおらず、全体の流れもスムーズ、パニックや混乱の兆候もなし。完璧なプロだ。

これからの展開を、ニックは自分の頭の中で描いてみた。明かりが消え、突然の闇、警察が突入する。『警察だ、手を上げてひざまずけ！』といった怒号が響き渡るはずだ。SWATチームは、H&K-G36アサルトライフルを肩に構えている。接近戦に備えて腿のホルスターにもベレッタ92を入れている。

「二」カウントダウンが続く。

SWATチームは、内部へ進む際も周囲への警戒を緩めず、お手本どおりの行動を取る。上、下、左、右、順にチェックしていく様子はバレエの振りつけのように優雅で正確だろう。ニック自身は、バレエなどより特殊部隊の突入時の動きのほうが優雅だと思っている。悪人をやっつける作戦のすべてが、美しいと彼は思う。

「三」ウィルソンのカウントダウンが終わった。「今だ、行け！」

ドアが大きな音とともに開けられ、チームメンバーが順に入って行く。入口付近に多くの人が集まる。

すると、画面に映っていた三人の姿がすっと消えた。

ちくしょう！

画面から顔を上げたニックに、ドアの内部から放たれる強力な光が見えた。倉庫内がぱっとまぶしく照らされる。これだけの強烈な光に突然さらされると、暗視ゴーグルを使っているSWATチームのメンバーたちは、一時的に視力を奪われてしまう。暗視ゴーグルは明るさを千倍にするため、その瞬間、生物的な反応として体が明るさをシャットアウトしてしまうからだ。

つまり、ニックの味方たちはみんな、目が見えない状態なのだ。

即座に銃声が聞こえ始める。ぱん、ぱん、と単発的に、慎重に狙いを定めている感じ。やたらに銃弾を無駄遣いしていない。敵は銃の扱いに慣れているらしい。

あうっと悲鳴が上がる。

その直後、建物の裏側で爆発音がした。裏口にはSWATチームのメンバーが二人いたはずだが、彼らがやられたのだ。

ニックは頭の中で秒数を確認しながら、走り出した。今何も見えなくなっているSWATチームの者たちは、おそらく地面にしゃがんで銃弾を避けようとしているはずだ。それでも、狙われればひとたまりもない。

また銃声。別の男性の悲鳴。

「伏せろ！」ウィルソンが怒鳴った。その瞬間、銃声が響き渡る。「うっ」

ああ、まずい！　くそ！

「警視！」ヘッドセットのマイクに向かって怒鳴る。「攻撃を受けてる。警官が撃たれた！」

「すぐに向かう」バドが冷静な声で応答する。「二分だ」車のドアが閉まり、エンジンがフルに回転する音がヘッドセットから聞こえた。

二分間は永遠とも言える長さだ。二分あれば敵は大勢の警察官を撃ち殺し、逃走することができる。

ニックは裏口へと回り、ちらっと地面の死体を見た。二人とも勇敢なSWATチームのメンバーだったのに。そう思うと、怒りの炎がめらめらと燃え上がる。今は内部で激しく撃ち合っているようなので、裏口への注意も薄いはず。犯人は裏口からの侵入に備えて、ドアに爆発物を仕かけておいたのだろう。おそらく、逃走ルートとしてもこちらを使うはず。すでに犯人たちがこの近くまで来ているのなら、ドアから入ったニックと鉢合わせになるかもしれない。

ニックは、半ば犯人がそこにいることを期待して、ドアを開いた。

誰もいなかった。

遠くから見ると、状況がのみ込めた。天井と壁の三方向を透明の仕切り板に囲まれた、指令センターみたいな場所がある。なるほど、この仕切り板のせいで、熱源が探知できなくなったのだ。赤外線を遮断する素材に違いない。犯人たちは電力が切られた瞬間、この透明の箱の中に入ったのだ。

強い光のスポットライトが支柱の上からフロアを照らしている。発電機のうなる音が聞こえる。犯人たちは電力を切られることを予想していたのだ。

ＳＷＡＴチームは態勢を整え始めていた。ひっくり返ったテーブルで体を隠し、応戦している。動かずに床に横たわっているチームメンバーが二人。その姿が、不安をかき立てる。スポットライトはドアに向けられているので、ＳＷＡＴチームはまだ光の向こうに何があるのかが見えないだろう。ニックの位置からは見えるのだが、犯人たちは退却を始めていた。ＳＷＡＴチームに向けて執拗《しつよう》に銃撃を続け、近づかせないようにしながら、裏口へと向かう。

この退却の様子から、犯人たちは非常によく訓練された、軍隊経験者だとわかる。ひとりが一定のリズムで敵に銃弾を浴びせ、二人が逃げる。ＳＷＡＴチームのひとりがまたがくっと床に崩れると、銃を撃っていた人物も退却する。訓練されていなければこういうことはできないし、あらかじめきちんと計画されていたに違いない。計画どおりに進み、すっかり逃げきった気分でいるはずだ。

そうはさせるか。この建物を生きて出られると思うなよ。

当初は、殺さないように、という命令がＳＷＡＴチームに出ていたが、今や状況は変わった。二名が裏で殺され、二名が屋内で負傷している。さらに防弾着に当たっただけだとは思うが、ウィルソンや、他にも銃弾をくらった警察官がいる。床で動かなくなっているチームメンバーが死んではいないことをニックは心から願ったが、犯人たちが警察官を殺すことを何とも思っていないのは誰の目にも明らかだ。こんなやつらに、ためらいを見せてはいけない。こいつらはここで始末されるべきだ。

警察官だけでなく、ケイも殺そうとしたやつらに、情けは無用だ。

三人のうちの先頭の男が、裏口へと進んで来た。ＳＷＡＴメンバーたちは、まだ強い光をまともに受けて何も見えない状態で、表の入口に足止めされ、銃を撃っている。狙いを定めることもできず、銃弾は倉庫内のあちこちに飛んでいた。

ニックは心を落ち着かせ、膝をついて銃を構えた。一発必中だ。正確な射撃を必要とする。

敵はまだ、ニックの存在に気づいていない。ＳＷＡＴチームをやっつけた、と喜んでいるところだから。慎重に狙いを定め、ニックは続けざまに三発撃った。一発ずつの間隔は一秒も空いていなかっただろう。

逃げようとしていた三人が、次々に倒れていく。最初の男は、襟元を押さえ、不思議そうな顔をしたあと床に倒れた。後ろの二人は、どこかから銃で狙われていることは悟ったものの、相手の場所までは認識できなかった。あたりを見回す彼らの頭の周囲に血しぶきがぱっと漂い、その後二人とも床に倒れた。

やがて銃声が収まり、しゃがんでいたウィルソンが足を引きずりながらニックのほうに歩いて来た。彼のズボンは血に染まっていたが、怪我をしているそぶりさえ見せない。

「マンシーノ?」まぶしそうに手で目を覆いながら、ニックに声をかけてくる。

「おう」ニックも立ち上がったところに、バドが急ぎ足で入って来た。

警視という重職にある人が、こういった作戦を直接指揮するのは異例だが、バドは現場での仕事を大切にする。あたりを見渡した彼は、状況を瞬時に見て取った。裏口の前で、犯人が三人折り重なるように死んでいる。ニックの周囲に集まるSWATチームのメンバーたち。床で横たわるメンバーが二人。二人とも重傷だが、息はしている。それを見て、ニックはほっと胸を撫で下ろした。犯人たちは全員死んだ。結末としては喜ばしい。

「マンシーノに救われましたよ」ウィルソンが静かな声で警視に報告する。

「いや、いや」ニックは顔の前で手を払うしぐさをして、ウィルソンの言葉を否定した。自分の手柄にしてもらう必要はない。犯人が二度と悪いことをしないようにしたかっただけで、その希望は確実に叶った。犯人を殺すという当初の計画どおりになっただけでじゅうぶん。この上、君のおかげだ、とか言われる必要はない。「偶然俺は外にいたから、他の出入口に回れただけだ。SWATチームが頑張ってくれたおかげで、俺は簡単な仕事をさせてもらったんだ」そう言ってウィルソンを見て、彼の悲しみに思いを寄せる。「チームメンバーが二名、裏でやられてる。万一に備えて、犯人たちは爆発物まで裏口に仕かけていたんだな」

ウィルソンは一瞬よろめきかけた。だらりと頭を垂れたが、すぐに顔を上げてバドのほうを向く。「救急隊はこっちに向かってますか？　アイズナーとマクブライドが負傷してます。アイズナーの出血がひどいんです」

「うむ」バドは自分のヘッドセットを軽く叩いた。「救急車ならもう間もなく――」大きなサイレンの音があたりに響き渡り、会話できなくなった。救急車はブレーキを軋《きし》らせて、裏口のすぐ前に突進してくる。「到着だ」

救急救命士が二人、まだ完全には停止していない救急車の後ろから飛び降り、ストレッチャーを下ろす。アイズナーの体をストレッチャーに固定してから、輸血を始め、そのまま救急車に載せる。その後、マクブライドが載せられた。二人とも、大丈夫だ、というしるしに親指を上げる。アイズナーの手は震えていたが、マクブライドのほうはしっかりと上げた。

二人が搬送されるあいだ、全員が押し黙ってその場に立ちつくしていた。救急車が出て行くと、代わりにポートランド市警の鑑識課の車が入って来た。うう、事務処理に付き合わなければならないようだ。

バドがニックの肩にどっしりと手を置く。「気持ちはわかる」同情の眼差しを向けてくる。「だが、すべては規則どおりに処理しなきゃならん。君の調書を取り、今ここにいるSWATチームのメンバーの話とすり合わせてみる。アイズナーとマクブライドのほうからは、手術のあとで話を聴く」

ニックは早くケイのところに行きたくて、うずうずしていた。さっさとここの片づけを済ませて、ASI本部へ戻りたい。彼女を抱きしめ、もう大丈夫だよ、と伝えたい。そのあとできるだけ早く、彼女をベッドに誘う。

彼の体内でアドレナリンが大量に分泌されていた。昂《たかぶ》った神経を鎮めるもっとも手軽な方法はセックスだ。アフガニスタンの砂漠地帯では、女性はアメリカ兵と話をしただけでリンチに遭い殺される。ヤギに相手をしてもらう気には到底なれない。部隊の他のメンバーも同じだ。だから全員で兵舎に帰り、自分のものを慰めた。

つまり、そういうことだ。ニックはケイが欲しかった。彼のものは今にも破裂しそうになっていたから。

ただ、求めているのはケイで、他の女ではない。セックスさせてくれる女なら誰でもいいわけではないのだ。ケイ・ハドソン、美しくて頭脳明晰《めいせき》な、俺の女。彼女が必要なのだ。

まだプロポーズするには早すぎる。それは承知している。けれど、全世界に向けて、これは俺の女だと宣言しておきたい。絶対に他の男が手を出さないように、同時に彼女にもそのことを理解してもらいたい。このポートランドで一緒に住むのだ。ニックはこれまで将来のことなど具体的に考えてはいなかった。現在が楽しくて、そんな暇はなかったから。しかし、それももう変わった。

今のニック・マンシーノは、きちんと将来設計を立てる人間だ。ケイはその設計の根幹をなす存在であり、彼女と一緒の将来を考えるのは楽しい。

だから今、できるだけ早くケイのところに駆けつけたい。抱きしめて、キスして、彼女の体に自分のものを埋めたい。廃墟のような倉庫で、バドや鑑識課の職員に、事件の経過を説明するのなんて嫌だ。しかし彼もプロだ。能力は高いが喧嘩《けんか》っ早い若者として海軍に入隊したが、その後の訓練で辛抱することの大切さを体に叩き込まれた。忍耐、自己抑制、規律は、頭だけでなく筋肉にもしっかりと刻まれている。

だからバドの質問にも丁寧に答え、実際に現場を歩いて、状況を再現してみせた。こういうことは、これまでの戦闘場面でも数えきれないぐらいやってきた。

さっきのは、疑いの余地なく戦闘と表現するのが正しい。数百発の弾丸が飛び交い、五人が死に、二人が負傷した。どう考えても戦闘だ。

ドローン操作に使用されていたラップトップ・パソコンが見つかり、市警のITスペシャリストが、これまでドローンはどこに飛ばされていたのか履歴を調べることになっている。現場検証が始まって一時間ぐらい経った頃、顔認証により犯人の身元が判明した。

リーダーの正体に、誰もが驚いた。オリバー・ベイカーだった。

ニックはあ然としてバドを見たが、警視もショックを隠しきれないようだった。

「オリバー・ベイカーとはな」しばらくしてからバドが言った。「ふうむ」

ふうむ、としか言いようがない。

ベイカー自身は、警備・軍事ビジネスに関与してはいなかった。少なくともASI社のような実務業務はしない。彼は政界のフィクサーというか、権力を裏で操る人間だ。こんなやつが生物兵器を使っていたとは。

あとの二人は彼の部下というか、ソルーション・インタナショナルという彼の会社の社員だった。ソルーション・インタナショナル社の社員はこの二人だけで、つまり非常に効率よく利益を上げる組織だ。ベイカーが具体的に何をして儲けてきたのか、ニックには理解できなかったし、理解しようとも思わなかった。何らかの理由でベイカーと彼の部下はケイの命を狙い、三人とも死んだ――重要なのはそこだ。彼女に害を与えようとしていたやつは、この世にはいなくなった。それでじゅうぶんだ。

ニックはバドに声をかけた。「ケイは今、膨大な量のファイルを調べている最中で、こいつが何をたくらんでいたかは、そのファイルの中にあるはずなんです。彼女なら、いずれ答を突き止めるでしょう。今頃もう、完全に突き止めているかもしれないが」

バドの深刻な眼差しを受け止める。「俺に言えるのは、こいつは生物兵器を使った犯罪の首謀者ってことですね。スペイン風邪っていうのかな、いわゆるインフルエンザのウィルスを作り替えて、兵器化したものらしい。ものすごく恐ろしいウィルスだって、ケイは怯えきってましたよ。彼女はウィルス学者で、たいていのウィルスに関しては、怖いとは言わないんですが」

バドの顔が強ばる。「生物兵器？　銃を構えたギャングのほうが絶対ましだな」そう言って身震いした。「内臓をすっかり吐き出すなんて、勘弁してもらいたい」

「それは、エボラ熱ですよ。ただ今回のウィルスは、エボラより危険だそうです。パンデミックになって、全世界で何百万という人が死んでもおかしくないらしい」

バドが、うなった。許せない、という気分なのだろう。「そうならなかったのは、ケイのおかげだな。感謝しないと」

「はい、本当に。さて、もう終わりですよね？　できれば――」

「彼女のところに戻りたいんだろ」バドが言った。「ああ、さっさと行け。また話を聴く必要があれば、こちらから連絡する。大事なひとについていてやれ。彼女も大変な目に遭った。彼女からも事情を聴かなきゃならんだろうが、今じゃなくてもいい。また後日」

「では、後日」ニックはファイル解析の進行状況を確かめようと、携帯電話で会社の作戦指令室の番号を呼び出した。「あ、フェリシティか？　ニックだ。こっちは解決したぞ。もう心配はいらない」

「そうらしいわね。聞いたわ」フェリシティがほほえんでいるのが、声からも伝わる。

「ケイの仕事は終わったか——それを知りたくて電話してきたんでしょ？」

「ああ、そこにいるのなら代わってくれ」

「解析が終わって、ホテルに戻った。部屋で待ってるって。ルームサービスで、シャンパンでも注文しようかな、とか言ってた。ケイの気が変わらないうちに急いで行ったほうがいいわよ」

「そうか。パトカーでホテルまで送ってもらおう」バドのほうを向いて眉を上げてみると、バドがうなずいた。「よし」そう言うと、彼は駆け出した。

「ニック！」バドの声に振り向くと、彼が親指を上に向けて賞賛の気持ちを示してくれた。「よくやった」

ニックも応じて、同じように親指を上に向け、走り始めた。

＊　＊　＊

ルームサービスが届いたときのために、テーブルにキャンドルをともしておこうとしたケイに、ドアを叩く音が聞こえた。誰かとたずねるより先に、ニックの声が聞こえた。

「ケイ、俺だ！　ニックだ」

この声の主が誰か、ケイにわからないとでも彼は思っているのだろうか？　笑顔でドアを開け、キャンドルを示す。「部屋で食事にしようかなと思って。あなたが何を食べたいのかわからなかったから、無難なところでステーキと――むふっ！」

最初のときと同じように、ニックは彼女を壁に押しつけ、激しく唇を奪った。あの日、彼女の人生は変わったのだ。あのときと同じように、むさぼるようなキスが彼女の全身をくすぐる。濃密さは同じだが、今日のキスには何か他のものも感じられる。

彼は三人殺してきた。フェリシティからそう聞いていた。ケイはこれまで研究者の世界で生きてきたが、人を殺してすぐの男性が興奮状態にあるはずだ、ということは原始的な部分で悟っていた。人類の歴史は数万年、文明化されたのはこの二千年ほどでしかない。

今のニックは、文明化される以前の原始人みたいなものだ。洗練されたところなどまったくなく、獰猛《どうもう》ですばやい動きだ。普段の冷静なエージェントのイメージとは、まったく異なる。

彼に強く押されて、少々息が苦しい。ケイは彼の肩に手を置き、軽く押してみた。

彼は体を引き、目を閉じたまま顔を上げた。「ごめん」つぶやくと顔を下げて、彼女の目を見た。「ほんとにごめん。我を忘れてしまって」

それはわかる。彼は自分自身の欲望と激しく闘っているのだ。「いいのよ」そう言ってほほえみかける。「あなたは、闘いから戻って来たばっかりなんだもの」

彼は体を倒して、互いの額をくっつけた。「君を愛する理由はそこなんだ。君を愛するたくさんの理由のひとつだ。君はきれいなだけでなく、ものごとを見通す力がある」

「うん、そうねえ。最初からやり直さない？」

彼は彼女の頭を後ろから支え、またキスした。さっきよりやさしく、猛々《たけだけ》しさを抑えて。「これでいいか？」

「こういうのを待ってたの」

彼はあらゆる角度からキスしてくる。唇を奪い、彼女の味を確かめ、少し顔を上げるとまた別の角度からキスする。彼にキスされるのがうれしい。彼がここで、自分のそばにいてくれてよかった。傷もなく無事な姿で。

無事で終わらない可能性もあった。警官が二名死んだと聞いたが、彼も命を落としていたかもしれない。じゅうぶんに身の危険はあった。今この瞬間、死体安置所でニックの遺体に対面していたかもしれない。彼の死を悼み、悲しみに暮れていてもおかしくなかった。

でも、彼の死を悼まなくて済んだ。いずれは、もし健康に恵まれれば、たぶん今から七十年後ぐらいに、彼の死を悲しむことになるのだろう。けれど、今は悲しむ必要はない。

「私のところに帰って来てくれて、本当にうれしい」口が少し離れたときに、彼女はそっとつぶやいた。

「必ず帰る」暗い色の彼の瞳が、彼女の目の奥底を覗く。「俺は必ず、君のところに戻るんだ」そう言ってウィンクする。「さて、話は終わりか？」

ケイは声を立てて笑った。「ええ、話はおしまい」

「よし」彼はシルクのブラウスのボタンを外しにかかった。核爆弾を取り扱っているかのように、眉をひそめて真剣な顔をしている。ゆっくり、慎重に、順番にボタンに取りかかり、最後のボタンを外したところで、彼女を見上げた。許可を求めているのだ。

彼女は何も言わずに、ただ腕を軽く上げた。

彼が布地をぐっと引っ張ると、ブラウスははらはらと床に落ちた。ラルフローレンの高価なシルクのブラウス——ポートランド市警が、キャリーケースを届けてくれたので、ようやくお気に入りのパステルカラーのブラウスを着られたのだが、その淡い緑の布地が、床に落ちている。通常、ケイはものごとをきちんと整理しておくのが好きだが、今はシルクが散乱している感じがうれしい。何もかも整頓《せいとん》しておかなければ気が済まない彼女の人生に、ニックという人がかかわってきた象徴のように思えたから。

今後、床に投げ捨てられるシルクのブラウスは何枚になることやら。

次は、黒い麻ギャバジンのタイトスカートだった。脚の線がくっきり見えるぐらいぴったりしたロングスカートなので、彼女自身が少しヒップを揺すって、床に落とした。するとニックがぶるっと体を震わせた。

「今ので興奮してくれるのなら、ずいぶん安上がりだこと」

彼の頬の筋肉が波打つ。「君にかかわるすべてに、興奮するんだ。君の服を脱がせるのも、君の服を脱がせるところを想像するのも。君の呼吸を聞いてるだけでも、むらむらする」

「じゃあ、これは？」彼女は背中に手を回し、ブラのホックを外した。ブラは床へと落ちてゆき、ブラウスとスカートの上に重なった。

「降参だ」ニックがつぶやく。彼女の乳房を持ち上げ、その頂を口に含んだ。そして、頬がへこむほど強く吸い上げた。

「あっ」そのときまで、ケイは自分が優位に立っているような、自分がコントロールしているような気分でいた。しかし彼女の体からいっきに抑制のタガが外れた。乳房から脚のあいだへと炎が駆け抜けていくのを感じながら、彼の頭をつかむ。もう立っていられない。

「もういい、ここまでだ」ニックは彼女を抱き上げると、数歩進んでベッドに彼女を横たえた。彼の上着、シャツ、Tシャツ、ブーツ、ソックス、ジーンズ――があっという間にホテルのカーペットへと落ちていく。彼の硬くなったものが、跳ね上がるように動く。先端には液がにじんで光っている。彼はいちど目を閉じ、また開けた。その眼差しが強く、切迫感に満ちている。「ああ、君はきれいだ」

「あなたもきれいよ」本当に美しい肉体だ。男性美のお手本のような体。幅の広い肩、腹部が細く締まり、力強い腿へと続く。そして両腿のあいだにあるものは……すごい。彼女は指を曲げて、早く来て、と彼を誘った。

彼の顔がぱっと明るくなり、片方の口角が持ち上がる。「いつまでも待たせる気かと思ったよ。ではまず……」

彼女のレースのパンティに指をかけ、ゆっくりと下ろしていく。腿から膝へ、そして足首を越え……彼はそのまま後ろに投げ捨てた。

「いつかは、着ている服の扱いをもう少し丁寧にしましょうね」

「そうだな」彼が応じる。「君を抱けると思って興奮する度合いがいくぶん薄れてきたら、考えよう。たぶん、百年後かな。興奮の度合いと言えば……」

彼がベッドに上がり、彼女に覆いかぶさる。

「なあに?」

毛深い自分の脚で、彼女の腿を開かせながら、ニックがキスしてくる。「前戯をしている余裕がないんだ。今すぐ入らないと爆発する」

「今して、ニック」じっと彼を見ながら、ケイはささやいた。彼の目がぱっと輝くのがわかった。

即座に彼は自分のものを埋めてくる。いっきにずっと奥まで。手は使わなかったが、必要もなかった。ケイにはこれまで、手を添えなければ挿入できない恋人が何人かいたが、ニックは違う。すっかり彼を迎える準備のできていたその部分へ、するりと入ってきた。

彼が枕に頭を置く。彼女の耳のすぐ近くに彼の口が来た。彼は彼女のヒップを両手でつかんでつぶやいた。「今するぞ」そして力強く動き始めた。ベッドの頭板が壁に当たって、一定のリズムで音が響く。

ケイは目を閉じ、彼とつながっている部分にすべての感覚を集中させた。彼が自分に突き立てる勢いの強さ、自分の中で動く速さを感じ取る。するとすぐにクライマックスに昇っていった。そのパワーにあらがいようもなく、その熱に耐えきれず、滑らかな動きは彼女の鼓動と同じリズムを刻む。彼女はニックの体にしがみつきながら、大きな声を上げて、果てた。

ニックはびくっと反応し、そのあとさらに速く、激しく体を動かす。いちばん深いところに突き立てると、腰で円を描き、絶頂を迎えてうなるように叫んだ。

その後しばらくしてから、彼女の意識がゆっくりと戻ってきた。天国から地上に戻った感じだ。意識が朦朧としているあいだ、自分がどこに行っていたのかもわからない。ニックに絶頂を与えてもらうとこうなる。どこかとてつもなくすばらしい場所に行けるのだ。

そして地上に戻ると、いつもうれしくてたまらなくなる。ニックの重さに自分の体がぺしゃんこにされそうで、意識して肺をふくらませないと呼吸も苦しくなる。下腹部から腿にかけてぐっしょりと濡れており、セックスの匂いが鋭くあたりに漂う。膝は大きく左右に広げたまま、腕は力なくベッドの上に置いている。もうどこからも力はわいてこない。

「すごい」ニックが頭を上げた。「今のは速かったな」

「でも激しかったわ」ケイはほほえんだ。

「食事のあと、この埋め合わせはするよ。確か、ルームサービスを注文しておいた、とか言ってたよな？」

「埋め合わせしてもらうような不足はなかったわ」ケイは頑張って腕に力を入れ、彼の尖《とが》った頰を撫でた。「でも、ええ、確かにルームサービスを頼んでおいたわ。ステーキとサラダ。もうそろそろ——」

そのときドアをノックする音が聞こえた。

「あ、来たみたい。肘かけ椅子にバスローブがあるから、それを着て応対してくれない？　そのあいだに、私は軽くシャワーを浴びるわ」

「ああ、いいよ」ニックは軽やかにベッドから下り、バスローブをはおるとドアに向かった。

ルームサービスを彼が気に入ってくれるといいのだが、とケイは心で願った。なぜなら、明日の朝、彼女はまたニックをひとりこの部屋において出て行くのだから。

＊　＊　＊

デジャヴだわ、とケイは思った。一夜が明け、彼女はこの前と同じようにそっとホテルの部屋を抜け出したのだ。この前と言っても、あれは……ほんの三日前のこと？　嘘みたいだ。前世のことのように思える。あれから本当にいろんなことが起きた。彼女を取り巻く状況のすべてが変わり、それでもここにこうしている。ニックを残して、こっそりと部屋を出る。再び。

彼はものすごく腹を立てるだろう。

計画が成功すれば、何とか彼の気持ちをなだめよう。

失敗すれば死んでしまうのだから、気にすることはない。

今回は出て行くに際して、廊下のセキュリティカメラに注意を払わなかった。

ホテルの二階から、会議施設は通りをまたぐ内廊下でつながっている。しかしケイは外の道路を堂々と歩きたかった。太陽の光を浴び、外の空気に触れたかった。陽光を肌で感じるのは、これが最後になるかもしれないから。

ああ、だめ、だめ。と彼女は自分を叱った。そんなふうに考えてはいけない。準備は万全、フェリシティの能力には微塵の疑いもない。計画は成功するはず。プリヤンカの恨みもこれで晴らせる。

そうなれば、めでたし、めでたし。ニックといつまでも幸せに暮らしていける。

けれどつい、陽射しを浴びるのもこれが最後だと考えてしまう。だから顔を太陽に向け、新鮮な朝の大気を吸い込み、通りのショウウィンドウに見とれるという、あたりまえの幸せを楽しんでおきたくなる。怖くてこれから起こることを考えたくないのだ。よし、と彼女は強い怒りを思い出して自分を奮い立たせた。決意は固まった。

会議施設の入口は、ホテルの前の通りから次の角を曲がったところにあった。会議ホール自体は道路から少し離れたところに建てられ、正面は二階部分まで吹き抜けになっている。そこにロビーがあり、今は会議出席者が三々五々集団を作っている。

〝本日のセッション〟として予定表が壁に貼り出されている。

今日は国際ウィルス学会の最終日で、ホール内は活況を帯びていた。

ここにいるのは、全員ウィルス学者。

自分と同類の人たち。

彼女は周囲の人々をほほえましく見回した。外見よりも頭脳の優秀さが重要だと考える、世間一般では人気者にはなれない人たち。いつも白衣を着ているが、実は白衣のほうが、くしゃくしゃのポリエステルの安っぽいジャケットより、正式な場にふさわしかったりする。ただどこでも白衣で通用するのは男性研究者の特権だ。女性研究者はそうはいかず、その服装も、安っぽい。たいていはぼさぼさの髪に、化粧はなし、他人を傷つけようなんて、考えたこともない。例外がなくはないものの、みんなフレンドリーで、自分の研究が人類の知識のいしずえの断片にでもなればいいな、と願っている。

この人たちが、私の仲間。こういう人たちが、私は大好きだ。改めて彼女は実感した。

まだ時間が早かったので、彼女は会場内を歩き、見知った顔を見つけると挨拶を交わした。どちらかと言えば狭い世界なので、ここにいる人たちのほとんどは、大学院時代から知っている。共同研究をした人も、同じ研究室に所属していた人もいる。その中でも比較的親しいNASAの女性研究者は、プリヤンカはお気の毒だったわね、とやさしい言葉をかけてきた。地球外生物の調査をしている女性からの予期せぬ思いやりに、ふとケイは目頭《めがしら》が熱くなるのを覚えた。

ああ、だめ。まだ気持ちは癒《い》えていない。ケイは顔をそらし、懸命に涙をこらえた。

また正面に向き直ると、ケイを見つめる温かな眼差しがあった。NASAの研究者はそっとケイの腕に手を置いた。「プリヤンカがいないとさびしいわね」女性の言葉にケイはうなずいた。胸が熱く、喉が詰まった。

すると、ここにやって来た目的を認識し直すことができた。ケイの親友は、邪悪な男たちによって命を奪われた。世界はすばらしい頭脳と、やさしい心を失うことになった。

そして邪悪な男たちはお金を得た。

彼らは、世界を焼きつくしてしまうかもしれない道具を作り出して火遊びをする。

そしてお金を稼ぐ。

そんなばかなことがあってはならない。

ケイはとあるポスターの前で足を止めた。『ウィルソン病克服に向けて——ATB

7B遺伝子の突然変異分析』。この研究者のことはよく知っている。遺伝子学の天才でシンガポールのリサーチセンターで働く二人の研究者。非常に勤勉で、非常に頭がいい。

そのとき彼女の携帯電話にメッセージが入った。画面を操作する。

こっちは、絶賛到着中！　君はどこだい？

ばかじゃないの、とケイは思った。若者言葉を使って、いまどきのこともよくわかっているオジサンぶっているのだ。

セッション告知ポスターの前

だが、彼は人目につかないところで会いたがるだろう。そう思っていると、やはり……。

十分後、ローズ・バーで

ローズ・バーというのは会議場に常設されているラウンジなのだが、通常夕刻にオープンして主にアルコールを提供する。こんな朝早くにそこに行く者はいない。たいていの参加者は朝食が出されるカフェテリアか、軽いスナックの食べられるコーヒーショップに行く。そこで他の参加者とおしゃべりをして、互いに顔をつなぎ、セッションの始まりを待つのだ。

彼女も若者のＳＮＳ言葉で返した。ふん、理解できるんだろうか？

りょ！

十分後、彼女は肩をぽんと叩かれた。振り向いてフランク・ウィンストンの真っ青な瞳にほほえみかける。彼女の上司、CDCの所長だ。

「フランク、来てくださって、うれしいわ」

＊　＊　＊

眠りながら、ニックはほほえんでいた。ほんのすこしだけ目を開け、すぐまた閉じる。まぶたにも力が入らない。

大きなミッションを終えたあとにありがちな虚脱感。さらにセックスのあとのいつもの充足感。もちろん、ケイとのセックスそのものには、ありがちなという形容詞はつかない。ただ自分の性ホルモンが使い果たされたことはわかる。まあいい、今日はゆっくり過ごそう。頭がきちんと機能していないが、今日と明日は仕事を休んでいいと言われたのは覚えている。そもそも、明日のことぐらいまでしか考えられないし。

どうやってごろごろしようかな、といろんなアイデアがとりとめもなく頭に浮かぶ。まず、空腹だから、朝食にはパンケーキを頼もう。それにコーヒーをたっぷり。シャワーも浴びないと。おお、分身が硬くなっているじゃないか。まさかと思うが、実際に硬いから仕方ない。なるほど、ベッドにケイの匂いを感じるからだ。ケイとセックスの匂い。その二つが混じると何とも言葉では言い表わせない芳香となる。これから一生、この匂いを身近に感じて朝を迎えるのだ。そうだな、今日はいちど、俺の家に彼女を連れて行こう。

彼はケイを抱き寄せようと手を伸ばした。温かな女性の体があると思っていたのに、冷たいシーツに触れるだけ。

はて?

ああ、そうか、ケイはバスルームにいるんだ。俺もシャワーを浴びたいが、順番だからな。でも、とりあえず、朝のキスをしないと。それに、ほら、分身も大きくなってるし。今から欲情していてはいけないのだろうが、勃起しているんだから仕方ない。やがて、彼の脳もきちんと回転し始めた。すると、次々にいろんなことに気づいた。バスルームからは何の物音も聞こえない。いっさい。人がバスルームに入ると、必ず何かしらの音がする。それに洗面台かシャワーか、どちらかからの水音も聞こえるはずだ。

彼は頭の中で、経過時間をたどってみた。目が覚めてからもう十分は経っている。人のいるバスルームから十分間も何の音も聞こえないのはおかしい。

目を開け、ケイがベッドにはいないことを確認する。部屋のどこにもいない。昨夜のルームサービスの皿だけが汚れたままテーブルに置かれている。ステーキとポテトとかすかにすえたようなワインの臭いが残っている。二つのグラスには、それぞれ飲み残しがあった。

空腹のせいか、前夜の食べものの臭いに胃がむかつく。不安がどんどん募ってきた。彼は毛布を払いのけ、裸のままバスルームに向かった。もしケイがいるとすれば、バスルーム以外には考えられない。

「ケイ?」やさしく呼びかけてみる。

しーん。

嘘だ!

彼はクローゼットのドアを開けてみた。キャリーケースは警察から返してもらったと前夜話していた。荷物の中身ははっきり覚えていて、スーツが一着ないことに気づいた。鮮やかなグリーンの上下が見当たらない。つまり、あのスーツを着て、ケイはどこかに出かけたのだ。

猛然と携帯電話をつかんで、ケイの番号を押した。呼び出すことなく、留守番電話になった。次にテレビ電話でフェリシティを呼び出した。日曜の朝、しかもフェリシティは妊婦だ。

悪いな。

フェリシティならケイの居場所を知っているに違いないのだ。

何度か呼び出したあとで、メタルの眠そうな顔が画面に映し出された。「う、うむ」もごもごとメタルが応答する。「いったい何なんだよ？　日曜日だぞ」

「ケイはどこにいる？　フェリシティに白状させろ」

ニックの言葉遣いの荒さに、メタルは目を丸くした。フェリシティに対して話しかける際、誰もが尊敬を払うようにメタルは要求する。もちろん、ＡＳＩ全社員は、最上級の敬意を彼女に示す。彼女は会社の輝ける女神なのだ。ただ今のニックはすべての人に腹を立てていた。そのすべてにはフェリシティも含まれる。

メタルの表情が険しくなる。彼はじっとニックを見た。「とにかく、体を隠せよ。おまえの裸をフェリシティに見せたくない」

ニックははっとして自分の体を見下ろした。おお、なるほど、裸だった。携帯電話のレンズは顔に向けていたから、大事なところまでは見えていないはずだが、まあ、万一ということもある。すぐに携帯電話を下に向けてテーブルに置き、Ｔシャツを着てそのままズボンをはくとまた電話を手にした。怒りは頂点に達していた。

「ケイがいない」単刀直入に切り出す。「いったいどこに行ったのか、フェリシティは知らないか？」

メタルは顔を曇らせる。「ケイがどこにいないって？」

「ホテルの部屋からいなくなったんだ。昨夜は一緒にここに泊まり、俺が目を覚ましたら彼女の姿がなかった。俺に黙って消えるということは、誘拐されたか、進んで危険の中に歩いて行ったかのどちらかだ。フェリシティなら、何か知ってるんじゃないかと思って。俺がフェリシティと話したいわけがわかったか?」

「なるほど、心配で頭がおかしくなりそうってわけか」メタルが画面に顔を近づける。「なるほど、確かにおかしくなってるな。お気持ちはお察ししますよ」

ニックはぎりぎりと歯ぎしりした。「いいから、さっさと、フェリシティを、呼べ! 頼む」

「だめなんだ」メタルの顔が辛そうに歪む。「昨夜のディナーを吐き出すのに忙しくて。たぶん今頃は、昨日の昼飯も吐いてるな。つわりがあんなにひどいなんて――」

ほっそりとした手がメタルの肩に置かれるのが見えた。「私が話すわ」フェリシティの声が聞こえ、画面も彼女の顔でいっぱいになった。顔面蒼白で、唇まで色がない。

「フェリシティ、君の体調も考えずに申しわけない」そう言ったところで、自分の身勝手さを思い知り、ニックは自己嫌悪でいっぱいになった。「だが、ケイがいなくなったんで、もしかして君なら彼女の行き先を知っているんじゃないかと……」

フェリシティがうなだれる。

メタルがすぐそばにやって来た。「ハニー?」

フェリシティがあきらめたように口を開いた。もう一瞬遅かったら、ニックは彼女を怒鳴りつけ、メタルに決闘を挑まれていたところだ。ニックは自分の射撃の腕には自信を持っているが、メタルも銃を扱わせれば一流だ。二人で殺し合う結果になっていたかもしれない。

「ケイは、その……生物兵器を使った殺人にかかわったのは、昨日の三人だけじゃないと突き止めたの。ただひとり残った犯人にメールを送り、今朝会う約束を取りつけたのよ」

全身の毛がさっと逆立つのをニックは感じた。「何だって？」

フェリシティは唾を飲み込んで、話を続ける。「面会は——」横の時計を確認する。「ちょうど今、始まったばかりかな」

ニックは慌ててジーンズをはきながらたずねた。「場所は？」

「ホテルとつながった、会議施設。でも心配しなくていいの、実は……うっ、ごめんなさい、ニック」

フェリシティがまたトイレに駆け込む様子をちらっと見ながら、ニックははだしのままブーツに足を突っ込み、銃とホルスターを手に走り出した。

＊
＊
＊

「さて」フランクはケイの目を見たまま、ほほえむ。「どういった問題なのかな？私に解決できる話なら遠慮なく言ってくれ」

ブルーの眼差しは、親愛の情に満ちている。善良な人、大切な部下の言葉に真剣に耳を傾ける親切なボスを演じている。ところがこの仮面の下は、モンスターだ。

彼に送ったメールの文面は、一語一句記憶していた。

プリヤンカが私に残してくれた資料が見つかりました。彼女が死ぬ直前に取り組んでいた仕事に関するもので、その内容について彼女は非常に不安を感じていました。私なりにその資料を調べてみたのですが、納得のいかない点がいくつかあります。できれば明日お話しできませんか？　私は学会の会場に、十時頃行く予定です。

ケイはあたりを見回した。ローズ・バーとは、いい場所を選んだものだ。建物の北側に位置しており、午前中はあまり太陽も入らない。廊下を通りすぎる大勢の人の声は聞こえるが、部屋の中は静かだ。ここなら誰にも聞かれず、邪魔も入らない形で話ができる。

彼女はフランクの目をじっと見た。目の周囲の肌は弾力があって滑らか、目の下にもくまはできていない。白目部分は充血もなく、赤ちゃんの目のように青っぽい白。国を裏切り、何人も殺しておきながら、この男はぐっすり眠れるようだ。

彼女はすっと前に出て、彼のパーソナル・スペースに侵入してみた。ポケットの録音機のスイッチを入れる。

そのとき、部屋の隅の人影が彼女の目に入った。ボディガードをジャッコに頼んでおいたのだ。何かあれば、必ず彼が守ってくれる。

「ええ、問題があるんです、あなたなら解決できると思いまして。プリヤンカの推測、そして私がたどり着いた結論を話します。ウィリー・モレルはH1N1亜型ウィルスを兵器化しました。致死性を格段に高め、さらに瞬時にウィルスが増殖するようにしたんです。その後、あなたはCRISPR－キャス9を使ってそのウィルスのゲノム編集を行ない、特定のDNAを持つ人だけがウィルスに影響されるようにしました。個人、一族、もしくは特定の人種だけを抹殺することが可能になったんです。あなたはこの成果を売り、代価を得た。言葉につくしがたい、見下げ果てた行為です」

フランクはほんの少し眉をひそめたが、ほとんど表情を変えていない。「ふうむ」ポケットに手を突っ込むと、体重を右に左に移動する。「実に――まったくもってひどい言いがかりだ。証拠はあるのか?」

「ええ」そう言うと、彼の顔が青ざめ、ケイはうれしくなった。

彼が真顔になった。「あるはずがない」

「あります。プリヤンカの資料が証明してくれるわ。夜中にCRISPRを使った履歴は、消しきれていないんです。使用申請もせずに、使用記録も提出せずにね」

「非公式な実験をしていたんだ」そう言ってから、フランクが言い添える。「犯罪の証拠にはならない」

ケイはじりじりとフランクに近づいた。「あら、そうでしょうか? そもそも、パナマやアルーバの銀行口座にあるお金は、どう説明するんです? 何百万ドルにもなる資産を、CDCの給料だけでは作れないはずですが」

彼の表情は一瞬歪んだが、すぐに平静をよそおった。ただもう親愛の情を示す善人の顔ではない。邪悪さそのものだ。

「おまえも、あのインドのくそあまも、余計なことをしやがって。関係ないことに首を突っ込むんじゃない」

「いいえ、関係あるわ。プリヤンカにとっても大切なことだった。私たちは科学の力で人々の暮らしを守ることに、人生を捧げたの。あなたみたいな腐りきったやつが、病気や腐敗を広げないようにと気を配るのが私たちの責務よ。あなたのせいで、科学やCDCが象徴する崇高さは、いっさいの意味を失った」

「この私に説教でもする気か? 身のほどをわきまえるんだな。私が何をしたと考えているにしても、おまえには私をどうすることもできないんだ。おまえは、もうここで死ぬんだからな」

彼はポケットに入れていた手を出し、筒状のものを顔の高さまであげた。ケイは顔面に液体がスプレーされるのを感じた。液体は顔から顎へと落ちていく。

彼女は驚きながらも、手を軽く上げて、大丈夫だ、とジャッコに合図した。ここからが大切なところだ。しっかりしなければ。

悪意に満ちたフランクの目が、勝利を予期して輝く。

ケイは、苦しそうに息を吸うとよろめきながら前に出て、フランクのシャツの襟首をつかんだ。ありったけの力をこめて、彼女はフランクの顔を自分のほうに引き寄せ、鼻先をくっつけた。うまく腕を伸ばして彼の首を押さえ、彼の顔を自分に近づける。もっと、もっと、もっと近く……。

そして彼と唇を重ね、そのまま動かずにいた。そのあと、頬をこすりつける。

彼の驚きが、体から伝わってきた。同時に、別の反応も感じた。肺を大きく膨らませて、息を吸おうとしているのだ。

ケイは少し体をずらし、じゅうぶん話が聞けるような距離から、注意深く観察した。フランクの表情を見逃したくなかった。微妙な変化も見届けておきたかった。自分の鼓動を大きく感じたが、恐怖で脈が速くなったわけではない。逆だ。

「DNAをすり替えておいたのよ。あなたのところに届いたのは、別のDNAだった。あなたがCRISPRでウィルスに組み込んだDNAは、自分のものだったの。つまり、兵器化されたH1N1亜型ウィルスに感染したあなたは、このまま死んでいくのよ」

彼は目をむいた。近くにいるケイには彼の動悸《どうき》が激しくなるのがわかる。肺が空気を吸い込もうと無駄な努力をしている。「嘘だ！」ぜいぜいする声で、彼がつぶやいた。もうこれ以上、声は出ないだろう。

「いいえ」ケイは彼の目を見ながら、ほんの数センチのところでほほえんだ。「本当よ。今、あなたの肺は滲出液でいっぱいになろうとしている。自分でもわかるはずだわ。すごいウィルスをウィリーは作り出したものよね。即効性があって、あっという間に死に至る」

彼は息ができず、肌が紫色になっていた。ケイに襟首をつかまれているので、フランクは足だけばたばたさせる。もう立っていられないのだ。手を放す前に、ケイには言っておきたいことがあった。

「プリヤンカもこれで浮かばれるわ。マイク・ハマーもね。おまえなんか、地獄に堕ちろ」

フランクの顔を真上から見ると、その目には絶望感しかなかった。ぜいぜいうなる音がさらに大きくなる。

「ケイ！」

その声に振り向き、彼女はフランクをつかんでいた手を放した。そのまま床に崩れ落ちたフランクは、喉のあたりをかきむしっている。

ふと気づくと、ケイはニックの腕の中にいた。彼はしっかりとケイを抱き寄せ、首筋に顔を埋めている。「ああ、どうしよう。どうすればいいんだ！」彼は少し頭を上げ、彼女の頬を指で拭った。そして濡れた指を見て恐怖に目を見開いた。「嫌だ、嫌だ！」

フランクのかかとが床を打つ音が響くが、二人とも彼にはいっさい注意を払わなかった。

「これ――これって、例のウィルスなのか？」ニックが苦しそうな声でたずねる。彼の黒い虹彩《こうさい》の周囲に白目が飛び出して見えた。今にも発狂しそうな様子だ。

「ええ」そう答えると、彼はびくっと身震いする。「でも、このウィルスじゃ私は死なないの。フランクは、私のＤＮＡを埋め込んだウィルスを作っているつもりで、実は自分を殺すウィルスを作っていたのよ。フェリシティに頼んで、私のＤＮＡと彼のものを交換しておいたから。彼は自分で自分を殺したのよ」

そう説明されても、ニックはまだ恐怖に顔を強ばらせる。「ＤＮＡをすり替えた？」喉ぼとけが上下に大きく動く。

ケイは笑顔で横を見た。フランクの脚は動きを止め、床を叩く音も聞こえなくなっていた。やがて、脚がおかしな方向にねじれ、そのあと、彼の体はまったく動かなくなった。

「CDC職員のDNAはすべて番号のついた試験管で保管されているの。フランクのコンピュータに、違う番号を教えたのよ。つまり――」

ニックは大きな手を上げて、彼女を制止した。「それ、俺は聞かないほうがいいんじゃないかな?」自分の足元に横たわる死体を見下ろし、また顔を上げてケイを見る。そしてきっぱりと言った。「うむ、知りたくもないね。それより、悪者一味はこれで終わりか?」

「ええ、最後の大物ってとこね」彼女の言葉に、ニックも安心したようだ。

「もう二度と俺をおいて黙って出て行ったりしないよな? 自分の命を危険にさらさないと約束してくれ」

「しないわ。するつもりはないから。それに、今回は危険なことなんてなかったのよ。私のDNAサンプルを彼が入手していないのはわかっていた。フェリシティと一緒にCDCのメインフレームを調べ、彼が自分のDNAを組み込んだことを確認していたの。それに、私にはちゃんと護衛もいたのよ」

部屋の隅で、ジャッコが構えていた銃を下ろし、さっと片手で軽く敬礼すると、煙のように消えていった。

ニックはケイに背中を向け、ふうっと大きく息を吐いた。それから携帯電話を出して、番号を押す。「ああ、マンシーノです。もうひとりやっつけました。こいつがいちばんの悪者だったみたいです。うむ、完全に死んでますね。いえ、俺が撃ち殺したわけじゃないんです。ケイが科学の力でこいつの息の根を止めました」

ケイはそれを聞いて笑い出した。気持ちが軽やかになっていた。自由な気分だった。

ニックは彼女を見つめ、大きく息を吸った。そしてフランクの死体を蹴飛ばして、その場にひざまずく。

「ニック、何をしているの?」

「ケイ・ハドソン。私と結婚してくれませんか?」

彼女は息をのんだ。

「妻が危ないことをしそうなときには、夫である俺には止める権利があるんだろ?」

「うーん、そうね」彼女はまだきょとんとしていた。「たぶん」

ニックは胸を張り、言葉を続ける。「結婚してくれ。どうか、頼む。イエスと言ってくれ。言ってくれないと、俺の頭は爆発して、床に転がる死体が二つになるぞ」

気分がさらに軽やかになり、ケイはこのまま飛んでいけそうな気がした。つまり、これが幸せということなのだ。

「イエス」やさしく彼に答えた。

訳者あとがき

闘う男たちの活躍を描く「ミッドナイトシリーズ」は、本作で短編なども加えると十作目となりました。思い返せばもう十数年前、ちょっと読んでみてもらえませんか、と電子書籍のレーベルからの作品を扶桑社編集部から五点ほどお預かりしたうちのひとつが、*Midnight Man*でした。どちらかと言えば二束三文的な雰囲気というか、作品に対する期待みたいなものがまったく伝わってこなかったのを覚えています。それもそのはず、エロチカ中心だったそのレーベルは、当時キワモノ扱いであり、おまけに表紙のイラストもかなり……なものばかり。私としても、実のところすべての作品にさらっと目を通して「出版する価値なし」の評価を付ける気で、読み始めました。

しかし*Midnight Man*を読み始めてすぐに夢中になりました。早く読みたいけれど、読み終えるのが惜しい、と感じる作品は本当に久しぶりで、読後「絶対に、今すぐ権利を獲得し、早急に出版するべき」とかなり強硬に言い張り、さらに、この作家の他の作品もすぐに取り寄せてください、とお願いすることになりました（ちなみに、同時に手渡された他の作家の作品は……その時点で「ご縁がなかった」結果となりました)。

原作では『真夜中の男』、『真夜中の誘惑』、『真夜中の天使』を*Midnight*三部作とし、その後日譚として『真夜中の影』を位置づけ、『真夜中の復讐』、『真夜中の約束』、『真夜中の秘密』、『真夜中の炎』、『真夜中の探訪』そしてこの『真夜中の熱』を*Men of Midnight*シリーズとしていますが、これは出版レーベルが変わったためです。

十タイトル目という機会ですので、簡単にこれまでの作品を説明しておきます。

●真夜中の男：ジョン・〝ミッドナイト〟・ハンティントンがSEALを除隊し、ポートランドに警備会社を設立、その事務所として選んだのが、元靴工場だった建物。インテリア・デザイナーとして頭角を現わし始めていたスザンヌが、祖父から譲り受けたものの広すぎるために半分を貸し出そうとしていた敷地だった。

●真夜中の誘惑：ミッドナイトのSEAL時代の友人、元海兵隊でポートランド市警のバド・モリソンとクレアのロマンス。二人にはバドが新米刑事だった頃からの絆があったが、互いの相手を想う気持ちのせいで、逆にぶつかり合う中、事件が起こる。

●真夜中の天使：『誘惑』と同時並行のシーンから始まる。ジョンの副官だったダグラス・〝シニアチーフ〟・コワルスキが共同経営者としてASI社に参加、視力を失っていた音楽家アレグラの危機を救う。

上記三作は、ほぼ同時進行で物語が進みます。

●真夜中の復讐：第一話から登場し『天使』でも活躍したジャッコが、絵画教室の講師であるローレンに恋をするのだが、ローレンが逃亡を続ける身の上だと知り、襲いかかる敵から彼女を守る。

●真夜中の約束：ジャッコの親友で、SEALの部隊では衛生兵として抜群の腕を発揮していたショーン・〝メタル〟・オブライエンは、大怪我をしてローレンに助けを求めてきたITの天才フェリシティの手当てをし、彼女を襲った犯人と冷戦時代から未解決のままの壮大な陰謀を暴く。

『復讐』の最後の場面が『約束』のオープニングとなります。

●真夜中の秘密：任務中に瀕死の重傷を負って除隊したジョー・ハリスは、ASI社に採用されて給料を支払われながらも、完全には体力が戻らず勤務できない状態を歯がゆく感じていたが、隣家のイザベルが作ってくれる料理で元気になっていった。しかしイザベルはアメリカ人にとっての王族とも言えるデルヴォー家令嬢で、テロ事件の生き残りだった。やがてテロ事件の真相がわかり始めると、イザベルを狙う者が現われる。

●真夜中の炎：CIA工作員のジャック・デルヴォーは、自分から家族や親族を奪い去った一味を捕らえようと、自らの死を擬装して独自に調査していたが、唯一の生き残りだった妹のイザベルまで狙われる事態に、妹の恋人のジョーやASI社に応援を頼む。しかし、彼を本当に援護してくれるのは敏腕ジャーナリストのサマーだった。『秘密』の犯人の葬儀で、サマーが死んだはずのジャックを目撃するところから『炎』の物語が進んでいきます。

●真夜中の影：視力を取り戻したものの、まだ不安定な状態だったアレグラをともなってエーゲ海に休暇に出かけたシニアチーフが、テロ事件に巻き込まれる。

シリーズ内の時系列としては『天使』のあと、『復讐』の前になります。本作は『真夜中の探訪』と一緒に刊行されています。

●真夜中の探訪：ローレンの出産を前に、自分と血を分けた子どもをこの世に迎えることへの不安を抱いたジャッコが、自分の出生の秘密と、薬物中毒者としてしか知らなかった母の過去を探るうちに、大きな犯罪組織の存在を知り……。

●真夜中の熱：本作。『約束』に登場したFBI捜査官のニック・マンシーノがASI社のエージェントとなり、その際にロマンスを予感させたケイ・ハドソン博士とのその後を描いています。

本作をお読みになった方は、お気づきのことと思いますが、このあとマット・ウォーカーをヒーローとする *Midnight Kiss* という作品の刊行が決定しています。現在はまだあらすじについての情報があるだけなので、具体的なことはわからないのですが、正義感の強いマットが、ヒロインの記憶喪失の謎を解いていくうちに、大事件に巻き込まれる展開のようです。

他にもリサ・マリー・ライス名義で、シリーズとは異なる比較的短めの作品が三作予定されています。舞台となる場所や人物設定といった内容に加え、表紙なども非常にゴージャスな雰囲気で、エンタテインメント性の高い作品です。この作品も扶桑社から刊行される予定ですのでどうぞお楽しみに。

◉訳者紹介　上中 京（かみなか　みやこ）
関西学院大学文学部英文科卒業。英米文学翻訳家。訳書にライス『真夜中の男』他シリーズ八作、ジェフリーズ『誘惑のルール』他〈淑女たちの修養学校〉シリーズ全八作、『ストーンヴィル侯爵の真実』『切り札は愛の言葉』他〈ヘリオン〉シリーズ全五作(以上、扶桑社ロマンス)、パトニー『盗まれた魔法』、ブロックマン『この想いはただ苦しくて』(以上、武田ランダムハウスジャパン)など。

真夜中の情熱

発行日　2018年8月10日　初版第1刷発行

著　者　リサ・マリー・ライス
訳　者　上中 京

発行者　久保田榮一
発行所　株式会社 扶桑社

〒105-8070
東京都港区芝浦1-1-1　浜松町ビルディング
電話　03-6368-8870(編集)
　　　03-6368-8891(郵便室)
www.fusosha.co.jp

印刷・製本　図書印刷株式会社

ISBN978-4-594-08019-8　C0197